The Berserker
Rises to Greatness.
黒の召喚士
19
迷井豆腐
Illustration
ダイエクスト、黒銀(DIGS)

「魔人紅闘諍《ブラッドスクリミッジ》、全身展開！
プラス、無邪気たる血戦妃《クリムゾンアストレイア》！」
セラ
Sera

死の神《ケルヴィム・リピタ》
死神《ケルヴィン・セルシウス》

双方が同じ考えに至る。
よって、次に移行するのは――
――出し惜しみ一切なしの、
最終決戦だ。
「権能、顕現！」
グロリア
Gloria

黒の召喚士 19

権能侵攻

迷井豆腐

OVERLAP

黒の召喚士

The Berserker Rises to Greatness.

登　場　人　物

ケルヴィン・セルシウス

前世の記憶と引き換えに、
強力なスキルを得て転生した召喚士。
強者との戦いを求める。二つ名は『死神』。

ケルヴィンの仲間達

エフィル

ケルヴィンの奴隷でハイエルフの少女。
主人への愛も含めて完璧なメイド。

セラ

ケルヴィンが使役する美女悪魔。かつての魔王の
娘のため世間知らずだが知識は豊富。

リオン・セルシウス

ケルヴィンに召喚された勇者で義妹。
前世の偏った妹知識でケルヴィンに接する。

クロト

ケルヴィンが初めて使役したモンスター。
保管役や素材提供者として大活躍！

クロメル

瀕死だったクロメルがケルヴィンと契約したこと
で復活した姿。かわいいだけの、ただのクロメル。

メルフィーナ

元転生神の腹ペコ天使。現在はケルヴィンの妻と
して天使生を満喫中。

ジェラール

ケルヴィンが使役する漆黒の騎士。
リュカやリオンを孫のように可愛がる爺馬鹿。

シュトラ・トライセン

トライセンの姫だが、今はケルヴィン宅に居候中。
毎日楽しい。

アンジェ

元神の使徒メンバー。
今は晴れてケルヴィンの奴隷になり、満足。

ベル・バアル

元神の使徒メンバー。激戦の末、姉のセラと仲直り。天才肌だが、心には不器用な一面も。

学園都市ルミエスト

ラミ・リューオ

「雷竜王」——なのだがギャルとして学園生活を満喫中。リーちゃん(リオン)はBFF(ズッ友)。

ドロシー

リオンのルームメイトで「はわわ～」系女子。曲者だがそれは仮の姿で、正体は神人ドロシアラ。

十権能

リドワン(ハード)

『不壊(ふえ)』の権能を持つ十権能。ケルヴィンに敗北し彼の仲間に。現在の姿は金属製の球体。

エルド・アステル

十権能のリーダー。悲願である邪神復活をなす為、ケルヴィンたちに牙を剝く。

CONTENTS

イラスト／ダイエクスト、黒銀（DIGS）

第一章　▼鍛錬

権能を顕現させたバルドッグは、堕天使であるのにも拘《かか》わらず、その背に真っ白な翼を展開させていた。いや、翼というよりも、粒子の集合体と言うべきだろうか。木々や草花、岩や大地といった彼の周囲にあった物体がエネルギー体に分解され、彼の素材として次々と翼へ蓄えられていく。

「神域の鍛冶師は場所や素材、果ては道具を選ばず、如何《いか》なる時も最高の武具を作りだすもの。けれど、僕の工房は少しばかり危険でもあるんだ。意思を持たぬ者、何よりも弱き者を、尽《ことごと》く分解してしまうからね。これこそが僕の権能『鍛錬』なのさ」

「ふーん、それは期待できそう？　まっ、言葉では何とでも言えるからね～」

対するセルジュは聖剣ウィルを棍《こん》形態の『聖棒《ニヨイボウ》』に変形させ、準備運動代わりにグルグルとそれを振り回していた。2メートルほどはありそうな長物であるが、彼女が振り回せば尋常でない速度に達し、棍が一切見えなくなる。残像が生じるとか、最早《もはや》そういったレベルではない。冗談抜きに、棍が不可視と化すのだ。

「ふん、面白い曲芸だ。けど、それで僕を倒すつもりなのかい？」

「どうだろうね？　まあ、君の頑張り次第かな、っと？」

翼の粒子、その一部を手元に集めたバルドッグが、一瞬のうちに弓を形成する。更に彼の周りでは、剣や槍《やり》といった様々な形態の武器が、宙にて作られていた。まるでバルドッグが纏《まと》う空気そのものが、彼の鍛冶工房であるかのようだ。

「消し飛ぶがいい」

彼の持つ弓、そして展開された武器群の矛先が、セルジュへと定められる。そして次の瞬間、それらは弾《はじ》けるようにして、彼女へと放たれた。

——カッ！

衝撃は大爆発に次ぐ大爆発を起こし、付近一帯の地形を変貌させるほどの威力を知らしめた。それもその筈《はず》、それら全てはS級相当の武器に仕上がっていたのだ。単純に投擲《とうてき》するだけでも、威力によってこれだけの被害を容易に引き起こしてしまう。

「君がどれだけ自分の力に自信があるのかは知らない。が、爆発が巻き起こるまで、その場を一切移動しなかったのは迂闊《うかつ》だったんじゃないかな？　どんなに早く得物を振り回そうとも、圧倒的格上たる神話級の武器を一斉掃射されては、最早どうしようもないんだ」

バルドッグの眼前には、大地に突き刺さった武器を中心にして、いくつもの大型クレーターが出来上がっていた。生憎《あいにく》とそこからはモクモクと濃い土煙が舞い上がっており、見通しが最悪なまでに悪くなっていたが、あれだけの爆発を引き起こしたのだ。万が一にそれを耐えたとしても、武器群にはS級に相応《ふさわ》しい凶悪な能力が備わっている。人の身ではどうしようもあるまいと、バルドッグは勝負が決した事を確信していた。

……とまあ、ある意味でフラグ立てがセルジュよりも上手《うま》い彼である。

「おっと、不思議な事に私、まだ生きてるなぁ？　運が良かったのかな？　それとも、相手がノーコンだったのかな～？　どちらにせよ、もっとしっかり狙ってほしいものだよね。こんなの、避けるまでもないじゃないか」

「……あ？」

突如として爆風が吹き荒れ、土煙が一掃される。どうやら土煙の内部より、セルジュが棍を振るって風を巻き起こしたようだ。そして、この口上から察せられる通り、セルジュは五体満足な状態――というか、全くの無傷のままであった。

バルドッグが投じた武器は、確かに大型クレーターを複数個作り出し、自然破壊とも言うべき破壊を為《な》していた。そこに間違いはない。だがしかし、それだけなのだ。セルジュ目掛けて放った自慢の武器は、どれもこれもが明後日《あさって》の方向へと向かっていた。まるでセルジュを避けるかのように、彼女が立つ場所だけが安全なままであったのだ。

（全くの無傷、だと……!?　馬鹿な！　僕がさっき撃った矢には、星の果てまでも対象を追尾する能力が備わっていたんだぞ!?　その場を一切動かず、全ての武器が逸《そ》れるなんて事はあり得ない！　ましてや、こんなにも都合良く散らばる筈がない！）

バルドッグは自らの手で作り出した武具を、この世で最も信頼していた。それこそ、自らが絶対なる神として崇拝している、邪神アダムスにも劣らないほどに。だからこそと言うべきか、彼は眼前で起こった光景を信じる事ができなかった。如何に地上に存在する最いなかったのだ。

強の障害とはいえ、自分の作品が人間如《ごと》きを相手にエラーを起こすとは、欠片《かけら》も想像して
（私ってば乙女だし、髪は汚したくないからね。土煙を風でぶっ飛ばせるように、聖棒《ニヨイボウ》を選んでおいて良かったよ）

一方でセルジュは、相も変わらず棍を振り回し続けていた。聞いた事もない不気味な風切り音だけが辺りに響き、得物本体は不可視の状態を維持している。

（で、だ。ふんふん、さっきまで得意気なドヤ顔を決めていたところを見るに、察知系の能力は弱々な感じなのかな？　というか、私の事も実はそんなに知らないっぽい？　うーん、可哀想《かわいそう》に。そんな無知無知な状態で来ちゃったのかぁ。これが可愛《かわい》い女の子だったら、ポイント高かったんだけどなぁ。なのに、男が来るだなんて……本当に、本当に私ったら可哀想！）

呆《あき》れるほどに自己愛の高いセルジュである。しかし、セルジュはこの思考の間にも次の行動を開始していた。敵が呆れるほどの隙を晒《さら》しているのである。これを見逃すほど、彼女はお人好《ひとよ》しではない。

――ドォパァァアン！

痛烈な打撃音が鳴り響いたのは、バルドッグの頬からだった。それ以上の激痛が、音に遅れて迫り来る。隙を晒していたというのもあるが、バルドッグは何に攻撃されたのか、一瞬理解する事ができなかった。しかし、セルジュを見て気が付く。セルジュの手には、

あり得ないほどに長さが延長された棍が握られていたのだ。

　高速回転による不可視化、更にタイミングよく棍を伸ばす事で、延長線上にいたバルドッグの顔面に、見事攻撃を叩《たた》き付ける事に成功したセルジュ。やっている理屈は単純だが、恐らくは彼女でしか成し得ない神業である。しかし、当のセルジュは「おお、当たった当たった」と、縁日の射的が当たった程度の感想しか抱いていない様子だ。

「こ、の……得物を偽っていた、のか……！」

「偽っていたってか、聖棒《ニヨイボウ》だよ？　そりゃあ伸びるでしょ。まあ、結構本気目で打った今ので、首が飛ばなかったのは褒めておこうかな。代わりに眼鏡が弾けたけど」

「……ッ！　（ビキビキ！）」

　殴られた衝撃で倒れ伏す寸前の状態だったバルドッグは、受け身を取るように片腕を地面に叩き付けた。すると一帯の地面が消えてエネルギー体となり、バルドッグの全身に移動。彼の姿にある変化をもたらす。

「ふう、ふう……！　良いだろう、君を明確な敵と認めるよ。僕の全身全霊で仕留めてやろう」

　立ち上がったバルドッグは、煌《きら》びやかな全身鎧《よろい》を纏っていた。元が大地とは思えないほどの輝きを放つ鎧は、対峙《たいじ》する者を無意識のうちに平伏させるほどの圧を放っている。これも何らかの能力の一種なのだろうか。まあ尤《もっと》も、現在彼の目の前にいる者にとっては、何か偉そう、程度にしか思われないのだが。

「ええっ、まだ本気じゃなかったの!? 危機感足りな過ぎてビックリな私！」

「戯言《たわごと》をッ！」

セルジュのオーバーアクションは、バルドッグの堪忍袋の緒を更に切れさせた。最早一切の加減を許容できなくなった彼は、神時代に『保管』に収納していた極上の素材をも用い始める。創造され、展開される数々の神話級武具は、その一つ一つがメルフィーナの聖槍《アンサラー》にも匹敵する出来栄えのものばかりだ。

「おお、流石《さすが》にこれは壮観な景色だ！ なら、私も——聖剣《ウイルジリオン》！」

そんなバルドッグの武器群に対抗するかの如く、セルジュも同数以上の聖剣《ウイルジリオン》を周囲に展開。それ一つで時空をも歪《ゆが》めてしまいそうな武器群の対峙は、宛《さなが》らこの世の最終戦争のようであった。

◇　◇　◇

聖剣《ウイルジリオン》の軍勢、神話の軍勢が交差する。刃が交わる事で発生する被害規模は、言葉を絶するものとなっていた。セルジュ、バルドッグのどちらが勝利しようとも、この辺境の大地が悲惨なものと化すのは、最早間違いようがない。

そんな災害同士の争いの最中、セルジュは手元のウィルを弓形態の聖弓《アルテミス》に変形させていた。対するバルドッグの手にはもちろん、先ほどの弓が握られている。となれば次の瞬間に巻き起こるは、弓矢による猛烈な射撃の応酬だ。但し、これら攻撃は双方ともに活路を見出《みいだ》すには至らなかった。

セルジュの矢は百発百中でバルドッグに命中するのだが、彼の纏う鎧が威力を中和して、ダメージが殆《ほとん》ど与えられないのだ。一矢で地面を大きく陥没させる聖弓《アルテミス》を相手にして、この防御力は流石に凄《すさ》まじいと言わざるを得ないだろう。これではあと何十何百とヒットさせようとも、バルドッグを倒すには至らない。

一方のバルドッグの弓矢は、未《いま》だたったの一度もセルジュに当てる事ができずにいた。初撃に続いて、理不尽なまでに弓の能力が発揮されないのだ。道理に合わない、余りに不条理。そんな風にいくらバルドッグが嘆こうとも、やはり矢はセルジュを避けて飛んで行く。こちらもあと何十何百と放とうとも、セルジュには掠《かす》らせる事もできないだろう。

更に、戦いが拮抗《きっこう》するこれら要素は周囲を取り巻く武器の嵐にも適用されており、当たってもダメージのないバルドッグ、武器の方から避けて行かれるセルジュという構図が成り立っていた。

「なるほどね、腐っても鍛冶を司《つかさど》っていたって訳だ。武具のカタログスペックに限っては感心するばかりだよ」

「君こそ、ここまで僕の武器達《たち》を翻弄してくれるとはね。かつて対峙した神達の中にも、ここまで出鱈目《でたらめ》な奴《やつ》はなかなかいなかったんだ。誇っても良い。……だが、それにしてもッ！」

矢を放つと同時に、バルドッグがセルジュの持つウィルを睨《にら》みつける。

「その武器、何か見覚えがあると思えば、僕の後追い作品か！」

「ん？　後追い？」

「ああ、その通りさ！　使用者の望む形へと変幻自在に姿を変えるその性質は、神鉄から僕が創造したリドワンそのもの！　大方、僕達を封印した後にどこかの神が猿真似《さるまね》をして作り出したんだろうが、やはりその程度の力しか備わっていないようだね！　リドワンと比べれば、劣化品も良いところだ！」

「ハッハッハ。……聞き捨てならないなぁ」

僅かに声色が低くなったセルジュが、放った矢をバルドッグの顔面にぶち当てる。が、バルドッグの被《かぶ》っていた兜《かぶと》は、その攻撃を吸収するかの如く弱体化させた。

「ハハハハッ、いくら凄《すご》もうとも結果はこの通りさ！　僕のリドワンはそんな出来損ないとは違う！　武具の枠組みを超えて自らの意思を持ち！　如何なる攻撃にも屈さない最硬の強度を誇り！　時代に囚《とら》われない数多《あまた》の変化を遂げる事ができる！　武器として、兵器としての質が違うんだよ、質が！」

「へえ、そいつは凄い。確かに君は、鍛冶師としては最高峰の腕を持っているのかもね。だけど――」

宙を踏み締め、風となって突貫を開始するセルジュ。それを見たバルドッグは、直《す》ぐ様《さま》に控えさせていた武器で迎撃に向かわせた。が、これまで通り、それらがセルジュに当たる事はなかった。

「――使い手としては、三流も良いところだ」

「ぐうっ!?」

疾風迅雷、弓から大槌《おおづち》へ、聖槌《ミョルニル》にウィルを変化させたセルジュは、全力でそれをバルドッグに叩き付けた。全身鎧は猛烈な攻撃の勢いを殺し切れず、バルドッグは空中から地面へと叩き落とされてしまう。

「……ク、ククッ、クハハハハッ！　だから、無意味だと言っているだろう!?　いくら形を変えようとも、そんな武器では――」

殆ど無傷のまま立ち上がろうとするバルドッグ。しかし、彼の自信と自慢に満ちた口上が紡がれるよりも速く、既に接近を果たしていたセルジュが次の攻撃を放っていた。

「聖刀《マサムネ》」

刀剣に変化させたウィルによる、至近距離からの連続抜刀術。生還者のおじさんの技を彷彿《ほうふつ》とさせる奥義の数々が、全身鎧の関節部などといった、僅かな隙間へと雪崩《なだ》れ込む。

抜刀術の技術としては、セルジュはおじさんに及ばない。だが、彼女の有り余るステータスの高さが技術を補い、殆どおじさんと遜色のない威力・速さへと技を昇華させていた。

「……ッ！　無駄だよ、無駄無駄ぁ！　分からない奴だなぁ！　それに、迂闊に近づき過ぎだぁ！」

「!?」

それでもセルジュの攻撃は、バルドッグの全身鎧に通用しなかった。それどころか、手痛い反撃を食らう事となる。……バルドッグの権能『鍛錬』の発動である。彼の周囲に存在する物質を分解する能力が、セルジュにも及んだのだ。如何《いか》にセルジュの『絶対福音』による主人公補正と言えども、空間全てに機能するこの能力を運良く躱《かわ》す事はできない。

「流石にいつまでも紳士ではいられないのでね！　大人しく僕の作品、その材料になるがいい！」

セルジュの纏《まと》う装備が瞬く間に分解されていく。天衣ミトス、神手イエロ、永靴《えいか》ザーゲ——いずれもセルジュが長年愛用して来た、選ばれし相棒達であった。だがその中で、ウィルだけは分解されず、未だセルジュの手の中にあり続ける。

「お前に分解されるほど、私のウィルは弱くないよ。あと、頭上注意」

「あ？　おぐぅっ!?」

頭上より突如として飛来し、不意打ちの一撃を与える聖なる巨剣、神聖大剣《ウィル・デュランダル》。セルジュは空中にて暴れていた聖剣《ウィルジリオン》を集合させ、この巨剣を作り上げていたようだ。バルドッグを両断しようと、全身鎧との間で火花を散らす。が、鎧は健在。あと一歩、あと一歩決定打に至らない。しかしその一方で、バルドッグは先ほどまで眼前にいた、セルジュの姿を見失ってもいた。不意の攻撃で巨剣に視線が移った一瞬に、姿を晦《くら》ましてしまったのだ。

「ッチ、無駄な足掻《あが》きを……！　ならば、まずはこのなまくらを分解してあげようじゃないか！」

バルドッグが白き翼を広げ、その先端を鋭い針のように枝分かれさせる。そして、それらを巨剣へと突き刺し注射器で血液を抜き出すが如く、強制的に分解を促し始めた。ただ攻撃を防ぐだけでは飽き足らない様子だ。また、バルドッグは空中に展開させていた武器群を地上へと降り注がせ、ランダムな攻撃を開始させる。

どうせ姿が見えたとしても、なぜか攻撃は逸《そ》らされてしまう。であれば、広範囲に攻撃を放ってしまえ。姿が見えなくとも、こちらは攻撃を恐れる必要はないのだ。それに手近な場所に武器を引き寄せておけば、まあ安泰だろう。……と、そんな考えが透けて見える。もちろん、その思考はセルジュにも読み取られていた。

「やっぱり、お前はどこまでも悠長、前線向きではないかな。私に勝つ事よりも、自分の創作活動を優先させちゃってる」

「ッ！　そこかっ！」

背後からの声に反応して、バルドッグが反射的に手元の武器を飛ばす。しかし、振り返ってもセルジュの姿はなかった。

「安息の棺《ユーサネイジア》」

再びバルドッグの背後より、セルジュの声が聞こえて来た。尤も、今度の声はとある呪文の名を唱えていた訳だが。

「これ、はッ……!?」

バルドッグの周囲に展開される、棺《ひつぎ》形の結界。気が付けば翼を突き刺していた巨剣も消え去っており、結界の中にはバルドッグのみが取り残された状態だった。

「かつての仲間の技を借りて、敵を倒す……うん、なかなかに主人公っぽい展開だと思わない？」

更には振り返ってみても、辺りを見回しても、セルジュの姿が未だに見当たらない。声のする方に視線を向けても、その瞬間にはまた別の方向に声が移動してしまっている。

「馬鹿がっ！　ろくな攻撃もできない癖に、僕を倒すだと!?……ああ、なるほど、君の魂胆が分かったよ。倒す事ができないから、僕を封印する作戦に移行した訳か！　ククッ、この程度の障壁で僕を捕らえられると思っているのか？　待っていろ、こんな障壁、直ぐに破壊して――」

「――聖殺《カミゴロシ》」

バルドッグの背後より、ブゥオンブゥオンという大きな機械音が鳴り響いた。

◇　◇　◇

「まったく、私の一張羅を分解してくれちゃって。これは全国の婦女子に代わって、私が天誅《てんちゅう》を下してあげないとねぇ」

その得物を剣と称するには、あまりに歪《いびつ》であった。幾つもの小さな刃が連なり、ギザギザとした形状を持つ剣身は、これだけでも他ではまず見ないであろう特徴だ。しかし、そ

WILL

の剣身の最大の特徴は、この剣身自体が超速回転する事にある。連結していた刃が曲線を描く線となり一体化、これこそがこの武器の真の姿だと言わんばかりに、圧倒的な存在感を放っていたのだ。更には剣の柄《つか》に当たるハンドル部分からは、ブゥオンブゥオンと異様な機械音を鳴り響かせ、その剣自身が周囲を威嚇しているかのようでもあった。ケルヴィンやリオンがこの音を聞いたとしたら、バイクのエンジン音と喩《たと》えていたかもしれない。まあ、エンジンという意味では合っているだろうか。

「……ハッ！　それはもしかして、チェーンソーのつもりかい？」

「おろ？　神様が知っているとは意外だね。そう、これが私の丸秘奥義、チェーンソー形ウィル、その名も聖殺さ《カミゴロシ》」

聖剣ウィルをチェーンソー形態に変化させたセルジュは、どこかのホラー映画に出て来そうな殺人鬼的なポージングを決めていた。だが、今の彼女はバルドッグの権能によって衣服が分解され、下着しか纏っていない状態なのである。いまいち決まらないどころか、少し変態チックであった。

「誰が変態だ！」

「は？」

「今、そう思っただろ！　変態はお前だろ！　乙女をこんな姿にしやがって！　ウィルで下着を作ってなければ、今頃私はマジもんの露出魔になるところだったんだぞ！」

「……」

急にプンスカとキレ散らかすセルジュに、バルドッグは理解が追い付いていない様子だ。まあ、セルジュの装備を分解したのは他でもないバルドッグなので、変態扱いされても仕方のない事ではあるのだが。

「言っておくが、僕は君の裸になんて興味はない。そのチェーンソーに変化させた武器の方が、まだマシというものだ」

「やっぱり変態じゃないか！　むしろ、そっちの方が大変態じゃないか！」

「なっ!?……まったく、口だけは達者だね。君は僕の事を知らないだけさ。僕は――」

「――知ってるよ。かつての鍛冶と創造の神、バルドッグ・ゲティアだろ？　空に浮かんでる巨大な杭《くい》、アレもお前の作品なんだっけ？　確か名前は聖杭《ステーク》だったかな」

「……ッ！　驚いたな、なぜその事を知っているんだい？」

「別に知りたくなんてなかったんだけどね。私の友達に神話に詳しい子がいるんだよ。私としては微塵《みじん》も興味なかったんだけど、その可愛《かわい》さに免じて聞いていたら、いつの間にか私も覚えちゃっててさ。いやはや、ナチュラルに頭脳明晰《めいせき》なのも考え物だよ」

「……なら、僕が成した数々の偉業についても知っているんじゃないのかな？　いくら形状を風変わりなものに、名前を大層なものに変えたって、そんななまくらじゃ、僕の鎧《よろい》を破壊なんてできないよ」

「それはどうだろうね？　さて、長話はそろそろ終わりにしようか。時間を稼いで、障壁を破壊しようって魂胆が見え透いているし」

「ッチ！」

障壁の破壊に想定以上に手間取っていたバルドッグは、核心を衝かれて堪《たま》らず舌打ちをしてしまう。そして、セルジュが攻撃して来るまでに脱出するのは、まず不可能だと判断。代案として周囲に展開させていた武器群を操り、迎撃させる事にしたようだ。

「おっと、鎧を散々自慢していた割には弱気な選択だね。よっぽど攻撃されたくないのかな？　攻撃を受け切る自信がないのかな？　まっ、私はどっちでも良いけどね」

チェーンソーを構えたセルジュが前に歩み出る。バルドッグは武器を全て放出させるが、それらの攻撃はセルジュの幸運により、明後日《あさって》の方向へと行ってしまった。呼び戻すには時間が足りず、新たに作り出している暇は最早《もはや》ない。

（虚仮威《こけおど》しだ。贋作《がんさく》に僕の作品が負ける筈《はず》がない）

セルジュがまた一歩、更に一歩と迫り来る。彼女が一歩進むごとに、耳に届く機械音が大きくなる。そして、バルドッグは言葉では言い表せない恐ろしい何かを、段々とその身に感じ始めていた。それはまるで、かつての大戦で敗北した際に味わった、絶望そのもの。

（所詮は贋作、リドワンの足下にも及ばない、贋、作……）

眼前にまで迫ったセルジュは立ち止まり、その場で大きく振りかぶる。残る動作はチェーンソーを振り下ろすだけだ。展開していた全ての武器を放出してしまったバルドッグは、無意識のうちに防御態勢を取っていた。その瞳は既に恐怖の色で染まっており、逃れる事のできない己の運命を悟っているようでもあった。だからこそ、叫んでしまう。

「馬鹿がぁ！　だからぁ、効かないと何度言えばッ――」

――ズッ。

セルジュの攻撃は一瞬だった。果たしてチェーンソーによる斬撃を、一太刀と言い表して良いものなのだろうか？　その点は不明だ。不明ではあるが、彼女の攻撃は正しく一太刀であったのだ。

「馬鹿、が、ぁ……」

「そこは馬鹿な、だろ？」

斬りつける寸前のところで安息の棺《ユーサネイジア》を解除したセルジュは、直後に袈裟《けさ》斬りになる形でバルドッグを攻撃していた。斬撃に抵抗しようと身構えたバルドッグであったが、彼の肉体は全身鎧共々一瞬のうちに両断されてしまう。ずり落ちた彼の上半身は血を撒《ま》き散らしながらバシャリと落ち、それにつられるようにして、下半身も崩れ落ちるのであった。また、バルドッグの下《もと》に戻ろうとしていた武器群も、力を失って辺りに転がり落ちる。

「お前はさっき、ウィルの事を形状を変える事しか能がないとか、そんな事を言っていたね？　けど、それは間違いだ。ウィルは希望を叶《かな》える、勇者の相棒なんだよ。望む武具へと姿を変え、信頼が深まれば数百数千の剣にだってなってくれる。私みたいにズッ友になれば、それこそ望む性質も帯びてくれるんだよね。この聖殺《カミゴロシ》みたいに、神性を持つ神様にのみ超絶効く！　他の生物には無害だけど、神様だけは絶対殺す！って感じでね。言ってしまえば、その全身鎧の真逆の力を持ったのさ」

地に落ちたバルドッグを笑顔で見下ろしながら、セルジュが『鑑定眼』を起動する。バルドッグが纏っていた全身鎧は、神に連なる者のみが身に着ける事ができる専用装備、神性が高いほど防御力が増すというものだった。この全身鎧を纏ったバルドッグは殆《ほとん》ど無敵に近い存在であったが、それによって高まった神性は、聖殺《カミゴロシ》にとって格好の獲物でしかなかったのだ。

「ウィルが分解されなかった時点で気付くべきだったね。ウィルには意思があって、決してお前の後追い作品なんかじゃないってさ」

「……ぁ」

血に塗《まみ》れたバルドッグの口から、微《かす》かに声が漏れた。

「ん？　そんな状態で反論するの？　それとも遺言？」

「……馬鹿が、だぁぁぁ！」

バルドッグの叫びと共に、辺りに転がっていた彼の作品達《たち》から猛烈な光が放たれる。バルドッグが最期に選択した作戦は、作品の全消去――つまるところ、自爆であった。

「ッ！　聖《ガラ》――」

それは敗北を認めたくなかったが為《ため》の行動だったのだろうか。それとも、セルジュに己の作品を奪われるのが嫌だったのだろうか。どちらにせよ、自らの作品全てに自爆機能を備わせていたのは、狂気の沙汰と言えるだろう。

――ズッ……ドオオガアアァァァ――ン！

最大規模の大爆発は環境破壊され切った戦場一帯を飲み込み、その周囲にも被害を波及させていく。地面も、木々も、開発者であるバルドッグも、何もかもを消し飛ばしていった。

◇　◇　◇

人気《ひとけ》のない僻地《へきち》に突如として発生した爆発は、後に魔力の噴火口と呼ばれる事となる巨大クレーターを形成していた。広範囲に亘《わた》る地形変動は地盤を脆《もろ》く崩れやすくし、クレーターの端の方では今も大地や岩などが崩れ落ちている。

——ガラッ、ガラガラッ。

ふと、野生のモンスターも近付こうとしない穴の底で、積み重なっていた岩の一部が動き出した。そして岩をどかした隙間より、何者かが顔を出す。

「……ふう！　出られた出られた、生き埋めとか初めて体験しちゃったよ。こんな初体験、するもんじゃないね」

隙間から顔を出したのは、鎧を纏《まと》ったセルジュであった。口の中に土が入ったのか、ぺっぺと吐き出しながら、地上に這《は》い出ようとしている。

「にしても、まさか武器を全部使って自爆をして来るとはね。頭おかしいんじゃないかな、あいつ。というか、眼鏡って自爆しがちじゃない？　私の気のせい？」

不満気なセルジュであるが、彼女は道連れ覚悟の自爆が間近で行われたというのに、生き埋めになりながらも生き残っていた。どうやらウィルを聖鎧《ガラハッド》で急遽《きゅうきょ》展開し、爆発耐性の性質を付与させる事で耐え忍ぶ事に成功したようだ。

「まっ、引く間際に止《とど》めを刺すのが間に合ったのは良かったかな？　あんなに経験値が美《お》味《い》しそうな大物、みすみす自爆で逃すのはもったいなかったもんね。いや～、良かった良かった！　私は可愛くて偉いな～」

驚くべき事に、セルジュは生き残るだけでなく、バルドッグに止めの一撃を与える余裕もあった様子だ。突如として巻き起こった自爆の備えをし、バルドッグを倒す事で得られる経験値の事まで配慮していたのである。流石《さすが》は世界最強の勇者と称するべきか、どこまでもちゃっかりしていると呆《あき》れるべきか――どちらにせよ、彼女だからこそ成し得た芸当なのだろう。

「けど、こっちは逆に反省しなくちゃだね」

聖鎧《ガラハッド》を解除して下着姿へと戻ったセルジュが、ふと今は無き自らの左腕を見ながらそう呟《つぶや》いた。

巻き起こった爆発を聖鎧《ガラハッド》で凌《しの》いでいた際、一本の長剣が彼女の死角より迫っていた。爆発による眩《まばゆ》さと轟音《ごうおん》で、視覚と聴覚が機能していない状態にあったセルジュは、この長剣の存在を察知するのにほんの一瞬だけ遅れてしまったのだ。セルジュは心臓目掛けて飛来したこの長剣を紙一重で躱《かわ》したものの、長剣はその後に軌道を変え、再びセルジュの下へ。

そして、聖鎧《ガラハッド》の左腕の関節部を正確に射貫《いぬ》いたのである。しかも、直後に長剣が爆発するオマケ付きだ。結果的にセルジュの肘は吹き飛び、上腕部分も爆発で半分ほどが吹き飛んでしまった。

「私の『絶対福音』も効いてなかったみたいだし、因果を捻《ね》じ曲げるような能力を持った武器だったのかな？　んー、ちょっと慢心していたかも、要反省。でも乙女的に傷は早く治したいから、早速治療しないとね～。……っと？」

　千切れた左腕に白魔法による回復を施すセルジュであったが、何度回復を試みても欠損が再生する気配がない。説明するまでもないが、セルジュは魔法の腕も世界最高峰を誇る。そんな彼女が回復を失敗するなんて事は、まずあり得ない。となれば、要因は別にあるものだ。

「うげっ、これって呪いの類？　それも、私の魔法を阻害するくらいに強力なやつじゃん！　あの剣って呪いの武器でもあったの？　どれだけ欲張りセットなんだよー……」

　自身のステータスを見て、キッチリと呪いを受けている事を確認して、項垂《うなだ》れるセルジュ。どうやらこの呪いは回復を阻害するタイプのもので、解呪魔法も受け付けない最悪のものであるらしい。とんだ置き土産だと暫《しばら》く嘆いていたセルジュであったが、取り敢《あ》えず傷口をどうにかしなくてはならないので、左腕に包帯を施す。

「良くはないけど、これで一先《ひとま》ずは良し、と。いやはや、まさか解呪魔法も効かないとは、本気で参ったね。最後の最後にとっておきを出して来るとは、あの眼鏡もやるもんだ。仕方ない、何年かこの呪いを馴染《なじ》ませて、神の救済《セイクリッドブレス》で加護に反転させようか。一時期、創造者がそんな研究をしてたの、聡明《そうめい》な私は知ってるもんね。うまくいけば、再生系の加護になってもっと強くなれるかも？　わっ、これって私の強化フラグじゃん！　やったね！」

ある意味で幸運は発揮されていたのだと、セルジュは物事をポジティブに解釈したようだ。隻腕の剣士ってのも格好良いし？　などと、そんな事まで言っている。本当に反省しているのか、かなり怪しいところだ。

「って、さっきまで空にあった聖杭《ステーク》の姿がないじゃん。十権能《じっけんのう》が死んだ時に備えて、自動で帰還する機能でも付いていたのかな？　逃げ足が速いなぁ、もう」

空を見上げたセルジュが、プンスカと地団駄を踏む。もちろん、本心ではあまり悔しがってはおらず、あくまでポーズとしてやっているだけのようだ。

「しっかし、間際になってあんな超越的な武器を作っちゃうなんて、やっぱり鍛冶の腕だけは神域だったっぽいね、あの眼鏡。色んな意味でもったいない奴《やつ》だったなぁ。能力は突出してるけど、使ってる奴自身の戦闘面は微妙って言うか、鍛冶師が前線に出て来て何がしたかったんだって言うか……あ、鍛冶ができて後衛職なのに、狂喜しながら前線に出る奴もいたっけ？」

素敵な笑みを浮かべる死神を脳裏に浮かべるセルジュ。だが、アレは神が相手でも例外だよなと、直《す》ぐに思考から掻《か》き消してしまう。満面の笑み、彼方《かなた》へと消滅。

「ま、こんな事をいつまでも考えたって仕方がない。帰りが遅くなると皆が心配するし、そろそろ帰るとしようかな。自爆で綺麗《きれい》に全部吹き飛ばしてくれたから、後片付けはオーケー。格好は私服に着替えるとして……うーん、なくなった戦闘用の装備はどうしようかな？　S級の装備なんて、そうそう見掛けるものでもないだろうし、かと言ってフィリップにねだるのも癪《しゃく》だし……だったらそんな事をするより、水国の姫王様にでもお願いしちゃう？　四大国で唯一女の子が治めている国だし、今あそこにはシルヴィア達もいたと思うし！　フフッ、夢が膨らむな～」

眼前の巨大クレーターは視界に入っていないのか、セルジュは早々に帰り支度を始めてしまった。どうやら環境破壊はそのままにして帰還するようで、おねだりは死んでもしないが、後始末は教皇のフィリップにぶん投げる気でいるらしい。実にセルジュセルジュな考えである。

「よーし、フリフリな私服にお着替え完了！　片腕だと着替え辛《づら》いね、どうも」

お気に入りの衣服に着替えたセルジュはご機嫌な様子だった。この後の行動を夢見て、妄想を膨らませている最中であるらしい。……だがしかし、実のところ彼女の言動と真意は全く異なっていた。

（あの眼鏡、どう考えても戦闘タイプじゃなかったね。それで私との戦いが成り立つんだから、これはちょっと洒落《しゃれ》にならないかもなぁ。逆に言えば、あんな奴一人を寄越《よこ》して来た敵さんは、今のところ大分慢心しているとも考えられるけど、実際はどうだろう？　今後中身が伴う十権能が組織的に動くようになれば、結構ヤバい相手になるのは確実っぽい。

はぁ、やだやだ。私はもう守護者じゃないのに、何でこんな事まで考えないといけないのかなぁ？　心優しくて懐が深いって、損な役回りだよね）

行動が軽率に思われがちなセルジュであるが、彼女も歴《れっき》とした勇者であり、ただ適当な事を口にしているだけではない。しっかりと先を見通し、今後どう動くべきかを考え、対策を練っている。彼女の本質は守護する事——漸《ようや》く訪れたこの平和をどう維持すべきか、セルジュは真剣に向き合っているのだ。

「でも、私がやるしかないよね。そう、全ては全世界の美女美少女の為にッ！」

……想《おも》いはどうであれ、真剣に向き合ってはいるのだ。

第二章 ▼ 魁《かい》偉《い》

西大陸のとある場所に存在するゴルディアの聖地、人里離れた秘境の奥地にあるその場所には、四季に関係なく年中紅葉している木々があり、心を奪うほどに美しい景色が広がっている。しかし最大の特徴は何と言っても、天を貫かんと聳《そび》え立つ複数の岩石だろう。山の如《ごと》く立ち並ぶその様は、中国の黄山にも似た雄大さを見る者に感じさせてくれる。

「ふふ～ん、この景色は何度目にしても良いものねぇ。心が洗われるわん」

それら岩山の一つ、その頂上にて、聖地の眺めを堪能する者達がいた。かつてこの地で修行をし、ゴルディアを会得したゴルディアーナ・プリティアーナ、そして彼女の妹弟子であるグロスティーナ・ブルジョワーナである。

「確かに絶景ッス！　けど、俺はプリティアちゃんの方が美しいと思うッスけどね！　身も心も、最早《もはや》洗う必要がないほどに綺麗ッスよ！」

更にプラスして、ケルヴィン達に置き手紙を残したダハクもまた、このゴルディアの聖地を訪れていた。半ば無理やりに付いて来た形ではあるが、ゴルディアーナだけでなくグロスティーナと仲が良かったのもあって、ダハクならまあオーケーと、そんな感じで了承されているらしい。

「あらやだ、熱烈な口説き文句ねぇ。お姉様が羨ましいわん」

「グロス、茶化しちゃ駄目よん。ダハクちゃん、そう言ってくれるのは嬉《うれ》しいけどぉ、私は見た目ほど美しくはないのん。過去の過ちを糧にしてぇ、理想の自分を目指しているだけぇ……今の私は未《いま》だ道半ば、それこそ山の麓を登り始めたようなものなのよぉ。頂はまだまだ見えないわん」

「す、すげぇ！　プリティアちゃんの志の高さは、俺の想像を軽く超えて行っちまうぜ！　けど、これ以上神々しくなっちまったら、眩《まぶ》し過ぎて直視できなくなっちまう。それは困る、困るぜ。けど、けど——それでも応援するってのが、漢《おとこ》ってもんだよな！　プリティアちゃん、俺は見届けるッスよ！」

「フフッ、ありがとねぇ」

「あらやだ、こんな真っ直ぐな青春を見せられたら、私も魅せられちゃう！」

彼らの会話は控えめに言って地獄であった。少なくとも、ジェラールはそう断言するだろう。

「さて、と……聖地に来たからには、まずはお墓参りをしないとぉ。ダハクちゃん、一緒に来てくれるかしらん？」

「がってん！って、墓っスか？」

「……私の大切な人の、よん」

「ッ!!?」

ゴルディアーナの言葉を受け、ダハクに衝撃が走る。

「たたたたた、大切な人のぉぉぉ!?……ま、まさかまさか、まさかプリティアちゃんの、かつての恋人の、ッスか？　いいい、いや、もしやプリティアちゃんは未亡人だった!?いや、しかし、だがッ！　あの溢《あふ》れ出る色気から察するに、それもまた納得すべきと言うかなんと言うかうあああぁぁぁ――――！」

ダハクは混乱し、かつてないほどのメンタルダメージを負っていた。控えめに言って致命傷である。

「ダハクちゃん、落ち着いて。大丈夫よ、お姉様は未亡人じゃないわん。もちろん、今も独身よぉ」

「えっ？」

「ごめんなさいねぇ、言い方が悪かったかしらん？　そのお墓はねぇ、私の御師匠《おししょう》様《さま》のなのぉ」

「そ、そうだったんスか……」

ダハクらがいるこの岩山の頂上には、辛うじて寝床となりそうな小さな建物と、鍛錬場らしき広場が設けられていた。狭い場所故に、設備はそれくらいしか見当たらない。残るは岩肌の隙間を縫って奇跡的に咲いた草花と、そこにひっそりと建てられた小さな墓標くらいなものだ。

「直立した岩山を登らないと来られないような、こんな場所だからねぇ。私達《たち》がお墓参りしないと、他に来る人がいないのよん。だからぁ、ダハクちゃんも一緒に来てくれるって言ってくれて、とっても嬉しかったわん」

「そ、それは光栄ッス！　プリティアちゃん、俺、墓を掃除するッスよ！　それくらいはさせてくださいッス！」

「あらやだん、それは妹弟子の私の仕事よぉ？　いくらダハクちゃんだからと言っても、そこは譲れないわん！」

「もう、喧嘩《けんか》しないのぉ。師匠の前なんだからぁ、仲良く協力してやりなさいなぁ。もちろん、私もお掃除しちゃうからねん！」

「プ、プリティアちゃんとの共同作業だってぇ!?」

　こうして、三人は仲良く墓掃除をする事となるのだが……小さな墓標に対し、大柄かつ屈強な肉体を持つ三人が寄り添いながら掃除する図は、言葉にするのも躊躇《ためら》われるものだった。少なくとも、ジェラールなら心折れている。

「ふぅ～、綺麗になったわねん。ダハクちゃん、周りのお花ちゃんのお世話までしてくれてぇ、とっても助かっちゃったわん！　心から感謝のぉ、んん～～～……チュッ！」

「ぐはぁっ！　きょ、強烈な投げキッスがぁ、遂《つい》に俺にもぉぉぉ！」

　ダハクは真後ろにぶっ倒れ、唐突にやって来た幸せに酔いしれた。一応は女神の投げキッスなので、何かしらの加護が与えられた可能性もある。まあ少なくとも、ジェラールならその副作用で卒倒していただろうが。

とまあ、そんな幸せ体験絶望体験はさて置き、ゴルディアーナの師の墓は綺麗に掃除が為されていた。漢女《おとめ》達の繊細かつ力強い雑巾がけは、石造りの墓を鏡の如くピカピカになるまで磨き上げ、本業のダハクが世話をする事で、周りの野花は瑞々《みずみず》しく咲き誇るに至ったのだ。

「お師匠様、きっと天国で喜んでいるでしょうねぇ。お姉様もそう思わない？」

「転生神になった私に、それを聞いちゃうのん？　師匠は探求心豊かだからぁ、天国に行っても退屈しちゃうと思うのぉ。だからぁ、きっとどこかしらの世界に転生して、また武の頂を目指してると思うわん。それこそが、私が憧れた師匠ですものぉ」

どこか遠くを見つめながら、ゴルディアーナは感傷に浸っているようだった。

「ヒソヒソ（なあ、グロス。プリティアちゃんのお師匠さんって、一体どんな人だったんだ？）」

「ヒソヒソ（あら、興味があるのん？　それもまた青春ねぇ）」

「ヒソヒソ（ちゃ、茶化すんじゃねぇっての！）」

「ヒソヒソ（ウフフ、ごめんなさいねん。でもね、実は私も会った事はないのよぉ。妹弟子を名乗ってはいるけどぉ、聖地で鍛錬を始めた時には、もうこのお墓があったのん。お師匠様の事は、お姉様から話を聞いただけぇ）」

「ヒソヒソ（そ、そうなのか？）」

「ヒソヒソ（そうなのよん。お姉様曰《いわ》くぅ、とっても強くて、それでいて優しくてぇ、更にはとってもダンディかつナイスガイなお師匠様だったらしいわん）」

「ドストライクのべた褒め乙女じゃねぇか！」

思わず、ダハクが叫んでしまう。ヒソヒソ話はどこに行ったのか、山の向こう側にまで届きそうな叫びであった。

「ダハクちゃん、声がもろに出ちゃってるわん」

「あっ、いやっ、これは何でもなくって!?」

慌ててゴルディアーナに弁解しようとするダハク。が、当のゴルディアーナはなぜか空を見上げていた。

「珍しい事もあるものねぇ。二人共、お客様よん」

「え？　あっ！」

「やだ、大きいわん……！」

ゴルディアーナの視線の先、そこにはいつの間に現れたのか、巨大な杭《くい》が滞空していた。そして、その杭の内部からフードを被《かぶ》った大男が一人、豪快に舞い降りて来る。今のところ、堕天使の証《あかし》である漆黒の翼は見えない。しかし、その肉体が異様なまでに鍛え込まれている事は、衣服の上からも確認する事ができた。

「偽神、ゴルディアーナ・プリティアーナ、そしてその巫女《みこ》、グロスティーナ・ブルジョワーナだな？　唐突な来訪となってすまないが、一つ俺と手合わせ願いたい」

◇　◇　◇

謎の大男が口にしたのは、意外な言葉であった。手合わせ、そう、手合わせである。転生神であるゴルディアーナを狙って聖地へやって来た事は、聖杭《ステーク》を目にした時点で、ある程度予想できていた。しかし、この言葉はゴルディアーナにとっても予想外なもので、彼女も意表を衝かれた様子である。

「手合わせと、そう言ったのかしらん？　うちの看板を狙った道場破りのつもりん？」

「どう受け取ってもらっても構わない。俺はただ、貴殿と拳を交えたいと思っているだけだ。白翼の地《イスラヘブン》にてグロリア、そしてバルドッグから逃げおおせた貴殿の力、俺から見ても見事なものだったぞ」

「うふっ、お褒めの言葉、ありがとねぇ」

ゴルディアーナは叡智《えいち》の間で遭遇した十権能《じつけんのう》、その面々の顔を思い出していた。彼女はあの僅かな時間で、十権能の顔や特徴を記憶していたのだ。

（その時に三人だけ、お顔が見えなかったのよねん。けどぉ、肉体はしっかりと覚えてるわん。この恵体は、確かぁ……）

十権能の肉体を次々に想起させる。顔が見えなかった体、一人は鉄仮面を被っていたリドワン・マハド、違う。一人はローブを纏《まと》う異形の老人、違う。最後の一人が、眼前にいるフードの大男――ビンゴ。

「バルドッグは貴殿に恨みを持っていたようだが、俺の興味を優先させてもらった。彼奴《あやつ》一人を行かせたところで、勝ち目がない事は分かっていたからな」

「あらあらあらぁ、立て続けに私を評価してくれるのねぇ、嬉しいわん。で・もぉ、私と一戦交えたいのなら、お顔くらいは見せてくれたって良いんじゃなぁい？」

「む、それは失礼したな。何分、顔を晒《さら》すのは慣れていないのだ」

大男がフードに手を掛け、バサリとそれを外す。そこから現れたのは、髭面《ひげづら》の強面《こわもて》。熊を想起させる髭と同じく、無造作に伸ばされた髪は灰色で染められている。年齢はゴルディアーナと同じか、それよりも上ほどだろうか。鋭い眼光がゴルディアーナを捉え、まるで獲物を見るかのように注視し続けていた。

「顔を晒したついでに、自己紹介させてもらおう。十権能の一人、ハオ・マーだ」

顔を晒したハオの言葉は、まるで物理的な重みを帯びているかのようであった。彼の存在感がそうさせているのか、信じられないほどに空気が重くなっている。常人であれば、この場に居合わせた時点で気を失っていただろう。

「やだ、やけにワイルドなおじ様が出て来たものねぇ。お姉様、ここは協力して――お姉様？」

真っ先にゴルディアーナの異変を感じ取ったのは、妹弟子であるグロスティーナであった。何時だろうと、相手が何者であろうと、屈せぬ闘気を纏いながら立ち向かう。それがゴルディアーナであった筈《はず》だ。しかし、今の彼女は震えていた。まるで信じられないものを目にしたかのように、心と体が震えていたのだ。

「う、そ……何で、何で師匠がここに……!?」

震える口でゴルディアーナが何とか絞り出した言葉。しかし、その内容はあり得ないものだった。

「お、おい、プリティアちゃん、何言ってんだ？　プリティアちゃんのお師匠さんは、とっくの昔に死んじまったんだろ？　墓掃除だって、たった今したばっかじゃねぇか！」

「そう、その筈、なのよ。けど、けど……忘れもしないの。間違える筈がないの。彼の顔は、師匠と瓜二《うりふた》つなのよぉ……！」

「な、なんだってぇ!?」

「お姉様、それマジなのぉ!?」

叫びに叫びが重なり、彼方《かなた》に声が飛んで行く。

（って、俺まで動揺してどうすんだよ！　プリティアちゃんがこんな時だからこそ、俺がしっかりしねぇと！）

幸い、今のところハオから仕掛けて来る気配はなさそうだ。気を取り直し、気合いも入れ直すダハク。動揺するゴルディアーナの代わりに、ブルジョワーナと共に彼女の前に出る。

「てめぇ、本当にプリティアちゃんのお師匠さんなのか？」

「……予《あらかじ》め言っておくが、何の事だか分からんな。先ほども言ったが、俺は今も昔も十権能の一員だ。貴殿の知る人物とは生きていた時代が異なる。単なる勘違いか、その者と俺が似ているだけの話だろう。偽神よ、そんな事で動揺してもらっては困る。拳が鈍るぞ？」

ゴルディアーナを睨《にら》み、その場で腕を組み始めるハオ。どうやら彼は、万全な状態にあるゴルディアーナとの戦いを欲しているようだ。

「へっ！　邪神なんかの復活を願っている連中の癖に、やけに親切な忠告をしてくれるじゃねぇか？」

「親切心からの忠告ではない。そこの偽神は俺が認めし強き者、ならば人事を尽くさせ、その上で勝利をもぎ取るのが筋であろう」

「ッチ、スカしやがって！」

何を言っても不動を貫くハオに対し、ダハクは苛立《いらだ》ちを覚えていた。

（こいつ、生意気にもケルヴィンの兄貴と似たような思考回路をしていやがる！　許せねぇ！　イケメンのイケおじだからって、完全に調子に乗っていやがるぜ！　それにどう見ても、どう考えてもプリティアちゃんを誑《たぶら》かしていやがる！　マジで許せねぇ！　たまたまお師匠さんに似ていたっていう、ミラクルを起こしただけだってのによぉ！）

この通り、それはもうイライラしていた。尊敬するケルヴィンの模倣行為、愛するゴルディアーナに対する軟派な態度――どれもこれもが言いがかりでしかないのだが、ダハクはもうキレる寸前である。

「お姉様、行けそうかしらん？」

「……ええ、もう大丈夫よぉ。私が武を極める切っ掛けになった出来事だったから、少し動揺しちゃったのん」

一呼吸置いたゴルディアーナは、いつもの桃鬼《とうき》、そして転生神としての自分を取り戻していた。

「ハオちゃんと言ったかしらぁ？　手合わせの件、受けさせてもらうわよん」

「……良し、その状態の貴殿であれば、俺も本気を出す必要が出て来そうだ。感謝するぞ」

「フフッ、敵さんに感謝されちゃうなんて、私も良い女が過ぎるわねぇ。それで、どうするのぉ？　早速始めちゃう？」

「いや、ここはちと狭いな。それに俺と貴殿がやり合えば、ここがただでは済むまい。場所を変えよう」

「ふぅん？　なら、私が場所を指定しても良い？　丁度良い所を知っているのぉ」

「貴殿に任せよう」

「うふっ、良い返事ねぇ！　付いて来なさぁい！」

そう言って、ゴルディアーナは岩山の頂から跳躍、真下へと落下して行った。

「ふん」

更に続いて、ハオも岩山から飛び降りる。通常の落下速度とは比較にならないスピードで移動する二人は、あっという間にダハクの視界から消えてしまった。

「……ハッ！　お、おい、俺達《たち》も追いかけるぞ！　早く追い付いて、プリティアちゃんを援護しねぇと！」

「うう～ん、追いかけるのには賛成だけどぉ、お姉様の戦いに参加するのは反対かしらねぇ」

「ああっ!?　何でだよっ!?」

「ダハクちゃん、落ち着きなさぁい？　お姉様はね、あのおじ様と本気で戦うつもりなのよん。下手に私達が介入しようとしても、邪魔になる可能性の方が高いわん。というか、十中八九邪魔になるわねぇ」

「だから、何でだっての!?」

「ケルヴィンちゃんに置きかえて考えてみなさいな。実力伯仲の二人が運命に導かれ、本気の死闘をやり合おうとしているのよぉ？　二人の世界を邪魔してまで、ダハクちゃんに介入する余地があると思う？」

「そ、それは……」

　確かに、ケルヴィンなら拮抗《きっこう》した極上のバトルを望むだろう。ダハクもその点は理解している。しているが、今グロスティーナが言った、『二人の世界』という単語がダハクの思考の邪魔をしていた。ゴルディアーナの邪魔はしたくない。だけれども、二人っきりにもしたくはない。二つの思いが交わり、ダハク、現在とっても葛藤中。

「……ああ～～！　兎《と》に角《かく》、兎に角だ、まずは追いかける！　そっから先の事は、追いついた俺が考える！　よし、基本方針はこれで決定な！　行くぞ、グロスぅぅ！」

「うん、とってもフレッシュで素敵ぃ」

結論を後回しに、ダハクらは後を追うのであった。

◇　◇　◇

「お待たせぇ、ここに招待したかったのよぉ」

「……なるほど、見事な場所だな」

ゴルディアーナが選んだのは、かつて自らの師と免許皆伝の為《ため》の決闘を行った場所だった。紅葉した森の中にポカンと開けた広場である。絶えず黄や赤色の葉が落ち続ける景色は風情があり、広場の地面には絨毯《じゅうたん》代わりの紅葉が敷き詰められ、独自の踏み心地が楽しめる。だがここへ来たのは、あくまでも戦う為。風情などを味わっている暇は、今の二人にある筈がなかった。

「ここはねぇ、私の思い出の地でもあるのん。私がゴルディアーナとなって、武術を極めんとした切っ掛けの場所――まっ、言ってしまえば免許皆伝の為にぃ、お師匠様を殺してしまった場所なのよん。貴方《あなた》と丸っきり同じ顔をした、お師匠様をねぇ」

「だから、俺はその者ではないと――いや、違うな。同じ顔をした俺が相手でも、容赦なく倒すという決意の表れか。ふむ、ならばこれ以上とやかくは言わん。ここならば十全に戦える、俺から言えるのはそれだけだ」

上半身の衣服を脱ぎ、その鍛え抜かれた肉体を晒すハオ。天に選ばれたが如《ごと》くの恵体は、ゴルディアーナのそれと遜色ないまでに大きく、そして引き締まり、その上で無数の傷痕が刻まれていた。一体幾度の試練を乗り越えれば、このような肉体に仕上がるのだろうか？　これから戦うというのに、ゴルディアーナは純粋に興味を抱いてしまう。

「まっ、良い体ねぇ。思わず見惚《みと》れちゃったわん。なら、私もお着替えをしちゃおうかしらん。――プリティー・ドレスチェンジ！」

ゴルディアーナが謎の叫びを上げると、彼女の肉体がピンク色の光で包まれ始めた。ビカビカと蛍光色が背景に塗りたくられ、その中でゴルディアーナがダンス（？）をしながら姿を変えていく。謎の光によって輪郭しか見えないが、なぜなのか脳内にポップなミュージックが流れて来る。もちろん、それは幻聴なのだが。

「ふぅ、変身完了。これが私の戦闘服、ゴルディア式戦闘着よぉ！」

「……」

ピンクの光の中から現れたのは、これまたピンクな全身タイツを纏ったゴルディアーナであった。そう、対抗戦でグロスティーナも着ていた、アレである。流石《さすが》のハオもこの展開は予想していなかったのか、言葉も出ないほどに衝撃を受けているようだった。

「……世界とは広いものだな。俺の知らない、そのような未知の装備が存在していたとは。なるほど、これは楽しめそうだ」

違った、感心していただけだった。

「ハオちゃん、この手合わせで私が勝ったら、貴方が隠している事を教えてもらっても良いかしら？　他の十権能《じっけんのう》について、これから行おうとしている計画について、後は、そうねぇ……お師匠様の事についても、何か隠している気がするのよねぇ。まあ、その辺の諸々《もろもろ》を聞き出したいわん」

「なるほど、賭けか。それにしても、随分と盛ったものだな。だが、良いだろう。俺に勝てたのならば、何であろうと聞くが良い。全て答えてやろう。その後に殺してくれたって構わん。だが、逆に貴殿が負けた時は……貴殿の全てを頂くとしよう。どうだ？」

「あらあら、とんだプロポーズがあったものねぇ」

「む？　ああ、そうとも取れる言葉だったか。安心せい、嫌らしい意味ではない」

ゴルディアーナがどんな返答をしようとも、ハオは動揺する気配を見せなかった。彼の目にゴルディアーナがどう映っているのかは謎だが、並大抵の事では驚かない、鋼の精神力を持っているのは確かである。これがジェラールであれば――いや、もう譬《たと》え話をする必要もないだろう。既に二人は臨戦態勢にあり、直《す》ぐにでも拳を交えられる状態なのだ。

「気にしないでぇ、ちょっとした冗談よぉ。まっ、要は命を含めて全てを賭け合うって事よねぇ」

「命のやり取り、それは武を極めんとする者にとって、どうあっても避けられん道よ」

その言葉を交わした後、二人の間に暫《しばら》くの沈黙が流れた。互いに構えを取ったまま、ジッと相手を見据え続ける。ある領域に到達した達人同士のやり取りは、凡庸な者には到底理解できないものだ。この沈黙も相手を見詰めているようにしか見えないが、その実、二人の間では幾百幾千もの読み合いが発生していた。一手でも読み間違えば致命的なミスとなり得る、超次元の駆け引きである。

「「……」」

辺りの空気は鉛のように重く、そんな重圧の中で数秒ほどが経過しただろうか。ある瞬間を境に、読み合いは次の段階へと移行する。全く同じタイミングで二人が構えを解き始めたのだ。

「ふふっ、うふふふふっ……参ったわねぇ。このままじゃ埒《らち》が明かないわん」

「ふっ、どこまでも楽しませてくれる。まさかここまでやるとはな」

読み合いの中で実際に戦っていたが如く、二人は体中に大量の汗を流していた。肉体的にはまだ全くの無傷の筈《はず》なのだが、呼吸までもが互いに荒くなっている。それこそ、何時間も戦い続けていたほどに。

「提案よぉ。奥の手を出そうと思うのだけれどぉ……如何《どう》かしらん？」

「よかろう、俺は権能を顕現させる。貴殿も真の姿を見せるがいい」

示し合わせたかのように、自然と同じ結論へと達するゴルディアーナとハオ。すると、ゴルディアーナは独自が過ぎる変身ポーズへ、ハオは力強く気を溜《た》めるかのような姿勢へと移行。先ほどまでとは全く空気の違う対峙《たいじ》となってしまったが、双方から発せられる闘志の高まりは、明らかに今の方が上となっていた。

「プリティー・モードチェンジ！」

「――権能、顕現」

　巻き起こる闘志の波に上乗せして、ピンク色の特大ハートと武骨な覇気が放たれる。突如として出現した二つの台風の目は、発せられる気の高まりだけで、周囲の木々を薙《な》ぎ倒す勢いに達していた。これらハートと覇気の影響で、ここへと向かっていたダハクとグロスティーナも、画面外にて大きく押し戻されてしまう。

「な、何だ、一体何が起こった……!?」

「この強烈なオーラはぁ、お姉様達のものねぇ。うふふっ、ここで遂《つい》にお披露目するのねぇ、お姉様」

「あっ!?　何をやるってんだよ!?」

「立派な転生神となる為にぃ、日々鍛錬し続けたお姉様のぉ、新たなるフォームのお披露目よ～ん」

「あ、新たなる、フォーム……!?　何だかよく分からねぇが、必見だって事は理解したぜ！　グロス、全力で向かうぞ！　命を燃やせぇ！　突き進めぇ！」

「オーライ！」

　頭よりも心で行動するダハクは、グロスティーナを引き連れ目的地へと急ぐ。だが、その目的地では二人の神達が、既に真の姿への変身を遂げたところであった。

「慈愛溢れる天の雌牛《ローズイシユタル》・片翼形態《モードルシフアー》——通称、片翼のゴルディアよぉぉぉん……！」

「我が権能は『魁偉《かいい》』！　我が神域の武、見事超えてみせよぉぉぉ……！」

溢《あふ》れる愛、満たされる闘志、相対する対極の武——今、神達が激突し、世界が揺れる。

◇　◇　◇

巻き起こる嵐の目、その中心に向かって進み続けるダハクとグロス。激しい戦闘が行われているのか、圧倒的なプレッシャーと衝撃波が絶えず二人に迫り来る。かつて黒女神が従えていた戦艦エルピス、アレが放っていた暴風が正面から迫る、そんな馬鹿げた状況だと言えば、その異様さが伝わるだろうか。たとえダハクが竜形体になったとしても、この中を飛んで向かうのは不可能だろう。だからこそ地面を踏み締め、少しずつ進んで行くしかない。ダハクは足元に植物の根を生やす事で、グロスは足元に粘着性の高い猛毒を纏《まと》う事で、この状況を何とか打破しようと、歩みを進めるのであった。

「あっ？」

「むふん？」

しかしある時を境に、行く手を阻んでいた脅威全てが消え去った。台風の目に入った？　否、それはあくまでも比喩として表したものだ。ゴルディアーナと十権能の戦いの場は、むしろ中心地に近くなるほど過酷なものとなっている筈である。ではなぜ、プレッシャー

も衝撃波も止《や》んでしまったのか？……答えは単純、それらを発生させていた戦闘そのものが、たった今終わりを告げたからだ。

「プ、プリティアちゃん……！」

「あっ、待ちなさい、ダハクちゃん！　私も行くわん！」

状況の変化に一瞬だけ足を止めるも、直ぐ様にダハクは駆け出していた。愛《いと》しき人、いや、愛しき女神が勝ったのか、果たして無事なのか、戦いの結果を逸早《いちはや》く知りたかったのだ。グロスだって気持ちは同じだ。ダハクの後に続き、目的地へと急ぐ。

先ほどまでの荒々しさが嘘《うそ》であったかのように、今、ゴルディアの聖地は静まり返っていた。風は一切吹かず、鳥や虫達の声もまた聞こえて来ない。ここが外であるのが信じられないほどに、どこまでも無音なのだ。静寂は本来心を落ち着かせるもの、しかし今ばかりはそれが酷《ひど》く不気味で、ダハクの心に焦りを生じさせていた。

……そして、二人は目的地へと辿《たど》り着く。

「ッ……！　嘘、だろ!?」

「お姉様……！」

二人が目にした光景は、信じられない、信じたくないものだった。その場にいたのは、間違いなくゴルディアーナと十権能ハオ、その二人だ。だがしかし、二人の状態には明確な違いがあった。

片や、左腕を根元からなくし、全身血塗《ちまみ》れのまま直立する十権能ハオ。肩で息をし重傷も重傷であるが、まだはっきりと意識があり、自らの足で立てる状態にはあった。そして彼の残った右腕には、千切り取られたピンク色の片翼が握られていた。片翼は消滅しかけており、もう数十秒もすれば完全に四散してしまうだろう。

　片や、展開していた慈愛溢れる天の雌牛《ローズィシュタル》が解かれ、うつ伏せの状態で地に伏すゴルディアーナ。彼女が倒れた地面の周囲一帯には、水溜《みずたま》りかと錯覚してしまうほどの、夥《おびただ》しい量の血液が流れ出ていた。素人目にも命の危機である事が分かる、凄惨な有様だ。

「……半神化しているとはいえ、この俺の左腕を奪い取るか。かつての大戦を思い起こさせる、良き戦いであった。その腕はくれてやる。そのまま持《つ》っていくと良い」

　ハオはゴルディアーナを見下ろし、どこか満足そうに口角を吊り上げながらそう言った。くれてやるとまで言い切ったハオの左腕は、もちろん今も切断されている訳だが、そこから血液が流れ出ている様子はなぜかない。

（やだん、どんな筋肉の動かし方よ、それぇ……）

　グロスがある事に気付き、そして驚く。切断されたハオの腕、その根元の筋肉が不自然に収縮し、切断面を無理矢理に締め付けていた。筋肉で物理的に傷口を塞ぎ、血液の流出を防ぐ――そんなあり得ない光景が、敵の腕の中で確かに為されていたのだ。

「てんっめぇぇぇ！　ここから生きて帰れると思うなよぉ!?」

　その事を知ってか知らずか、ダハクは関係ないとばかりに声を荒らげる。

「……先ほどの者達《たち》か、駄犬の如くよく吠《ほ》える」

「ああん!?」

「未熟とはいえ、貴殿も竜の王であるのだろう？　勝負にならないほどの実力差があるのは明白、だというのに奇襲を仕掛けるでもなく、真っ正面からのこのことやって来るとは……左腕を失ったこの身なれど、貴殿らを倒す事は容易。貴殿には俺を倒す千載一遇のチャンスに見えているのかもしれんが、実際のところは手の込んだ自殺よ。悪い事は言わん、立ち去れ」

「こ、のぉぉぉ……！」

「ダハクちゃん、落ち着きなさい」

今にも飛び出しそうになっているダハクを、グロスティーナが必死に食い止める。グロスも想《おも》いはダハクと一緒であったが、まだ冷静であったのだ。深手を負い、隻腕となったハオであるが、それでも尚《なお》、自分達よりも遥《はる》かに強い。心が捻《ね》じれるほどに悔しいが、グロスは冷静に実力差を読み取っていた。

（なくなった腕が再生しないところを見る限りぃ、回復系の能力は持っていないのかしらん？　けど、女神であるお姉様を単独で倒したその力ぁ、確実に私達の力が及ばない領域に踏み込んでるわん。十全に力を出してぇ、最大限に連係する事ができたとしてもぉ、これはぁ……）

命を第一にするのであれば、ここでの最善は大人しく退く事だ。しかし、目の前で愛する女神を倒されたダハクは、絶対にその選択を許さないだろう。

（……けどぉ、マブダチがこう言うからにはねん。私も覚悟を決める時かしらん。鱗粉《りんぷん》乱舞《ぶんぷん》！）

ダハクを抑えるその一方で、特殊な毒の生成を始めるグロス。舞台に舞う貴人妖精《バイオレットフェアリー》・発展形態《セカンドエディション》の羽を小さく、正面からは見えない程度の大きさで展開し、密《ひそ》かに鱗粉を振り撒《ま》いていく。

「去れと言われて素直に去る奴《やつ》がいると思ってんのか、おお!?　漢《おとこ》なら売られた喧嘩《けんか》、真っ向から買いやがれ！　その為《ため》にてめぇはここに来たんだろうがぁ！」

「……俺がここへ来たのは、この者に興味を持ったからだ。肉体を極限にまで鍛え上げ、鋼の如《ごと》き精神力を持っていた、この者にな。しかも、それだけではない。機知に富み、最上を称して良いまでに技を磨いていた。愛を知り、己の限界を超えさせる起爆剤を備えていた。ここまでの武術家と拳を交える機会は、数百年、いや、数千年に一度あるかどうかだろう」

「うるせぇ！　プリティアちゃんを知った風に言うんじゃねぇよ！　んなこたぁ、俺はずっと昔から知ってんだ！　愛を知る？　なら、俺がその愛を引き継いでやるよ！　てめぇをぶっ殺してプリティアちゃんを助けて、そんでハッピーエンドだ！」

「……フッ、その心意気や良し。だが未熟者は未熟者、心意気の一つや二つが変わったところで、急に強くなったりはせん。もう一度言ってやろう、立ち去れ。真の強者となってから俺の前に立つんだ――」

「――うるせぇっつってんだろうがぁ！」

グロスを払いのけ、遂にダハクが突っ込んで行ってしまう。解き放たれた瞬間に自らの肉体に植物を幾重にも巻き付け、更にはハオが立つ地面の四方八方から、『異種交配』で生み出し急生長させた凶悪な肉食植物を萌《も》え立たせる。大地を司《つかさど》る竜王の怒りは、それら植物達にも伝播《でんぱ》しているようで、どれもこれもが獰猛《どうもう》な状態にあった。

「まったく、手のかかる子ねぇ！　ぬぅん、妖精の輪《フエアリーエンジエル》！」

戦闘の用意をしていたグロスも、ダハクの行動に合わせて支援を開始する。周囲に漂っていた毒鱗粉が、天使の輪を作るようにハオを取り囲んで、じわじわと密集。ダハクの肉食植物と連係して、ハオを追い詰めて行った。即席とは思えないほど、見事なコンビネーションである。だが、それでも――

「――蛮勇と勇気を履き違えおって、馬鹿者どもが」

◇　◇　◇

肉食植物での攻撃を仕掛けた際、ダハクは大地の下、つまりは土の中に潜り込んでいた。植物を頑強な鎧《よろい》のように自身に纏わせ、真っ正面からの接近戦を仕掛ける！　という、そんな思わせ振りな行動を取っていたダハクであったが、これはあくまでデコイに過ぎない。土竜王の力で植物達を巧みに操作し、今もその鎧の中に自身がいると錯覚させる。そしてダハク本体は土中からハオの死角に回り、肉食植物に紛れて攻め込む――と、そのような策を描いていたのだ。これまで感情のままに動く事が多かったダハクであるが、眼前でゴルディアーナが倒されて尚、勝利の為に斯《か》くも狡猾《こうかつ》に戦えるようになったのは、大きな成長だと言えるだろう。

更に、一歩引いた場所から戦場を見渡すグロスもまた、ただ猛毒を振り撒くだけには終わらなかった。突貫したように見えた親友《マブダチ》の意図を一瞬で見抜き、その作戦に合わせる形で毒を展開。加えて自らも人型の毒、『操り毒人形《どくもりどーる》』を囮《おとり》として複数作り出し、肉食植物の陰に隠れる形で配置したのだ。この毒人形は触れた瞬間に爆発を起こし、物理的なダメージと麻痺《まひ》毒を接触者に与える効果を持つ。迂闊《うかつ》に接近戦を仕掛けてしまうと、それはもう大変な事になってしまう超危険物なのだ。グロスはこれら毒を使用し、戦場の混沌《こんとん》化に拍車をかけ、ハオの意識を僅かにでも削《そ》ぐ事を狙っていた。もちろん、ゴルディアの伝承者として、隙を衝いての格闘戦も想定している。

(俺が背後に回れば、グロスの奴と挟撃できる位置取りだ！　プリティアちゃんの命がかかったこの場面、ミジンコレベルでも勝率を上げてやる……！)

(ふう、味方の私でさえ騙《だま》されるところだったわん。土壇場でのダハクちゃんの機転、絶対に無駄にはしないんだからぁん！)

心で通じ合うダハクとグロス。策略の限りを尽くした布陣は既に展開が終わっており、後はハオを倒すだけとなっている。対するハオにはまだ動きがなく、その場で構える様子もなし。ただ直立し、周囲を観察しているだけだ。一見無抵抗にも思える行動だが、ダハク達に容赦する気は一切ない。

第一の津波、食肉植物。そして猛毒で構成された第二の津波が、次々とハオへと押し寄せる。相手がS級モンスターだろうと一滴で即死させ、問題なく食い殺すであろう凶悪な攻撃には、文字通り一分の隙もない。倒れ伏すゴルディアーナ以外の生命、それこそ小さな虫だろうと一匹残らず平らげ、後に残るは不毛な大地のみとなるだろう。

……そう、今この場に立っているのがハオでなければ、そのような結末になっていただろう。

それは刹那の出来事だった。どのような姿勢からでも関係なく加速し、一気に最高速に達する――そんな事ができたとすれば、それはある種のファンタジーだ。現実ではあり得ない、夢のような歩法とさえ言えるだろう。或《ある》いは武芸の極致と、そう分類されるかもしれない。しかし、たった今ハオはそれを成した。直立したままの状態で、当たり前のように最高速に達してしまった。

ハオは思う。一体何に驚く必要があるのだろうか？……と。『武神』、『闘神』と称されるハオにとって、その程度は技や奥義などではなく、ごくありふれた行為に過ぎなかったのだ。ごく普通に駆け出し、壁を抉《こ》じ開け、背後にて隠れ潜んでいたダハクに初手を仕掛ける。ただそれだけの事なのだ。

「がっ……!?」

「激昂《げっこう》したように見せかけ、囮を仕掛ける。そして自らは死角に回り、タイミングを見計らう、か。なるほど、それなりの努力はしている」

　動く植物鎧には目もくれず、瞬きの間にダハクの眼前にまで迫ったハオは、ダハクには視認できない速度で右腕を振るった。認識できないのだから、その右腕で何をされたのかも分からない。辛うじて理解できたのは、ダハクの近くにもいた筈《はず》の肉食植物が全滅し、猛毒の壁が晴れ、ダハク自身が動けない状態にある事だけだった。足に力が入らず、立つ事もままならない。ダハクは膝から崩れ落ち、前のめりに倒れてしまう。

「ダハクちゃん！」

「貴殿、友を心配している暇があるのか？」

「ッ!?」

　グロスが叫び終わった頃には、ハオは彼女の前にまで迫っていた。ダハクが操っていた植物鎧と同様、グロスが作り出した操り毒人形《どくもりどーる》には全く騙されずに、である。驚きも束《つか》の間《ま》、ダハクにそうしたように、ハオが片腕を振るう。グロスもこの攻撃に反応する事ができず、同じ結果を辿り――片腕というハンデを背負ったハオに対し、ダハクとグロスは大敗を喫したのであった。

「経穴を突いた。人の形態であれば、竜にも有効なものだ。それ自体が死を招くものではないが、三日ほどは指先を動かす事は疎《おろ》か、声も発せないだろう」

「……!?……ッッッ！」

ダハクはどうにかして体を動かそうとするが、ハオの言う通り体は動かず、一単語の言葉も話す事ができなかった。辛うじて浅く呼吸する事は可能のようだが、本当にそれくらいしかできない。

「未熟なりの創意工夫への努力、それだけは認めておこう。だが、それだけでは足りんのだ。それにだ、やるべき事の方向性も悪かった。俺は気配に聡《さと》い方でな、いくら偽者を立てたところで、本物との区別は容易に——むっ？　バルドッグとリドワンの気配がない？　これは……そうか、彼奴《あやつ》らめ、失敗しおったか。だが、これは朗報だな。少なくともこの世界は、まだまだ俺を楽しませてくれそうだ。フフッ」

ハオがうっすらと笑う。ダハク達に発していた言葉とは打って変わって、今のハオの声には喜びが満ちていた。一方で最早《もはや》ダハク達に興味はないのか、止《とど》めを刺す気もない様子だ。

「っと、失礼した。話を戻そうか。貴殿らの肉体であれば、飲まず食わずでも暫《しばら》くは生き延びられるだろう。それから何を為すかは自由にするが良い。心を折るも、復讐《ふくしゅう》心を燃やすも、全て貴殿らの自由だ。尤《もっと》も、またこの体たらくであるようであれば、今度こそ止めを刺してやるがな」

足音が聞こえる。ハオがゴルディアーナの下に向かっているのだろうと、ダハクは即座に思い至った。待て！　と、そう叫びたい。だが、体は動かない。ハオを見上げ、睨《にら》みつける事も叶《かな》わない。

「ほう、偽神はまだ生きているか。驚嘆に値する生命力だ」

「……！……ッ！」

「ふん、安心しろ。この場で殺しはせん。此奴《こやつ》は未《いま》だ成長の真っ盛、ここで殺すには惜しい存在よ。最低限の責務を果たす為、我らの本拠地に連れて行くだけだ。……まあ、その後にエルドがどのような判断を下すかまでは、俺には保証できん。この偽神を生かしたければ、それなりに急ぐ事だ。己を鍛え直すにも、救出に向かうにも、な」

そう言い残すと、ハオは残った片腕で器用にゴルディアーナの巨体を担ぎ、宙を蹴って上空の聖杭《ステーク》まで駆け上って行った。その洗練された動きは、どう見ても怪我人《けがにん》のものではない。尤も、ダハク達《たち》にはそれさえも目にする事ができないのだが。

（くそっ、くっそぉぉぉ……！　俺が、俺が弱いから、こんな事にぃぃぃ……！　うぅぅっ……！）

言葉を発せず、体が動かなくとも、不思議と涙は自然と流れ出る。己の無力さを嘆き、後悔の念に駆られるダハク。徹底的に打ちのめされたダハクの心が、このままポッキリと折れてしまうか、それとも叩《たた》かれた鉄の如く、より強靭《きようじん》なものとなって生まれ変わるか――どのような未来を辿《たど》るかは、ダハク次第だろう。

（ケルヴィンの兄貴は、絶望の淵《ふち》からメル姐《ねえ》さんを助け出した。メル姐さんは、ケルヴィンの兄貴を途方もないほど信じ想い続けた。なら、今度は俺とプリティアちゃんの番だ。俺達にだってできる筈だ。連れ去られたプリティアちゃんを、俺は絶対に諦めない！　俺は命を賭けて救い出す！　プリティアちゃんだって、俺を信じて待っていてくれる筈だ！　俺はジェラールの旦那に代わって、プリティアちゃんのナイトになるんだッ！）

……ゴルディアーナのナイト。そう、未来では想像以上に凄《すご》い鉄が出来上がっているかもしれないのだ。

◇　◇　◇

ズン……ズン……

（……何だ、遠くで大きな音が聞こえる気がする）

――姉弟子、しっかりしろ！　ついでに作業着の兄ちゃんも死ぬなぁ！　根性だぁ、根っ……　性――――！

（すっげぇ暑苦しい声まで聞こえて来やがった。だがこの声、どっかで聞いたな。どこだったか……）

――クッ、俺の筋肉マッサージでも起きねぇか！　気合い入れてやってるよな!?　お前の本気はそんなものか、俺ぇ!?

（何だよ、筋肉マッサージって……心臓マッサージの親戚かよ……）

――ふん！　ふぅん！　『薬壺《やっこ》』の効力も出ている筈なんだが、さて、どうしたものか！　唸《うな》れ、俺の頭筋肉ぅ！

（ああ、そうか……いつの間にか俺、寝ちまっていたのか……つか、全身がいてぇ……？）

──しかし、これだけ強くやっても壊れないとは、流石《さすが》の肉体の強さだ！　ハッハー、素晴らしい筋肉をしている！　さわりさわり！

（早く起きねぇと……プリティアちゃんに、グロスの奴《やつ》も心配だ……）

──ふぅむ、こうなったら最終手段、人工呼吸によるショック治療をするべきか！

「って、おい！　待てやぁぁ！」

「やだん、オッドラッドちゃんったら大胆なんだからぁん！」

意識の覚醒。視界に広がるは雲ひとつない澄みきった青空。凄《すさ》まじい勢いで起き上がったダハクは、隣で同時に起き上がったグロスティーナの姿を確認する。そして、そこにはもう一人知り合いがいた。

「おう、漸《ようや》く起き上がったか！　やっぱどんな状況でも、小粋なトークってのは必要なんだな！　マスター・ケルヴィンの言う通りだぜ！」

ゴルディアを学び、グロスと共に対抗戦に出場したオッドラッドだ。

「この馬鹿野郎、冗談でもんなアホな事吐くんじゃねぇよ！　俺の貞操の危機だったじゃねぇか！」

「おっ、そうだったのか？　いや、それはすまなんだ！」

「あらん、チェリーな青い果実ってやつぅ？」

「う、うるせぇうるせぇ！」

ナイト志望の土竜王様、そのお顔は真っ赤である。

「んな事より、何でゴルディアの聖地にお前がいるんだよ、オッドラッド！」

「おお、露骨に話を逸《そ》らしたな！　まあ、それも良かろう！　一度パブの仲間達の下に戻った俺だったんだが、こう、胸騒ぎのようなものを感じてな！　マスター・ゴルディアーナ的に言うと、第六感が働いたと言うのか？　まあ、そんな感じで、俺も後からゴルディアの聖地に向かって出発していたんだ！　で、到着してみて驚いたぜぇ!?　ここに姉弟子と作業着の兄ちゃんが倒れていたんだからなぁ！」

「作業着言うなや……俺の事はダハクで良い。つうか、ケルヴィンの兄貴んところで、何度か顔を合わせただろ」

「む、そうだったか？　修行に夢中で、それどころではなかったからなぁ！　忘れている可能性大だぁ！」

「忘れるなや！　割と何度も話したぞ!?」

「まあまあ、落ち着きなさいってぇ。でもでも、お手柄よぉ。オッドラッドちゃんの筋肉マッサージのお蔭《かげ》でぇ、こうして私達が動けるようになった訳だしぃ」

「あー……まあ、そこだけは礼を言っとく。ありがとよ」

「おう、感謝しておけぇ！　ハッハー！」

オッドラッドの笑い声を聞きながら立ち上がり、体の調子を確かめるダハクとグロス。

全身の筋肉が無理矢理解《ほぐ》されたかのように痛むが、それ以外に問題は見当たらないようだ。

「グロス、俺らどのくらい倒れっ放しだった？」

「んー、私の腹時計によれば、丸一日ってところかしらねぇ」

「クッ、結構経《た》ってんな……！　だが、あいつが言っていた三日よりかは大分マシか」

「ふむ？　状況から察するに、姉弟子達はここで何者かと戦っていたのか？　それに、マスター・ゴルディアーナの姿が見えないが」

「お前に対する説明は後だ。まずはケルヴィンの兄貴に念話しねぇと。どういう理屈なのか、動けなくなっていた時は念話もできなかったからな。ちゃんと繋《つな》がると良いが……」

そう言って、ダハクは足を若干曲げ、両手を膝の辺りに置く。更に背中を丸く屈《かが》めた任《にん》侠《きょう》な挨拶姿勢となり、念話のスイッチをオン。どうやらこの体勢は、目上に対するダハクの念話姿勢であるらしい。

『ケルヴィンの兄貴、お忙しいところ失礼しますッス！　一番の舎弟、ダハクッス！』

『……お、おう、急な念話だな、ダハク。確かお前、プリティアちゃんを追いかけて、ゴルディアの聖地に行ったんだったか。遅れてオッドラッドの奴もそこに向かったって、アンジェから連絡があったんだけど、あいつとは会えたか？』

『ウッス！　お蔭様でガッツリ遭遇ッス！　それよりも兄貴、大変な事が起こりまして！』

『大変な事？　何があった？』

『プリティアちゃんが……プリティアちゃんが、プリンセスの如《ごと》く囚《とら》われの身になっちまったんッス！』

『……はい？』

その言葉を全く予想していなかったのか、何とも間の抜けた声を返してしまうケルヴィン。まあ、今のダハクの説明で理解できる者は殆《ほとん》どいないだろう。理解できるとすれば、精々勘の鋭いセラくらいなものだろうか。なので、ダハクも更なる説明を続ける。

『あいつ、プリティアちゃんが世界一の美女だからって、暴力を振るって拉致しやがったんだ！』

『……ええっと？』

ダハクの言葉は間違ってはいないのだが、状況説明としては全く適していなかった。恐らく今、ケルヴィンの頭の中では微妙な誤解が生まれてしまっている。

『兄貴、俺は悔しい、悔しいよ！　あんな最低最悪な奴に負けちまうなんてよぉ！』

『分かった、分かったから一旦落ち着け。落ち着いて、初めから説明してくれ』

ケルヴィンは懸命に話を解読しようとするが、それは困難を極めるものだった。興奮冷めやらぬダハクの説明には、色々と独自視点の解釈があったのだ。ゆっくり嚙《か》み砕いて理解していき、漸くケルヴィンは事の成り行きを理解するに至る。想像以上に疲れたらしく、理解した後に溜息《ためいき》が漏れていた。

『オーケー、何となくは分かった。にしても、プリティアちゃんとタイマンで勝っちまう十権能《じつけんのう》ハオ、か。ダハクとグロスティーナがタッグを組んで挑んでも歯が立たないとなると、そいつの実力は本物だな。本格的に厄介そうだ』

念話越しである為《ため》、ダハクにはケルヴィンの表情を窺《うかが》う事はできない。だがまあ、いつもの顔になっている事は、一番の舎弟なので簡単に想像ができた。

『兄貴、嬉《うれ》しそうにしているところ、申し訳ねぇんスけど……あいつは俺が倒したいッス』

『ダハクがか？　ジャイアントキリングしたいって気持ちは痛いほど、いや、死ぬほどよく分かるが……今回は囚われたプリティアちゃんの命がかかっているんだ。鍛錬するにしても策を練るにしても、時間が殆どないぞ？』

『分かってるッス。これは俺の我《わ》が儘《まま》でしかないんで、兄貴に取られても文句は言えねぇけど、ここで覚悟を表明しとかねぇと、俺が俺を許せねぇっつうか……』

そう話した後に、ダハクは沈黙してしまう。情けない。悔しい。強くなりたい――ダハクの悔恨を言い表すのは、簡単な事ではない。ただ、握り締めたダハクの手からは血が滲《にじ》んでいる。それが言葉の代わりとなって、ダハクの本当の感情を示していた。

『……分かった。なら、お前はお前の好きなように動け。それと、その覚悟が本物だってんなら、短期間で強くなる方法、俺も一緒に考えてやるよ。兄貴分として、それくらいの世話はしたって良いだろ？』

『……ッ！　あ、兄貴、アンタって人は……！』

任侠な姿勢のまま、更に勢いよく頭を下げるダハク。それはダハクなりの感謝の表れであり、目頭が熱くなっている事を、近くにいるグロスティーナとオッドラッドに見せない為のものでもあった。尤《もっと》も、二人は何となく察している訳だが。

『今後の動きを決める為にも、一度どこかに集まろうか。こっちも知らせたい事があるしな』

『ウッス！　了解っス……！』

ケルヴィン達は囚われの姫君、もといゴルディアーナ奪還を目指し、行動を開始する。

第三章 ▼ 間《かん》隙《げき》

神皇国デラミス、デラミス大聖堂。巫女《みこ》コレットが祈りを捧《ささ》げる神聖なるこの場所には、今日も多くの参拝者達が訪れていた。本来、転生神が代替わりする世代は、大小問わず混乱が付き物である。古き神から新しき神へと、信仰の対象を変えるのだ。そのままスムーズに移行する方が、おかしいというものだろう。しかし、転生神がメルフィーナからゴルディアーナに移った今も、このデラミスの地に大きな変化はなく、いつも通りの日常が続いていた。

『神様って押し付けるものじゃないと思うのよぉ。将来的な変革は少しずつ起こるだろうけどぉ、別に急ぐ必要はなくなぁい？　それって分断の原因だしぃ、ナンセンスな気がするのぉ。それよりも少しずつ文化を育むようにぃ、人々が自由に信仰を築いてくれる方が、私は嬉しいのよねぇ～。女の子の魅力は一つじゃなくて千差万別、男の子の魅力もまた然《しか》りん！　私、欲張りだから色々と楽しみたいのん！』

デラミスとゴルディアの何度目かの会談の際、ゴルディアーナはそのような事を言っていた。信仰の在り方を無理に変えず、今を生きる者達の全てを受け入れようとするゴルディアーナの方針、その全てが詰まった言葉であった。

「……自由な信仰、ですか」

関係者以外は立ち入り禁止となる夕刻となり、大聖堂から参拝者達《たち》がいなくなる。誰もいない静寂の中でポツリとそのような事を呟《つぶや》いたのは、デラミスの巫女、コレット・デラミリウスだった。瞳を閉じて両手を組み、凛《りん》と祈りを捧げる彼女の佇《たたず》まいは、誰が見ても美しく、神々しささえ感じさせる。

黒女神騒動後の各地への訪問、転生神を祀《まつ》る引継ぎ、突如として現れた十権能の対応等々、現在コレットは多忙な日々の最中にいた。日課であるメルフィーナへの祈りさえも、日程の空き時間に詰め込んで、どうにかこうにかして行っているほどだ。そこまで忙殺されれば心身が疲労し、当然ストレスも溜《た》まるものである。

そんなコレットにとって、この祈りを捧げる時間は、至高にして究極のヒーリングタイムであった。まず初めに今日も健やかに人々が過ごせたと、メルフィーナの姿を思い浮かべながら感謝する。これだけでも大分ストレスが緩和されるのだが、コレットの祈りはここからが本番だ。

デラミスが誇る最高の頭脳、そこに記憶されたメルフィーナが脳内に再現されれば、それは殆ど現実と変わらないイメージと化す。頭の天辺《てっぺん》から足の爪先まで、どこまでもリアルに再現されたイマジネーションメルフィーナは、今日もコレットの脳内で神々しく輝いているのだ。

そんなメルフィーナを目にする事ができたコレットは、この時点で疲れの殆どが吹き飛んでいる。しかし、まだコレットは止まらない。次は匂いを再現しようと灰色の脳細胞を働かせ、世界最強の嗅覚との併せ技で、これも難なく成功させてしまうのだ。イマジネーションメルフィーナの御尊顔を拝しながら、そのゴッドな芳香までもをハァハァと堪能する。こうなってしまえば、コレットは無敵だ。その日のコレットの疲れとストレスは彼方《かなた》へ消え去り、明日も全快状態で仕事に励む事ができる！　という、歪《いびつ》な永久機関が誕生するのである。

……とまあ、何が祈りなのかと疑ってしまいそうになるが、これはあくまで祈りの最序盤の行動に過ぎない。最高の脳が生み出した、本物に限りなく近い幻想を視覚と嗅覚で楽しんだ後に、コレットは巫女の祈り、そのメインへと移行する。心身ともに満たされ、真の清い聖女となった彼女は、前述の通り誰が見ても美しく、そして神々しささえ感じさせるに至る。興奮しているからと言って、ずっとハァハァしているようでは、デラミスの巫女は務まらないのだ。

「ゴルディアーナ様にも感謝を。自由で柔軟なあなた様が次の転生神でなければ、このデラミスの地も平穏のままでは済みませんでした。派閥による分断、人々の心にも混乱を招いた事でしょう」

「――だから、ゴルディアーナを転生神として認める。まさか、そのように思っているのですか？」

ふと、祈りを捧げるコレットの背後より、聞き覚えのない女性の声が聞こえて来た。

「……参拝者の方でしょうか？　申し訳ありませんが、今の時間帯は大聖堂への立ち入りが禁止されています。お引き取りを」

「それは残念ですね。世界で最も信仰心が厚いとされる聖女、コレット様。貴女《あなた》の清きお姿をもう少し、拝見しておきたかったのですが……」

不意に出現する暗闇の塊。その中から黄金の長髪をなびかせながら、一人の女性が現れる。

「ですが、コレット様に従う義理は今のところありませんね。私、純粋な信仰者ではありませんので」

「……貴女は？」

「ああ、こうして顔を合わせるのは初めてですね。私の名はルキル、貴女と同等以上にメルフィーナ様を愛し、同時に憎悪の念を抱く異端者です」

コレットの前に現れたのは、最悪の狂信者ルキルであった。優雅に頭《こうべ》を垂れ、丁寧なお辞儀をする彼女であるが、その瞳は濁りに濁っている。祈りの姿勢から立ち上がり、コレットはルキルと対峙《たいじ》――決して引き合わせてはならない狂信者達《ふたり》が、あろう事か、この祈りの聖地で出会ってしまった。

「この場所はデラミスの中でも最重要区画の一つ、よく侵入できましたね？」

「それ、冗談のつもりで仰《おっしゃ》ってます？　人間の尺度でいくら警備を厚くしようと、私にとってはあってないようなものです。警備の者を殺すどころか、気絶させる必要もありま

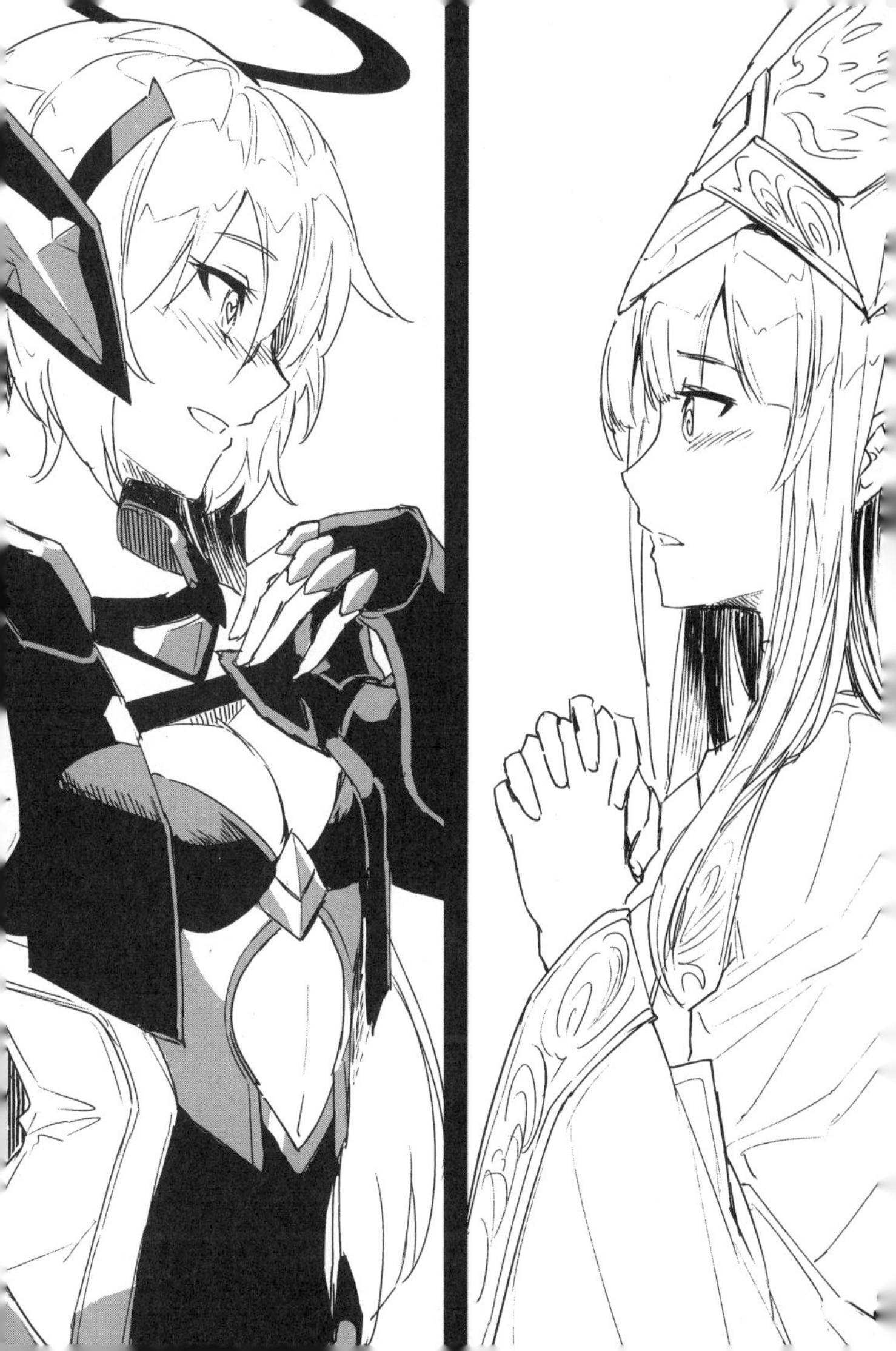

せんでしたよ。私達が崇拝するメルフィーナ様、或《ある》いはケルヴィンという人間に置き換えれば、多少は分かりやすいでしょうか？　あの方々ならば、この程度の事など容易《たやす》いでしょう？」

「……確かに、そうかもしれませんね」

「ご理解いただけたようで、何よりですね」

ニコリとルキルが微笑《ほほえ》む。顔は笑っているが、目は全く笑っていない。

「それで、用件は何でしょうか？　今は大切な祈りの時間、手早く終わらせたいのですが」

「つれないですね、悲しいです。まあ、手早く終わらせたいのは私も同じなので、全く構いませんが。……コレット様、今の世の在り方に満足されていますか？」

「世の在り方？　一体何のお話です？」

「恍《とぼ》ける必要はありません。我々が崇拝するメルフィーナ様が転生神の座から降り、ゴルディアーナという訳の分からない生物が、今正にその椅子に座ろうとしているのです。デラミスの巫女、いえ、メルフィーナ様の信者として、コレット様はそれを許すおつもりですか？　表向き、リンネ教の在り方はそのままです。しかし、それはゴルディアーナの匙《さじ》加減《かげん》次第であり、やろうと思えば、メルフィーナ様の名を騙《かた》って悪事も図れる、という事なんですよ？」

「……かもしれませんね」

「でしょう!?　その可能性が僅かにでも存在するとすれば、本来あるべき姿、あるべき下へと、神を導く事が私達の責務となります！　そうだとは思いませんか？　思いますよね!?　なぜならば、転生神とメルフィーナ様はイコールであり、唯一無二の象徴、希望なのですからッ！　正も負も、愛も憎も、全てはメルフィーナ様からの賜り物なのですッッッ！」

ルキルはそう言って、大袈裟《おおげさ》に両腕を広げてみせた。彼女が引きつれる暗闇も、その感情と連動しているのか、同時に大きく展開されている。

「……なるほど。つまりは、私を同志として迎え入れに来た。そういう事ですか？」

「察しが良くて助かります。それで、如何《いかが》です？　純度は違えども、コレット様は私と同じ信仰心を持つ方だと、そう信じているのですが。私と手を結び、共にメルフィーナ様を──」

「──お断りさせて頂きます。それは貴女本位の願望であり、メルフィーナ様が願う世界では決してありませんので」

コレットの返答は早かった。戸惑う様子も迷う仕草も一切見せず、ルキルの誘いを即座に拒否。これにはルキルも呆気《あっけ》に取られたようで、僅かながらにも沈黙の時間が二人の間に流れる事となる。

「……なるほど、それがコレット様の答えですか。ああ、悲しいです。この世界で唯一、私と分かり合える可能性を秘めた方でしたのに。そんな方を、これから──」

「――これから殺《あや》めなければならない、それが悲しい。とでも言うつもりか、ルキル？」

◇　◇　◇

「昨日レイガンドで会ったばっかだってのに、随分と精力的に動くじゃないか。いや、余裕がないから、そうせざるを得ないって感じか。あのデカ杭《ぐい》を奪ったと言っても、十権能《じっけんのう》とも対立するのはキツイだろ？」

ルキルの声を遮ったのは、彼女も知る男の声だった。祈りの場に置かれた祭壇、その背面より声の主がゆっくりと現れ、コレットの横に並ぶ。

「……これは驚きました。ケルヴィン、よくこの場所が分かりましたね？」

ルキルの目の前に現れたのは、氷国レイガンドにいる筈《はず》のケルヴィンであった。

「お前の行動、ある意味十権能よりも過激っぽかったからな。どう動くか予想してこっちも動かないと、おちおち寝てもいられないんだよ」

「なるほど。メルフィーナ様と共に私の次の行動を予想し、西大陸からこの東大陸へと、大急ぎで渡って来たと……そういう事ですね？」

「ん？　ああ、まあ、そんな感じだ。俺らの場合、転移門があるから先回りも余裕だしな」

そんな答えを返すケルヴィンであるが、この返答には少しだけ嘘《うそ》もある。ルキルがこの場所に向かって行ったのを知る切っ掛けとなったのは、メルフィーナとの共同予測をしたからなどではなく、パウルが固有スキル『位置特定』で細かくルキルの動きを監視していたお蔭《かげ》だ。

『ルキルのマーカーが神皇国デラミスに向かって、すっげぇ勢いで移動していやがる！』と、パウルからそんな連絡を受けたケルヴィンは、大急ぎでその対応に動いた。レイガンドの転移門の使用許可をもらったケルヴィンは、目的地であるデラミスへと先回り。それからケルヴィンとの再会という、突然のサプライズに血を吐きながら喜び勇むコレットに、何とか事情を説明したのである。

そして、この祈りの場に巫女の秘術である『安穏神域《オアシス》』を施してもらい、ケルヴィンはそこで隠れながら様子を窺《うかが》っていた。安穏神域《オアシス》は気配を完全に消し去る隠密《おんみつ》結界、流石《さすが》のルキルもこれを見破る事はできなかったようだ。

「フ、フフッ、フフフフッ……！　そうですか、メルフィーナ様が私の事を想到し、見事その推理が的中したのですね！　ああ、どうしましょう！　神の寵愛《ちょうあい》を一身に受けてしまいました！」

（こいつ、無敵かよ……）

だが結果として、その嘘はなぜかルキルを喜ばせる事となってしまう。これには流石のケルヴィンも苦い顔をし、コレットは心なしか少し羨ましそうにしているような、いや、そんな筈はない。今のコレットは真に清い聖女なのである。何よりも彼女はケルヴィンから、実際のところを説明されている筈なのだから。

「クッ、羨ましい……！」

……真に清い聖女も、時に感情を出すものだ。それがたとえ嘘だと分かっていたとしても、想像したら羨ましいのである。

「コホン！　ケルヴィン様、彼女が例の堕天使なのですね？」

「ああ、白翼の地《イスラヘブン》に住んでた堕天使、ルキルだ。避難の最中に行方不明になっていたんだが、裏で十権能と繋《つな》がっていた。で、ついこの間にその十権能も裏切って、ついでに俺らとも敵対中だ」

「それは何と言いますか……度が過ぎるほどに大胆不敵な方のようですね」

「その言葉、称賛と受け取っておきます。私が真に味方するは、メルフィーナ様のみですからね。……一つ質問しますが、メルフィーナ様はお見えにならないのですか？」

キョロキョロと辺りを見回すルキル。つられて、コレットも祭壇の後ろを捜し始める。

「いや、だからコレットは知ってる筈だろ……メルフィーナがいたら、お前らがまともに会話できなくなるからな、来てないぞ。その代わり――」

「――その代わり、私ことアンジェお姉さんが来てま～す」

ルキルの退路を断つように、彼女の背後に猫耳フードを被《かぶ》ったアンジェが現れる。どうやらアンジェもまた、隠密状態で待機していたようだ。手には毒塗りのダガーナイフ、凶剣カーネイジが握られており、笑顔を携えてはいるが、臨戦態勢である事が明らかだった。

「ッチ！」

　そして、分かりやすく鳴らされるルキルの舌打ち。背後を取られた自分に対する戒めからなのか、期待していた人物でない者が現れた落胆からなのか、その舌打ちは結構な大きさで大聖堂内に響いていた。それを聞いたアンジェも、何だよ～と口を尖《とが》らせている。

「失礼、つい本心が出てしまいました。で、どうするのです？　私の退路を断ったという事は、逃がすつもりはないのですよね？　デラミスが誇るこの大聖堂の中心で、一戦私と交えますか？」

「それも凄《すご》く魅力的な提案ではあるんだが、そう結論を急がないでくれ。ほら、俺らも別に、戦いに来たような雰囲気ではないだろ？」

　そう言って、自らの顔を指で差しながら笑顔を作るケルヴィン。どう見ても戦いを欲している際に作る笑顔だが、まあ笑顔は笑顔なのだろう。ルキルの後ろにいるアンジェも、同じタイミングでにっこりと可愛《かわい》らしく笑っている。ダガーナイフを片手にどう見ても臨戦態勢なのだが、流石本職だけあって、その笑顔に不自然なところはなかった。そんな二人を見て、コレットも空気を読んでにっこり。メルフィーナやケルヴィンを前にしている時にだけ見せる、渾身《こんしん》の聖女スマイルをルキルにお見舞いする。

「いえ、不自然でしかないのですが……何なんですか、その不気味な笑顔は？」

「不気味とは酷《ひど》いな。まあ、敵意がないって事は分かってくれ。さっきコレットにしようとした事も、未遂って事で水に流してやる。……次はないぞ？」

ケルヴィンがそのような言葉を口にした次の瞬間、死神を模した殺気が全身から溢《あふ》れ出る。同時に鋼鉄をも貫いてしまいそうな、そんな鋭い視線がルキルに浴びせられる訳だが

──

「あら、次があるのですか。悠長ですね、欠伸《あくび》が出ます」

──それでも最悪の狂信者は怯《ひる》まない。彼女も彼女で禍々《まがまが》しい殺気と濁った視線で応戦する。となれば、結局は間接的なバトルとなり、プレッシャーのぶつかり合いで大聖堂にはた迷惑な影響が出始めてしまうのであった。

「ケルヴィンくーん、それ以上はフィリップ教皇から愚痴が飛んで来ると思うなぁ、アンジェお姉さんは」

「っと、そうだった！　おい、だから戦う気はないって言ってるだろ！　そんな顔して俺を誘惑するんじゃない！　ハニートラップのつもりか!?」

「……コレット様、仕える方は選んだ方が良いですよ？」

「ケルヴィン様が私の為《ため》に本気で怒ってくださってる！　今直《す》ぐにこの寵愛の海に飛び込み溺れたい！　この大聖堂を揺るがすほどの寵愛に深く深く潜行したい！　ですが、ですが今は決してその時ではありません！　ケルヴィン様が欲望に耐えられるのであれば、このコレットもまた耐えましょう！　圧力が強まると共にケルヴィン様の香りもまた強まり、私を更なる堕落へと誘《いざな》おうとしていますが、私は負けませんともハァハァスゥハァ！……あ、すみません今立て込んでいますので、私には話し掛けないで頂けると助かります」

「は？　メルフィーナ様を差し置いて、こんな男に何を媚《こ》び諂《へつら》っているのですか？　一時は私が同志だと信じていたのに、その醜態は何ですか？　今直ぐに死にますか？　お手伝いしますよ？」

「だから、そんな殺気で俺を誘惑するなって。我慢するにも限界があるんだ。そろそろ口端が吊《つ》り上がるぞ？」

「だからだから、争っちゃ駄目なんだって！　皆、落ち着いて～！」

この場に集まった面子《メンツ》のエゴが強過ぎて、足並みは一向に揃《そろ》いそうにない。それどころか、本格的にバトルが開始される一歩手前だ。

「……『落ち着け』」

不意に、その場にいた誰のものでもない声が大聖堂内に響き渡った。

◇　◇　◇

大聖堂に踏み込む新たなる人影、その数は三つ。カツカツと鳴らされる足音は、自然とその場にいた者達《たち》の視線を集める効果を発揮させていた。

「少しは頭を冷やせましたか、皆さん？」

「……驚きですね。まさか貴女《あなた》が、こんな場所に現れるとは……神人、ドロシアラ」

そう、先ほどの声はドロシアラ――もとい、学園都市にいる筈のドロシーのものであったのだ。彼女の前には対抗戦でも使っていたトライセンの本が浮かんでおり、また手には大杖《おおづえ》が握られている。見るからに完全武装状態だ。更に彼女の背後には戦闘服を纏《まと》ったリオンとベルが陣取っており、対抗戦のオールスターの一部がそのままやって来たかのような様相となっていた。

(『英雄想起』と『王の命』のコンボか。メルの指輪があるから、俺達にはあんま効果がないけど……さて、ルキルに対してはどうだったかな？　ドロシーの言葉通り、ちょっとは落ち着いてくれれば良いが)

と、そんな事を考えながら、ケルヴィンはルキルを注意深く観察する。ルキルはテンションの浮き沈みが激しい性格をしている為、見た目や雰囲気から心の内を判断する事が非常に難しい。一見冷静そうに見えても、数秒後には感情を爆発させて何をやらかすか分かったものではないのだ。コレットにも似たような性質があるが、ルキルの場合、それが悪い方向にばかり向く可能性が高いので、取り扱いがより難しい。

「……（ぐっ！）」

一方で「私は落ち着きましたとも」と、そんな表情をサムズアップと共に向けて来るコレット。しかし、敬愛するリオンが登場したからなのか、片方の鼻穴からは紅《あか》い雫《しずく》が垂れている。こちらも冷静になっているのか正直分からず、判断に困る結果となっていた。

「私の同胞に関わる話ですからね。ルキルさん、でしたっけ？　氷国レイガンドにて神鳥ワイルドグロウを捕らえたそうですね。彼を一体どうするつもりです？」

「……それを聞いて、どうするのです？　ここにいるデラミスの巫女《みこ》達と同様に、私と敵対するつもりですか？」

「おい、だから人の話は聞けって。俺達はお前と協力関係を結べないかって、そんな提案をしに来たんだよ」

「協力関係？」

直ぐにキレない辺り、多少は『王の命』が効いてる。そう判断したケルヴィンは、いよいよ本題を明かす。

「今この世界は、天使達から白翼の地《イスラヘブン》を奪った十権能、転生神ゴルディアーナの味方をする俺達地上の民、そしてそのどちらとも敵対する、お前の第三の勢力が鎬《しのぎ》を削っている状況だ。まあ、とは言っても戦いは始まったばかりだし、プライドが高いのか理由は知らんが、十権能は最上位の実力者しか狙わないみたいなんだけどな。俺達にとっては不幸中の幸いってやつだ」

「まるでケルヴィン君みたいだよね～？」

「狙われる確率が高まって幸いと思っているのも、多分ケルヴィン《こいつ》くらいよね」

「アンジェ、ベル、茶化さない」

「はいさ！」

「別に茶化してないし」

ビシリと敬礼するアンジェ、視線を逸《そ》らして不機嫌そうなベル。そんな彼女らに対し、ケルヴィンはやれやれと首を振り、コホンと咳払《せきばら》いを一つ。何事もなかったかのように話を続けるのであった。

「さっきも言ったが、一般人に被害が広がらないのは幸いだった。けど、今のままだと不味《まず》いんだ。敵の本拠地の場所が分からないから、向こうから戦いを仕掛けて来る事があっても、こっちから仕掛ける事はできない。これじゃあ精々が返り討ちにする事ができるくらいで、基本的にやられっ放しだ」

十権能《じっけんのう》が奪った敵のホーム、白翼《イスラ》の地《ヘブン》は世界中の空を移動し続ける浮遊大陸だ。大陸は大規模な結界によって保護されており、基本的には内部から操作しない限り、結界の外から中に入る事はできない。かつて堕天したメルフィーナも策を講じなければ、この結界を突破する事はできなかった。更にこの結界には異常なまでの隠密効果も備わっており、セラやアンジェの察知スキルを以《も》ってしても、その居場所を発見するには至らなかった。

解決策の一つとして、『位置特定』の固有スキルを持つパウルを十権能の誰かと接触させ、わざと本拠地に逃がす事で発見する、という手もケルヴィンは考えていた。しかし、これはあまり現実的とは言えない。十権能が次に誰を狙うか分からないし、その場所にパウルが居合わせるなんて事は奇跡に近い。更に十権能の中には、あのゴルディアーナをも倒してしまう猛者がいるのだ。パウルを当てにするのは、少々どころか凄《すさ》まじく酷という ものだろう。次点でセラの『血染』で十権能を操り、居場所を明かさせるという策もあるが、この場合もセラがそこに居合わせないと難しい。使役したハードも完全に無意識になってしまった為、セラの効果を適用しても意味がない。

「白翼の地《イスラヘブン》の居場所さえ分かれば、結界自体は俺の大風魔神鎌《ボレアスデスサイズ》で破壊できる。けど、肝心のその場所が分からないままでさ」

「……なるほど。それで、私から白翼の地《イスラヘブン》の現在位置情報を引き出したいと？」

そう、ケルヴィン達にとっての現実的な案とは、ルキルを協力者として迎え、白翼の地《イスラヘブン》の位置を特定する事だった。

「ですが、それは貴方《あなた》の希望的観測に過ぎないのではありませんか？　貴方が言う通り、白翼の地《イスラヘブン》は姿を消したまま移動する浮遊大陸です。今も尚《なお》、居場所を変えているでしょう。十権能に掌握された白翼の地《イスラヘブン》を、どうして敵対中の私が居場所を知っていると？」

「ハハッ、何の策もなく十権能を裏切るほど、ルキルは無計画じゃないだろ？　連中と敵対しているからこそ、白翼の地《イスラヘブン》に入り込む手段を残している筈《はず》だ。違うか？」

「……仮にその手段があったとして、それを貴方達に教えて、私に何のメリットがあるのです？」

「は？　そんなの、考えるまでもないだろ。勝手に俺達と十権能が潰し合いをしてくれるんだぞ？　ルキルは漁夫の利を得て、勝ち残った方に戦いを仕掛ければ良い。何なら、お前が神柱を使ってやろうとしている事、それを手伝ってやっても――」

「――ケルヴィン」

話を遮り、ドロシーがケルヴィンを睨《にら》む。それ以上言葉を発する事はなかったが、無言の圧力が凄まじい。

「……すまん、ちょっと語弊があった。ルキルの目的がドロシーの癇《かん》に障らない範囲のものであれば、その邪魔はしないし、むしろ手伝うっていう選択肢も生まれる……かもしれない（チラッ）」

「……」

ドロシー、特に反論せず。どうやら、この路線であればオーケーであるらしい。

「要はこういう事だ。ルキルが協力してくれれば、黙っているだけで敵対するどちらかの勢力が潰れ、或《ある》いは激しく消耗する。神柱に関しては内容次第だが、ドロシーの御許《おゆる》しが出れば、それも比較的安全に遂行できる。これがルキルの利点だな。対する俺達の利点は、こっちから十権能にカチコミに行ける事、そして十権能と戦えて、その後にはルキルとも戦える事だ！……あっ、あと、ゴルディアーナも助け出す事ができる！」

思い出したかのように、利点を付け加えるケルヴィン。コレットは「流石《さすが》はケルヴィン様！」と感激しているが、ベルなどはいつもの戦闘狂の性《さが》に呆《あき》れていた。

「もちろん、それ以外にもお互いの情報を共有するっていう、そんな利点もあるけどな。で、どうする？　これでもかなり譲歩しているつもりなんだが、まだ足りないってんなら、応相談で――」

「――神柱の統合、完全なる神化」

「……何？」

不意に、ルキルが意味深な言葉を発した。その意味が読み取れず、ケルヴィンはルキルに聞き返す。

「私が神柱を使い、成そうとしている事ですよ。メルフィーナ様を愛憎する一方で、私はエレアリス様の信者でもあります。エレアリス様が創造なさった神柱の力で、メルフィーナ様を再び神の座へと押し上げる……それって、実に素晴らしき事だとは思いませんか？」

◇　◇　◇

「完全なる神化？　私達神柱を最後の一柱だけにして、強化の最大化を図るという事ですか？　つまり、他の神柱は抹殺すると？」

ルキルの言葉を耳にして、最初に問い質《ただ》したのはドロシーであった。彼女の目には明確な敵意が宿っており、言葉の色からも刺々《とげとげ》しさが感じられる。一歩でも近づいたら、そのまま攻撃を仕掛けて来そうな危うさまであった。

「誰もそんな事は言っていませんよ。神人ドロシアラ、貴女、天使の話は最後まで聞くものです」

「……」

「待って待って、シーちゃん。無言のまま魔力を練ったら駄目だよ！」

「リオンさん、どうかそこを退《ど》いてください。照準がずれてしまいます」

人の話を聞かないお前が言うなというツッコミどころを飛ばして、ドロシーは早々に攻撃態勢に入っていた。即座にリオンが間に入ったから良かったものの、この二人だけであったら、戦闘開始は免れなかった事が容易に想像できてしまう。

（ルキルの喧嘩腰《けんかごし》は予想の範疇《はんちゅう》だが、ドロシーも神柱の事になると、ここまで周りが見えなくなるのか。取り扱い注意っつうか、ったく、本当に危なっかしいな）

と、一番の戦闘狂がひっそりと自虐ギャグをかましたところで、話の本筋は漸《ようや》く戻る。

「確認しますが、残存する神柱の数が減る毎《ごと》に、残された神柱が強化される事は、流石にご存じですよね？」

「……ああ、色々あって今残っている神柱は、そこにいるドロシーを含めて四柱だけ、単体での強さはS級冒険者に迫るくらいになってる。直《じか》に体験した俺が言うんだから、まあ間違いないよ」

最初に戦ったパーズの神柱、神狼《しんろう》ガロンゾルブと戦ったのは、S級昇格式が始まろうとしていた頃だった。ケルヴィン自身は実際に戦ってはいないが、セラやリオンをはじめとした仲間達《なかま》がパーティで挑み、何とか勝利できる程度の強さだったと、そう配下ネットワークに記憶されている。当時の仲間達のレベルは１００前後、となれば神狼ガロンゾルブは、それよりも幾らか上のレベルであった筈だ。

「ドロシー、今のお前のレベル、どれくらいだ？」

「はい？　何でケルヴィン・セルシウスに教えなければならないのですか？」

「シーちゃん、どのくらいだっけ？」

「レベル166よ、リオンさん」

「……」

ケルヴィンの時とは違い、リオンに対しては素直に答えるドロシー。扱いの差が凄まじい。

「ま、まあ確定の話ではないけど、神柱が一つ倒される度に、10レベルほど強くなっている印象かな。で、それがどうしたんだ？　仮に最後の一柱になったとしたら、レベル200そこそこの強さになるって話か？　確かにそれは十権能にも通じる強さかもしれないが、正直それくらいなら突出した強さとは――」

「――違います。そもそも、神柱が倒される事で他が強化されるのは、緊急時に行われる代替《だいたい》の手段でしかないのです」

「……？　どういう事だ？」

「他に神柱の正当な強化手段があった、という事です。それが神柱の統合――要は合体のようなものですよ」

「が、合体⁉　超合金的な⁉」

その言葉にロマンを感じたのか、ケルヴィンとリオンは揃《そろ》って目を輝かせていた。二人の頭の中では、部位パーツに変形した神柱達《たち》が組み合わさり、巨大なロボを形成しているのかもしれない。

「一体何を想像しているのです？……その様子だと、やはり知らなかったようですね。まあ無理もありません。これは天使の中でも限られた者、長達《おさ》や私のような上級天使にしか、エレアリス様は知らせませんでしたから。恐らく現代《そこ》のデラミスの巫女や、メルフィーナ様もご存じないのでは？」

「なっ！　メルは兎《と》も角《かく》として、コレットも知らない事なのか!?」

テンションが高まったせいなのか、発言に遠慮が一切ないケルヴィン。ある意味で二人を信頼しているというべきか、理解した上での扱いの差が凄まじいというべきか。

「……確かに、そのような現象は初耳です。ですが、本当にそのような方法があったとすれば……」

「ええ、この上なく危険ですよ。神柱の死亡による強化が加算だとすれば、合体による強化は乗算。それこそ、S級冒険者どころか転生神にも迫る強さに至るでしょう。言うなればこの方法は、地上に束縛状態にない神を降臨させるようなもの。だからこそ、おいそれと地上の者達に教えられる代物ではなく、エレアリス様はその知識を広めるのを、真に信頼の置ける一部の者のみに止《とど》めたのです」

「は～、壮大な話だね～。情報通のアンジェさんも初耳だよ。でもさでもさ、それってメルさんが知っていても、全然おかしくないいんじゃない？　ケルヴィン君はああ言っていたけど、メルさんだって次期転生神に選ばれるくらいに凄《すご》い天使だったんでしょ？」

「おお、そう言えば確かに」

　アンジェの指摘を受け、ケルヴィンが若干正気に戻る。

「そこの猫耳、天使時代のメルフィーナ様を褒めるとは、なかなか見る目がありますね。確かにメルフィーナ様も上級天使でしたので、エレアリス様から神託を受ける機会はありました。……ですが、神託は白翼の地《イスラヘブン》の叡智《えいち》の間でしか受ける事ができません。あの頃のメルフィーナ様は退屈を嫌って白翼の地《イスラヘブン》を飛び出していましたので、そもそも神託を受けていないのです」

「ああ、それは、うん……」

　前世の前世で、当時のメルフィーナと旅をしていた事を思い出すケルヴィン。どうやら神託が下ったのは、そのタイミングであったらしい。

「知らぬ存ぜぬの話はもう結構です。そもそも、我々の合体とはどういったものなのですか？　まさか、本当に神柱同士が合体する訳ではないでしょう？」

「はい？　いえ、本当にしますよ、合体？」

「……えっ？」

　ルキルのまさかの返答に、言葉を失ってしまうドロシー。なぜか顔が真っ赤である。何を想像しているのかは全くの不明であるが、上から下まで真っ赤である。

「一体何を想像しているのです？　安心してください。恐らく、ドロシアラが思い描いているようなものではありませんよ。おませさんですね」

「わ、私はおませじゃありません！」

合体

「はいはい、落ち着きなさいよ。自分で『王の命』でも使ったら？」

「落ち着いています！」

と、一通りドロシーで楽しんだ後、ルキルは神柱の合体について話し始めた。

「――システム17－神威《しんい》、合体とはつまり魂の融合です。勇者が死亡し、他に世界の脅威を排する手立てがなくなった際に、この世界の理《ことわり》は自動的に起動する事になっていました。まあ神柱にバグが生じ、エレアリス様が神の座から降りた際に、この理も表向きは消滅した事になっているんですけどね」

「表向きはって言うと、実際はそうじゃなかったんだね？」

「ええ、いつの世も抜け道は存在するものですからね。エレアリス様の退位は唐突で、転生神の引継ぎも半端な状態で行われていたが為《ため》に、このシステムは限定的にその機能を残していたのですよ。オートが無理ならマニュアル、自動的に起動しないのであれば、手動で起動させてしまえば良いのです」

「手動って……ええと、具体的にはどうするんだ？」

「暴走起動状態にある神柱を生かしたまま一ヵ所に集め、メインとなる素体を中心に設置するんですよ。オートモードであれば世界の理が勝手に神柱を集めてくれるのですが、その機能は失われていますからね。拘束して強制的に集めるしかありません。ただこの手動方法であれば、別に世界の危機でなくても起動できるので、その点は便利ですね」

「想像以上に脳筋な方法だし、危機管理もクソもないな、世界の理……」

呆れ返るケルヴィンであるが、一方ではこれも黒女神《クロメル》がわざと残した対戦闘狂《ケルヴィン》用のお楽しみ機能なのではないか？　と、そんな事も想像してしまう。ケルヴィンが思うに、正直あり得ない話ではなかった。

「あとは資格を持つ天使がコードを入力すれば、システムの準備は完了……力だけでなく能力まで引き継がれ、晴れて完全なる神化が成される訳です」

「え、何だって!?」

耳にしたその朗報が信じられず、突発的に難聴を患うケルヴィン。反射的に勢いよく聞き返してしまう。力だけでなく能力も、それはケルヴィンにとって大変魅力的な売り文句であったのだ。

◇　◇　◇

「――という事で、ルキルと一時的な同盟を組む事になったんだ」

「うん、お兄ちゃん、ちょっと待って。大分説明を省いた気がするのだけれど？」

デラミスから帰還した俺達は、迷宮国パブの宿へと戻り仲間達と合流した。そして、あちらでの出来事を説明し終えたところだったのだが、なぜか幼シュトラから待ったをかけられてしまう。一体どうしたのだろうか？

「……」

「わ、分かってるって、ほんの冗談だ。だから、そんなに睨《にら》むなって」

シュトラからジロリと睨まれてしまう俺。だがまあ、睨まれてもまるで怖くなく、可愛《かわい》らしいだけなのだが。さっきからジェラールの羨望の眼差《まなざ》しの圧が凄い。

「俺はルキル案に賛同的だったんだが、その後にもドロシーから怒濤《どとう》の反論をされたよ。合体した後に分離できないのであれば、それは他の神柱を殺しているのと同じではないか！　合体したとしても、自分がルキルに従うと思っているのか！　もしくは自分達についての秘密をまだ隠していて、それは自分達の意思を奪う類のものではないのか!?――って風にな」

「ふぅむ、まあ妥当な反論じゃないかの？　ドロシーからすれば、簡単に頷《うなず》けるような事柄ではないんじゃろうて。王が賛同したところで、ドロシーの心の内が変わるとは思えんしのう」

「おいおい、俺だって色々と熟考した上での判断だったんだぞ？」

「ケルヴィンについてはさて置きましょうよ。そこを深掘りしても、予想通りの回答しか返って来そうにないもの」

セラもジェラールも、俺に対する扱いが酷《ひど》くない？

「そのドロシーについてだが、まあ最終的には渋々納得した感じだったよ」

「えっ、納得したんだ？」

「ああ、まあルキルが退路を断たせた感もあったけどな」

ドロシーが反論を口にする度に、ルキルもそれに反論し返したんだ。ドロシーをメインの素体に置けば、暴走状態、つまりは自我を失った状態にある神柱の魂が、人間的な理性を持つドロシーの下に鎮静化される。それはつまり、不自由を科された神柱達を解き放つ事に繋《つな》がるのだと。また、ルキルにドロシーを操るような術《すべ》がない事も、ここで併せて明言。洞察力に優れたアンジェ、セラと同等の勘の良さを持つベルによれば、ルキルが嘘《うそ》を言っている様子はなかったという。では、なぜ自らの力になる訳でもないのに、ルキルはドロシーを強化しようとしているのだろうか？

『十権能《じつけんのう》には『支配』の権能を持つ者がいます。暴走状態にある神柱など、自我が曖昧な者ほど彼女の能力対象になりやすい。最悪の場合、神柱及びこのシステムを、逆に利用されてしまう可能性があるのです。流石《さすが》の私も完全なる神化を終えた神柱が、十権能と共に敵になっては勝機がありませんからね。ですから、現段階で唯一自我を残す神人ドロシアラに、残る神柱全ての力を集結させたいのです。そうすれば、少なくとも十権能側《あちら》にドロシアラが立つ事はないでしょうから』

十権能側でさえなければ、この際ドロシーがどこの陣営に立っても構わないという、ルキルはそんな口振りであった。『支配』という卑劣な方法で十権能の仲間にされるよりも、真っ当に利用した方がお得でしょう？　と、本人の目の前でそこまで言っていやがった。神柱の中で唯一人間性に富んだドロシーは、同志や大切な友人が見殺しにされるのを絶対に黙っていられない。必ずこの方法を選択し力を得て、大切なものの為に参戦するだろうと、そう踏んでいるようだった。そして、恐らくこれは的を射ている。

その上で合体をしなかったところで、十権能は神柱を脅威の対象として見ているのは確実。今は地上の実力者達の排除を最優先に動いているが、いずれは神柱の破壊、或《ある》いは支配にも着手し始めるだろう。現にレイガンドへ共に向かったリドワンには俺やメルの抹殺の他に、神柱の破壊が目的の一つとなっていたと、ここぞとばかりにルキルは裏事情をばらしにばらす。こうしてドロシーはルキルに敵意を抱きながらも、神柱の合体を承諾したという訳なのだ。

「うわぁ、あくどいやり口ねー。そんなの、ドロシーに選択肢がないじゃないの」

「退路を断たせるような、って言っただろ？　まあ、そんな口調だからドロシーからめっちゃ敵視されて、十権能の次はお前だ！　みたいな空気になっていたんだけどな」

「ん？　それって巡り巡ってルキルの損にならない？　結局ドロシーと敵対してるじゃないの？」

「もしくは私達と完全体ドロシー様が協力して、漸《ようや》く十権能勢力と渡り合えると、そう考えているのかもしれませんね。どちらにせよ、侮れません」

エフィルが顎に手を当てながらそう言い、もう片方の手で子を授かったお腹《なか》をさする。

うん、どちらにせよ、エフィルは戦闘に出ちゃ駄目だからね？

「ドロシーにはリオン達と一緒に学園で待機してもらってる。何だかんだでルミエストには戦力が集中しているし、十権能もドロシーには迂闊《うかつ》に手を出せないだろう」

「じゃが、あまりゆっくりしている暇もなかろうて。王よ、他にルキルがもたらした情報は何かないのかの？」

「ああ、同盟を組むからにはって事で、色々と教えてもらったよ。まず一つ、残る十権能が持つ能力について」

「あー、さっきの『支配』が何たらの、更に詳細？」

「そうだ。とは言っても、ほんの一部だけだけどな。これについては配下ネットワークを介して貼っておくよ」

◆

レム・ティアゲート
神の中でも限りなく上位の地位に属していた支配神。幼い容姿、臆病な性格をしているが、邪神がまだ存在していた時代には、その腹心とまで称されていた。
権能『支配』
自我の薄い、或いは無の器を操り、意のままに操る事ができる力。その対象は野生のモンスターから意識を失った人間、果てには武具やヌイグルミにまで及び、効力範囲であれば殆《ほとん》ど相手を選ばない。操作する数の限度、力の射程範囲は不明であり、天使達《たち》にのみ伝わる神話大戦の伝承では、幾千幾万の支配対象を率いて前線に赴いていたとされている。義体での顕現をしている今現在では、全盛期ほどの大それた力の使用はできないと思われる

◆

が、あくまでも希望的観測に過ぎない。

ハオ・マー
十権能の中では比較的若手に属するが、武神・闘神の地位を思うがままにし、近接戦での戦闘力は恐らく最強。但し強敵にしか関心がなく、自らの意思でしか動こうとしない。
権能『魁偉《かいい》』
自身の筋肉を自在にコントロールする事ができる力。元々が屈強な肉体をしている為、使用時の変化が分かり難く、そこまで見た目も変化する事がない。

「……えっ、これだけ!?」

配下ネットワークの情報を一通り確認したであろうセラが、気持ち良いくらいの大声を上げてくれた。まあ、尤《もっと》もなツッコミである。

「十権能って、そのまんま十人いるんでしょ!? なのに、二人だけ!? それにこの『支配』を使う堕天使はなるほどな情報量だけど、『魁偉《かいい》』についてはビックリするほど情報がないわよ!? 筋肉をコントロールするって、どんな風にコントロールするのよ!?」

「相手もルキルをそこまで信用していなかったのか、手の内を明かさなかったんだろうな。名前と外見的な特徴は別途まとめてあるから、そっちはそっちで確認しておいてくれ。俺

が新たに配下にしたハード、知らぬ間にセルジュがぶっ倒した、ええと、『鍛錬』？ってい
う十権能についても、そっちに載せてある」
「ハァ、要は残る六人の能力については一切不明って訳ね……」
「ああ、その辺りは後のお楽しみってな」
「楽しみなのはケルヴィン君だけだけどね～。諜報《ちょうほう》担当のアンジェお姉さんとしては、情
報戦も制しておきたいところかな」
そう言って、眩《まぶ》しい笑顔を向けて来るアンジェ。ええ、分かってますよ。俺の趣味嗜好
で不覚を取ったら笑えないよと、そう言いたい笑顔なんですよね、それ？　分かったから、
そろそろ止めてくだせぇ。
「シュトラ、お願いできるか？」
「うん！　私の方でかつての神々の大戦について調べてみるね。何か新たにヒントが見つ
かるかもしれないし！」
「助かるよ。あ、メルにも手伝わせるか？　一応先代の転生神だし、元神様としての知識
が活《い》かせるかもしれないぞ？」
「あなた様、自慢じゃありませんが、私は過去に囚《とら》われない女なのです。つまるところ
……歴史は苦手です！」
パクパクとおにぎりの山を頬張るメルが、戦力外通告を自ら暴露する。うん、多分本当
に駄目なんだろう。悲しい事に、嘘を言っている様子がないもの。セラやアンジェに聞く

までもない。

「え、ええと、デラミスのシスター・エレンに当たってみるね？　先々代の転生神様だし、きっと力になってくれると思うから」

「言い出しっぺのアンジェお姉さんも手伝うよ。シュトラちゃんには負けていられないもんね～」

そんなメルの力を借りずとも、シュトラとアンジェは滅茶苦茶《めちゃくちゃ》しっかりしているのであった。

◇　◇　◇

おにぎりに夢中なメルはさて置き、気を取り直して話を再開する。

「ハオって奴《やつ》については、実際に戦ったダハクから意見を聞いた方が良いだろう。ダハク、ハオの強さや権能について、何か付け足しておきたい事はあるか？」

「うッス。その筋肉がどうこうってのは分からなかったッスけど、兎《と》にも角《かく》にもステータスの次元が違う感じだったッスね。あと、何よりも正体不明の技がやばかったッス。俺には奴が何をしたのか、まるで見えもしなかった。それでも生み出した植物達や、グロスの毒が尽《ことごと》く無力化されたのは理解できたッス。アレはパワーだけでどうこうできるような代物じゃないッスよ。あいつの言動や得物を持たないスタイルからして、多分『格闘術』の類で何かしたとは思うんスけど、正直それで合っているかの確信はないッスね……あっ、あと、けいけつ？　を突いたとか何とかって言って、俺とグロスを動けなくしたッス。で、勘も馬鹿みたいに鋭い！　それこそセラ姐《ねえ》さんくれぇかな？」

「ん？　それ、私の事を馬鹿にしてる？」

「いやいやいや！　も、ものの例えッスよ、ものの例え！　兎に角！　奴は尋常でないスピード、問答無用で捻《ね》じ伏せるよく分かんねぇ技、未来予知めいた勘の良さを持ってんだ！　悔しいッスけど、あのプリティアちゃんと互角以上に渡り合っている時点で、接近戦が最強ってのは間違いないと思いますぜ。あ、けどプリティアちゃんも全然負けてなくて、あいつの左腕を落とすまでに至ったんス！　本当に五分五分の戦いだったんスよ、絶対！」

　なるほど、熱弁するダハクの話が本当だとすれば、ハオは間違いなく強敵だ。強さもさる事ながら、これまでの行動からして、ただただ強さを追い求める求道者タイプ――つまりは、俺に似た性質を持っていやがる。似た者同士は引き寄せ合うっていうし、ひょっとしたら、俺もこいつと拳を交える機会があるかもな。

「……ケルヴィンの兄貴、楽しそうなのは良いッスけど、ハオの奴は俺がやりますぜ？　いくら兄貴でも、これだけは譲れねぇ」

　っと、また顔に感情が出ていたか。にしても、ダハクはマジでやる気なんだな。まあ、その為《ため》に短期間超鍛錬メニューを組んだ訳だけど……先生役、そろそろやって来る頃か？

……よし、来たっぽいな。

「悪い悪い、職業柄、ついな？」

「ったく、兄貴の悪い癖がまた――あ」

「ん？　どうした？」

「い、いや、これは戦いとは全然関係ないと思うんスけど、ちょっと思い出した事があって……」

「何か引っ掛かる事があるなら、俺の表情みたいに遠慮せずにぶっちゃけてくれ。何がヒントになるか分からないからな」

「ハ、ハァ。えと、そのハオって奴、イケメンなんスよ」

「……はい？」

俺は耳を疑った。いや、何でもとは言ったけどさ、この話の流れで急にどうしたのかと。俺の表情以上に意味不明だぞと。

「いえ、ただイケメンじゃないんスよ。後光が差すレベル、それこそプリティアちゃんにも劣らないいくらいなんス」

「へ、へぇ……」

ダハクの視界上では、常時ゴルディアーナから後光が放たれていたのか。今更ながら、どんな景色を目にしているんだろうな、ダハクの目。だがまあ、ハオに相応のパワーが備わっているって事だよな、それ？　ダハクの言葉を借りるなら、それこそプリティアちゃんにも劣らないくらいのパワー、か。……うん、やっぱ強敵だ。

「そう見えちまったのも屈辱だったんスけど、どうもハオの奴、戦闘中の顔がおかしいんスよ」

「……？　どういう意味だ？　プリティアちゃんに並ぶくらいのイケメン――要は絶世の美男って事だろ？　顔がおかしいって事にはならないだろ？」

求道者のハオなら昔戦ったクライヴ君みたいに、転生して顔を作り直したって事もあるまいに。クライヴ君の顔は何というか、作り物めいた不自然さがあった。

「いや、それがおかしいんスよ。あいつ、戦いの最中にイケメン度数が瞬間的に跳ね上がって、更にイケメンに磨きが掛かるんス。もしかしたら、その権能の力を使って顔を変形させているんスかねぇ？　そんな事をする意味は分からねぇッスけど」

「イケメン度数……？　ええと、要はダハク視点で、更に格好良くなってるって事か？」

「そうッス！　一瞬だけスッと！　それでまた次の瞬間には戻っているんスよ！」

「……視認できない筈《はず》なのに、何でハオの顔は見えたんだ？」

「そこはまあ、光の加減ッスかねぇ。さっきも言ったッスけど、真の美男美女は後光が差すもんで、ハオの顔からは猛烈な光が放たれていたんスよ。プリティアちゃんは強くも優しい光ッスけど、アレはただただ眩しいだけっつうか、もう滅茶苦茶な輝きだったッス。あんだけ輝いてりゃ、正確に見えなくとも流石《さすが》に俺にも分かるッスよ。プリティアちゃんとハオが戦っている時も、前方から迫り来る圧と光がぱねぇっした！」

「……」

ダハクの言葉を翻訳してみよう。ダハクにとっての格好良さとは、確かその者が持つ物理的な力強さに比例していた筈だ。だからこそ、ダハクにはゴルディアーナが絶世の美女に見えるし、心の底から惚《ほ》れ込んでいる。以前にジェラールやセラ、それにグロスティーナの事をハンサムだとか美人だとか言っていたし、元の容姿は殆ど関係ないものとして考えて良いだろう。

で、そんなダハク視点でハオの容姿が瞬間的に高まるという事は、イコール、ハオの筋力が瞬間的に高まっている事と同義だ。つまり、ハオはゴルディアーナとの戦いで権能を使い、自らのパワーを高めていた。俺達の目では捉えられない力の変化も、ダハクアイだからこそ、それが解明できたという訳か。恐らく常時使うのではなく、インパクトの瞬間などの要所要所で発動させているのだろう。筋力の底上げ、それにプラスして敏捷《びんしょう》の底上げもしているかもしれない。

「……『剛力』と『鋭敏』の複合能力、その瞬間上位版ってところか」

もちろん、これがハオの力の全てだとは微塵《みじん》も思っていないが、権能についての取っ掛かりはできた。まさか、ダハクの感性がハオの能力バロメーターとして働くとは思わなかったな。

「ダハク、ナイスな着眼点だ。やっぱお前、プリティアちゃんの事となるとすげぇよ」

「え、そうスか？　よく分かんねぇッスけど、兄貴は俺をよく分かってるッスねぇ！」

「主《あるじ》、あまりダハクを甘やかさない方が良い。また調子に乗る」

「う、うん……おでも、それが心配……」

「あ、てめぇら！　また適当な事を言いやがって！」

ダハクがメルの隣で和菓子スイーツを堪能しているムドと、体の割に小さなおにぎりを堪能しているボガに食って掛かる。

「まあまあ、落ち着けって、ダハク。お前の覚悟、俺が一番よく分かってるつもりだ。プリティアちゃんを助け出す為なら、どんな鍛錬でもするってくらいだもんな？」

「ったりめぇじゃねぇッスか！　ハオは俺が仕留めやす！　その為ならこのダハク、何でもする所存ッス！」

うん、今何でもするって言ったな。絶対言った。これでも耳は良い方なんだ。極端に興奮していない限り、聞き間違える筈がない。

「という訳で――先生、出番です！」

「へ、先生？」

俺の呼び声に応えて、部屋の襖《ふすま》がダァンと、少々乱暴に開けられる。そう、俺はダハクを鍛錬してもらう為、打って付けの先生をお呼びしていたのだ。

「おう、ケルヴィン！　何でもアタシに紹介したい良い男がいるんだって!?ったく、アンタも悪い男だねぇ！　まあ、アタシにとっては良い男なんだけどさ！」

「ああ、そうなんだ。つか、急だったのによく来てくれたな、バッケ」

「……兄貴、この女、確か『女豹《めひょう》』の二つ名を持つ、S級冒険者の？」

そう言ってバッケを指差すダハクの表情が、段々と硬くなっていく。硬くなるな硬くなるな、お前が固めるべきは覚悟の方だ。

「ふむ、ふむふむ？」

一方でバッケは、紹介したい人物がダハクだと察し、「ほう」と何やら視線で物色し始めていた。

「……なるほど。アンタ、新しい竜王、土竜王だね？」

「お、おう、それがどうしたよ……？」

ダハクの周囲をグルグルと回りながら一通りの観察を終えたバッケが、改めてダハクを正面から見据える。ジッと見詰める。獲物として見定める。

「ハハッ！　アタシとした事が、うっかりしていたよ。そういや今まで、竜は食った事がなかった！　もちろん、あっちの意味で。野良の竜はいけ好かないが、うん、うん、この坊やはなかなか楽しめそうだ。顔も良い。むしろ、アタシ好み。二児の母として、食わず嫌いなまま生を終わらすのも忍びないし、良い機会だねぇ」

「……兄貴、いまいち意味が分からねぇんスけど、この女は何を言っているんスか？」

「ん？　ああ、死に物狂いで鍛錬する気、あるんだろ？」

震えるダハクに対し、俺は鍛錬の開始を宣言した。

◇　◇　◇

ダハクが宿の窓から飛び出し、その後をバッケが追う。一応言っておくが、ここは宿の最上階だ。街だから人の目もあるし、そう容易《たやす》く目立って良い場所ではない。

「待ちな、男前！　このアタシが直々に、色恋のイロハってやつを教えてやるよ！」

「だぁ――――！　俺が知りてぇのはそんなもんじゃねぇし、てめぇが知ってんのは爛《ただ》れたもんだろうがッ！　死んでもてめぇの世話にはなんねぇっての！」

「何だい何だい!?　折角アタシが足を運んで来てやったってのに、いつまで子供でいるつもりだい!?　大人の恋ってのはねぇ、表があれば裏もあるもんなのさ！　真の男なら覚悟を決めなぁ！」

「俺はそんな上っ面の言葉に騙《だま》されねぇぞ！　俺の心はプリティアちゃんだけのもんなんだ！　そんな浮気めいた事をして堪《たま》るかぁぁぁ！」

段々と遠くなる二人の後ろ姿を窓から眺めながら、遠くまで響く叫び声に耳を傾ける。いや、傾けなくても聞こえて来ちゃうな、あの大声量。街の上空だからもろに目立ってるし、後で総長から文句の一つくらいは言われそうだ。

「お、王よ、流石にアレは可哀想《かわいそう》なんじゃないかの？　ダハクが食われてしまうぞ？」

「というか、アレで鍛錬になるの？　ダハクが必死にバッケから逃げてるだけじゃない？」

「なるさ。バッケは俺の知るS級冒険者の中で、最も野性的な実力者だ。根が素直過ぎるダハクにとって、良いカンフル剤になってくれるだろう。それに、バッケは竜の戦い方も熟知しているからな」

「そう言えば、対抗戦でも見た事のない形態で戦っていたものね。ひょっとしたら、ムドファラクやボガの参考にも……？」

「「遠慮する（んだな）」」

二人は即断即決であった。よほど嫌であるらしい。

「まあ、確かに荒療治ではあるからな。ダハクくらいに覚悟が決まってないと、正直俺も躊躇《ちゅうちょ》する鍛錬だよ、アレは」

「ケルヴィン君もやりたがらない鍛錬って、一体……」

「ふむ、ああやって報酬をチラつかせれば、バッケのモチベーションも上がりますしね。何気に期待できそうです。モグパク」

メルは天使なのに、あくまで他人事《ひとごと》な姿勢だ。それよりもご飯に夢中なのだ。にしても……

「メル、やけに余裕そうだな？」

「いいえ、欠片《かけら》も余裕なんてありませんよ。余裕がないからこそ、食べられる時にご飯を食べ続けるのです。来たる戦いの時に備えて、パックパク！」

……尤《もっと》もらしい理由を述べているが、語尾のパクパク音のせいで全然決まってねぇ。

「あ、あー、ダハクはバッケに任せるとして、だ。次にルキルとの同盟を交わすに際して、拘束を約束した神柱について話そう。今現在この世界には四柱が残ってる訳だが……シュトラ、その詳細は分かるかな？」

「ルキルが捕らえた神鳥ワイルドグロウ。ルミエストで待機しているドロシー、もとい神人ドロシアラ。そしてデラミスに神霊デァトート、トラージの神鯨ゼヴァルがダンジョンの奥にいるのよね、お兄ちゃん？」

「その通り、流石だな」

「えっへん！」

「ホッホッホ、シュトラは賢いのう～。世界一賢いかもしれんのう～」

ゆるゆる顔でべた褒めなジェラール。実際本当の事しか言っていないのだが、シュトラの幼い容姿と相まって爺馬鹿《じじばか》な発言にしか聞こえない。

「ジェラールはさて置いて、それじゃデラミスとトラージの神柱を捕獲するのが、私達《たち》の次の目標になるのかしら？」

「いや、それは現地に滞在している協力者にお願いしようと思ってる。ぶっちゃけ今の神柱の強さなら、俺達が纏《まと》まって行く必要もないからな」

「ふーん？　まあ確かに、倒すでもなく捕まえるだけだもんね。ケルヴィン君が率先して行きたがらないのも納得かな？」

「ご主人様、ちなみにその現地の協力者とは？」

「トラージの神鯨ゼヴァルは、ちょうど今向こうで客将として待機しているシルヴィアとエマにお願いしてる。あの二人なら、まず間違いないだろうからな。デラミスの神霊ディアトートは、名前からして実体がなさそうだし、魔法の扱いに長《た》けたセルジュに——って考えていたんだが、どうもセルジュの奴《やつ》、先の戦闘が終わってからどこかに旅に出たみたいで、行方が分かっていないんだよ」

「ええっと、それは少々不味《まず》いのでは？　セルジュ様は真っ先に十権能《じっけんのう》に狙われるほどの実力者、単独での行動はかなり危険だと思われますが……」

うん、エフィルの不安は尤もだ。けどまあ、ほら、セルジュだし。何だかんだで無事でいるイメージしか湧かないんだよなぁ。

「取り敢《あ》えず、セルジュにはセルジュの考えがある筈だ。俺達は俺達の心配をしよう。で、話を戻してディトートの担当だけど、刀哉《とうや》達四人に任せようと思う」

「デラミスの勇者達に？」

「ああ、肉体的にも精神的にも、あいつらは随分と強くなった。いつも通り連係して挑めば、神柱をとっ捕まえるくらいの事は十分に可能なレベルだ」

「フフッ、デラミスで私が鍛えてあげた甲斐《かい》があったってものよね！」

なぜか胸を張るセラ。ああ、そうか。確か『英霊の地下墓地』でセラ主宰のデスマーチに参加していたんだっけ、あいつら。各方面に師匠が一杯で羨ましい限りである。

まあ最悪無理そうな場合でも、いざとなったら孤児院の警護に当たっているエストリアに手伝ってもらう手もある。何とかなるだろう。つか、何とかしてもらう。

「ふむ、では神柱の捕獲はその各方面に任せるとして……むむっ？　王よ、肝心のワシらは何をするのじゃ？　やる事がないぞい？　ダハクと同じく、時が来るまで鍛錬でもさせる気かの？」

「いや、鍛錬するのも悪くないけど、ただやるだけじゃ対応が後手後手になるだけだ。他にやらなきゃいけない事もある」

「「「やらなきゃいけない事？」」」

仲間達が揃《そろ》って首を傾《かし》げたところで、俺はクロトの『保管』の中から、とあるマジックアイテムを取り出した。

「迎撃だよ、万全な迎撃準備。向こうが杭《くい》で襲来するなら、こっちも杭で対抗だ」

俺が取り出したのは、古代文字が書かれた手の平サイズの杭だ。一見、あの巨大な飛行杭に対抗できるようには見えないだろう。実際、俺にはあんな高度なもんなんて作れないしな。けど、そこはアイデアと使い方次第、やり様はいくらでもあるのだ。

「んー？　これ、どこかで見た事があるような……」

「あっ、もしかしてこれって、創造者の『魔杭』かな？　トリスタン用に作っていたやつ」

「魔杭……あーっ、思い出した！」

アンジェの言葉を聞いて、セラがポンと手を叩《たた》く。どうやら他の皆も、この杭について思い出してくれたようだ。

「そう、この杭は召喚士の魔力圏を、杭の周囲に作り出す事ができるマジックアイテムだ。トライセンとの戦いの時に、トリスタンが使っていたものだな」

今となっては懐かしいが、トリスタンはこの杭を戦場に仕込む事で、俺達をかなり翻弄してくれたっけ。バレてしまえば手品のタネのようなものだが、あのジルドラの作品なだけあって、その効力は凄《すさ》まじいものがあった。あの頃魔力圏内が狭かったトリスタンからしたら、喉から手が出るほどに欲しかったものだった筈《はず》だ。尤も俺の場合はそこまで必要としていなかった事もあって、回収してからは出番が殆《ほとん》どなかった訳だが……ここに来て、漸《よう》く日の目を見る機会がやって来た訳だ。

「相手は自分達の欲望の為《ため》だけに命を狙い、ダハクが惚《ほ》れているほどの美女を誘拐する悪党だ。そんな奴らが残り八人もいて、それでいて強い。呆《あき》れるほどに強い。そして、そんな十権能がセルジュとかに取られるのは、もったいなくて我慢ならな――コホン！……そして、そんな十権能が他の奴らに危険を及ぼすのが、俺は我慢ならない。だからさ、これを使って盛大に歓迎してやろうと思うんだ。他ならぬ俺達が、十権能を！」

拳を固め、俺は高らかにそう宣言する。フッ、決まった、最高に決まった。

「主、言い直した？」

「残念な事に言い直したわね」

「意味ないけど言い直したね」

「全く隠せておらんのに、言い直したのう」

「パクモグモグパク」

……おかしいな。最高に決まった筈なのに、仲間達は「言い直した」と連呼するばかりだ。

◇　◇　◇

白翼の地《イスラヘブン》、叡智《えいち》の間。十権能に支配されるこの場所、その中心にて、ある人物が拘束されていた。その者の名はゴルディアーナ・プリティアーナ。次期転生神を確約された彼女は、幾つもの光の輪で全身を拘束され、十字架の前で宙吊《ちゅうづ》りにされた状態にあった。意識がないのか、少し厚めの両瞼《りょうまぶた》が開く様子はない。が、なぜか自らを両腕で抱き締めるような、プリティーなポージングで静止していた。

「……おい、ハオ。これはどういう事だ？」

宙吊りにされたゴルディアーナをひと目見て、ケルヴィムが眉間にしわを寄せながら問い質《ただ》す。

「質問の意図が分からんな。見ての通り俺が捕らえて来た偽神、ゴルディアーナだ」

「それは分かる。だが、なぜこの格好で封印した？　不愉快以外の何ものでもないぞ？」

「それこそ、俺に対する問いではないな。俺はゴルディアーナを捕らえ、この場に連れて来ただけ。封印を施したのは別の者だ」

「……」

ジロリと辺りを見回すケルヴィム。前髪が長い為に片目しか見えない彼であるが、だからと言って彼から放たれる威圧感が半減される訳ではない。

「あ、あの、私がやったのですが……」

そんなケルヴィムの圧に耐えかねたのか、おずおずと手を挙げる堕天使が一人。グロリアと同じ金の長髪に司教冠を被《かぶ》せ、白地に金の刺繍《ししゅう》が施された神官服を纏う少女は、声色からも分かる通り酷《ひど》く緊張した様子だ。これまでずっと口を閉じ、自ら発言する事もなかったのだが、流石《さすが》にここは前に出ないと不味いと思ったのだろうか。

「イザベルか。確かに、お前の結界能力は我々の中でも群を抜いている。この偽神が逃げ出せるほど軟弱なものでもないのだろう。だが、どうしてこのような状態で封印した？ 表情も微妙に作っていて、実に腹立たしいぞ」

「ど、どうしてと言われましても……その、ハオさんが運んで来た時には普通だったのですが、封印を施したら、いつの間にかこのようなポーズを……」

イザベルというらしいこの十権能も、なぜゴルディアーナがこのような格好で封印されたのか、正直なところよく分かっていなかった。気が付いたらポージングを取っていた、と、そう述べるしかないのだ。

「ケルヴィム、その辺にしておけ。イザベルの性格からして、嘘《うそ》をついてまでそのような事をするとは思えない。そのくらいの事は君も分かっている筈だ」

「フン、当然だ。だがしかし、その上でも腹立たしいのだ。我々の宿敵が、このようなふざけた格好をしている事が……！」

「カカッ！　我らが副官どのは随分とお怒りのようじゃの。じゃがワシはそれよりも、そのふざけた格好をした偽神が、ハオの片腕を奪った事実に驚きを隠せんよ。ハオよ、それほどまでに此奴《こやつ》は強かったのか？」

　ハザマが頭（？）らしき部位をハオへと向ける。ハオの左腕は治療されておらず、欠けたままだった。だからこそ、十権能の注目もそこに集まる。

「……殆ど互角、どちらが倒れても不思議でない戦いだった。権能を顕現させた俺と、それも接近戦でそこまで殺《や》り合ったのだ。これを強敵と言わずして、何を敵としようか」

「あ、あの、腕の再生は如何《いかが》します？　それくらいなら、私にもできますが……」

「不要、なくした腕はその偽神にくれてやった」

「ほう、お主がそこまで言うか？」

「地上で『桃鬼《とうき》』と呼ばれているだけの事はある。あの戦い振り、正に鬼神の如《ごと》し」

　――ピクリ。

「ん、んん？」

「どうした、イザベル？」

「い、いいえ、偽神が少し動いたような、そんな気がして……すみません、多分気のせいです」

イザベルが改めてゴルディアーナに視線を移す。だが、先ほどの意味深なポージングのままで、動いている様子はなかった。

「……ふむ」

「カカカカッ！　しかし、この世界の者達《たち》も楽しませてくれるのう。我らは義体の身とはいえ、その性能は下界における強さの限界を疾《と》うに超えておる。だというのにハオは苦戦し、バルドッグは敗れ、あろう事かリドワンは敵の配下へと降《くだ》った！　これほど愉快な事が他にあるじゃろうか？　否否否、あるまいて！　カカカカカッ！」

「ハザマ、楽観的……」

「ああ、笑っている場合ではない。現実の問題として下界に降りた十権能のうち、その半分以上が任務を失敗している。我らが神、アダムスの名において、これ以上の敗北は許されない。そもそも、我らが下等生物に劣ってはならないのだ」

「だが、どうする？　この義体、想像以上に厄介だぞ。全盛期並みの力を行使できるのは極僅かな時間のみ。この白翼《イスラヘブン》の地を出るには人数制限が掛けられ、更には下界での活動時間にさえも制限が掛けられている。何もかもが雁字《がんじ》搦《がら》めだ」

「白翼《イスラヘブン》の地を出られるのは、一度に三人まで、だっけ……？　能力の全力行使、地上での活動時間……個人差はあるけど、どれも十分とは言えない……」

「あのルキルという女、裏切る前提でこのような制限を義体に課していたのだろうな」

「義体の制限を地上の者達に教える可能性もある訳か。面倒な……」

「聖杭《ステーク》を一隻奪われたのも痛い。アレは我らが神を蘇《よみがえ》らせる為に必須、創造したバルドッグも殺されてしまったから、また新たに用意する事も敵《かな》わん」

かつて絶対的な力を有し、神界を二分するまでに至った邪神アダムスの配下、十権能《じつけんのう》であったが、どうやら義体での活動には様々な制限が課せられているようだ。先ほどから笑いが止まりそうにないハザマは別として、どの十権能も忌々しそうに業を煮やしている。

「エルド、口を閉じていないで、何か言ったらどうだ？　元はと言えば、お前が示した策が失敗したのが原因でもある。ルキルを使い潰す？　ハッ、逆にリドワンと聖杭《ステーク》が奪われる結果となってしまったではないか。一体どう責任を取るつもりだ？」

「……ケルヴィム、地位を高める事に執着するのは良いが、今はその時ではないだろう。責任のあり方を論じている場合ではない」

「何？」

「優れた者が生き残り、劣った者は淘汰《とうた》されるのが世の在り方。それが今回、後者に当て嵌《は》まったリドワンとバルドッグに適用されただけの事だ。アダムスの教えを遵守する者ならば、特に疑問に思う必要もあるまい？」

「ッ!?　貴様……！」

機械《いす》から立ち上がり、エルドと対峙《たいじ》するケルヴィム。彼からは明らかな殺意が放たれており、泣き虫なレムと繊細なイザベルが酷く動揺するには十分なものだった。

「カカカッ、このタイミングで十権能のトップの座を争うか。重畳《ちようじよう》重畳、愉快な事は続くものじゃて」

「ハハハ、ハザマ、楽観が過ぎる……！」

「どどど、どうします!?　ととと、取り敢《あ》えず、私の権能で二人纏《まと》めて閉じ込めてすり潰しますか!?」

「イザベルね——イザベル、これ以上場を混乱させるような発言はしないでくれ……エルド、貴様も言葉足らずが過ぎるぞ」

混沌《こんとん》化する叡智の間に、グロリアの凛《りん》とした声が響き渡る。「ッチ」「フッ」と舌打ちと小さな笑いで返したのは、果たしてどちらの反応だっただろうか。兎《と》も角《かく》、この場に満たされていた殺意の渦は終息していた。

「そうだな、一つ言い忘れていた。アダムスを復活させる為の六つ贄、そのうちの二つをリドワンとバルドッグの魂は満たしてくれた。だからこそ、彼らの犠牲は無意味なものではなかったのだ。特にリドワンの魂は、ルキルに奪われた聖杭《ステーク》を満たしている。我らの手を離れようと、その時が来れば本懐を果たすだろう。……ケルヴィム、同志が道半ばで倒れた事を悲観するのは良いが、敵はあくまで偽神の信奉者達だ。私と雌雄を決するのは、全てが終わってからでも遅くはあるまい？　偽神ゴルディアーナを捕獲した今、残るは三つの贄《にえ》……内部抗争などせず、我々はその確保に注力すべきだ」

「……良いだろう。だがその言葉、ゆめゆめ忘れるなよ？」

ケルヴィムの瞳に宿った殺意は、依然としてエルドを捉えていた。

◇　◇　◇

「ん、重畳」

「……？　急にどうしたの、シルヴィア？」

ふと呟《つぶや》かれたシルヴィアの言葉に、地図を広げて道を確認していたエマが視線を寄越《よこ》す。

ここは水国トラージに面する竜海――ではなく、更にそこから大海原の方へと突き進みに突き進んだ、言ってしまえば深海と称される場所である。

太陽の光が届かないほど深い、暗黒が支配するこの領域は、本来人が居て良い場所ではない。呼吸ができないのはもちろんの事、大きな水圧が掛かる為に、そもそも生身で行けないのだ。では、なぜシルヴィアとエマはここへ来られたか？　答えは二つ、疾うに人間のスペックを超越しているから、そして魔法による水中特化仕様を備えているから、である。

A級青魔法【水絶除泡《ダフロス》】、シルヴィアが自身とエマに施したこの魔法は、C級青魔法【水除泡《フロス》】の深海仕様とも言えるものだ。巨大なシャボン玉で対象を包み込み、水を払い除《の》け水圧から身を護《まも》る特性を持つ。エマの固有スキル『咎《とが》の魔鎖』との併せ技で、魔法の効果が殆《ほとん》どないシルヴィアにも固定化できるようにしているようだ。

「未知の食材を発見した。美味《おい》しそう」

「それ、ヒトデじゃないの……？」

エマのE級赤魔法【火照《ラムペント》】の光を頼りに、疑似潜水服状態で深海での散歩を楽しむ（？）二人。当然ながら、深海《ここ》へは遊びに来ている訳ではない。というか、見通しが悪く見た事もない不気味なモンスターが跋扈《ばっこ》するこの場所は、絶対に遊びに来るには向いていない場所だ。そんな場所へ好んで出かけるのは、どこかの戦闘狂なもの好きくらいだろう。

「ハァ、ケルヴィンさんから特別依頼を受けたのは良いけど、まさかこんな遠くにまで来る事になるとはね……深海に存在するとされる幻のダンジョン、なぜかその地図をツバキ様が持っていて、またまたなぜか気前良くその地図を借りられた訳だけど、もう少し考えるべきだったかな？」

「ん、最近はお休みが続いていたから、勘を取り戻すには良い機会。それに、報酬が魅力的」

「それ、絶対後半だけが理由でしょ？　エフィルさんの料理フルコースおかわり無制限、だっけ？　報酬金も莫大《ばくだい》だけど、そっちの方がメインになっているよね、絶対。確かに、私としても魅力的だとは思うけど……シルヴィア、そのヒトデ、いい加減に放してあげなよ」

「ッ!?」

「いや、そんな驚愕《きょうがく》されても困るのだけれど。持ち帰るにしても、せめて魚の形を保ったものに――ううん、やっぱ駄目。丸焼きにしても、食べられる自信がないや……」

辺りを漂う深海魚達の異様な姿を見て、エマは何とかシルヴィアの説得を試みるのであった。

「残念……」

「ほら、元気出して。依頼を達成できたらエフィルさんのフルコースだよ？　落ち込んでいる暇なんてないって」

「ん、了解」

頭の中でフルコースを思い描けたのか、シルヴィアは素直にヒトデを逃がしてくれた。代わりに口元から欲望が垂れているが、まあそこは必要経費と割り切るしかない。

「……で、私達に何か御用ですか？」

小さな問題が解決したのも束《つか》の間《ま》、エマがそう言って来た道を振り返ると、二人の背後にとある人物が立って――否、泳いでいた。

「ん、セルジュ？」

そう、シルヴィアの言う通り、そこにはセルジュが居たのだ。……なぜか水着姿で、ゴーグルらしきものを着けて。また、思いっ切り空気を吸った後に潜ったのか、彼女のほっぺはパンパンに膨れ上がっていた。その様子も相まって、深海に居るとは思えない緩い雰囲気が醸し出されている。

『いや～、それが色々あってツバキちゃんに、二人の手伝いをお願いされてさ～。私としてもシルヴィアちゃんとエマちゃんとは仲良くしたかったし、絶好の機会かなと思って？

大急ぎで来ちゃった（はぁと）』

素潜り状態で喋《しゃべ》れない為《ため》か、白魔法を使って光の文字を作り出し、筆談を始めるセルジュ。器用な事に、魔法文字はなかなかに達筆であった。（はぁと）も達筆であった。

「来ちゃったって、ちょ、その腕は一体どうしたんで——い、いえ、まずは普通に話ができるようにしましょう。シルヴィア、セルジュさんにも水絶除泡《ダフロス》を」

エマに応じ、シルヴィアがセルジュに魔法を施しシャボン玉を生成する。こうしてセルジュは無事（？）、呼吸と会話ができるようになるのであった。

「ぷっは～～～！　いやはや、呼吸ができるって素晴らしいよね。あと数十分もしたら、私ってば窒息するかもしれないところだったよ、えへへ」

「えへへ、じゃないですよ。一体どんな肺活量をしているんですか？　と言うよりも、よくそんな薄手の装備でここまで来られましたね？　普通、水圧に耐えられずに死んでいるところですよ？」

「だって私、セルジュ・フロアだし？　水圧如きで死ぬようなタマじゃないよ～ってのは冗談で、この水着に秘密があってね。それでこの深い深い海の底まで、無事にやって来られたって訳なのさ。あ、呼吸は普通に我慢して来た感じだけどね！」

「ええっ……」

ちなみにであるが、セルジュの水着とゴーグルは聖剣ウィルの変形装備であるらしい。最早《もはや》何でもアリだなとエマは呆《あき》れ、おおっ！　と、シルヴィアは目を輝かせていた。

「まあ冗談はさて置き、協力しに来たってのは本当の話。ケルヴィンから聞いているかは知らないけど、先の十権能との戦いでちょっとやらかしてさ、装備を壊しちゃったんだよね。で、トラージのツバキちゃんに良い鍛冶師を知らないか、むしろ良い装備をプレゼントしてくれないかってお願いしに行ったらさ、二人の事を聞いたんだ」

「なるほど、それで協力しに……あの、ひょっとしてその腕も、その時の戦いで？」

「大正解！　これも色々あって、腕が再生できない状態でさ。今は呪いを飼い慣らそうとしているとこ！」

「な、なるほど……塩水沁《し》みないの？」

「セルジュ、シルヴィアったら私の事を心配してくれてるの!?　嬉《うれ》しいなぁ！　でも大丈夫大丈夫、これでも私ったら世界最強歴代トップの勇者様だからさ、傷口をどうにかする方法くらいは自力で何とかできるの！　私ってば、何気に魔法の腕も凄《すご》いんだから～！」

「おー」

パチパチと、感心した様子で手を叩《たた》くシルヴィア。とても純粋、実に無垢《むく》である。そんなシルヴィアがツボに嵌《はま》ったのか、セルジュは堪《たま》らん！　と、頭に片腕を当てて悶《もだ》え始めた。

「セルジュさん」

「ああ、うん、エマちゃんごめんね。ちょっと調子に乗り過ぎたね。でも、腕の方も本当に心配ご無用、このお手伝いが終わったら、ツバキちゃんに義手を用意してもらう予定なんだ。まあ、この探索中も足手纏《あしでまと》いにはならないと思うから、そこそこ信頼して、そこそこ頼りにしてね」

「……まあ、そういう事なら。シルヴィアも良い？」

「ん、私は別に構わない。セルジュは白魔法が使えたと思うから、捕獲対象を捕まえるのが楽になりそう」

「オッケー！　すっごい頼りにして！　私、シルヴィアちゃんの為に頑張るよ！　もちろん、エマちゃんの為にも！」

ずずいと、お互いのシャボン玉が密着するほどにシルヴィアへと接近するセルジュ。そのあまりの勢いっぷりに、エマの下がりつつあった警戒心が、再び跳ね上がってしまう。

「セルジュさん」

「ごめんて。まあまあ、そんな怖い顔しないでさ～。私達、殺《あい》し合ったり、共闘《あい》し合ったりした仲じゃん？」

「そんな仲じゃありませんよ!?」

「ん、ダンジョン発見。エマ、先に行ってるよ」

「あっ、ちょっとシルヴィア!?　一人で進んじゃ駄目だって！」

「そうそう、危ないよ～？　だから私も行くよ～？　シルヴィアちゃん、待って～」

「アンタも待てぇぇぇ！」

深海だというのに、この辺りは非常に賑《にぎ》やかだ。

それから数時間後、三人は神鯨ゼヴァルを捕らえ、トラージへと無事に運び出す事に成功するのであった。

◇　◇　◇

神皇国デラミスが有する領土には、いくつかの平原が存在する。穏やかな気候が主となるデラミスにおいて、それら平原はどれも牧歌的だ。しかし、一ヵ所だけ例外もあった。一般人の立ち入りが全面的に禁止され、冒険者でも一定以上のランクと、何かしらの伝手《つて》がなければ許可されない、名もなき平原だ。凶悪なモンスターが居る訳ではない。過去に悲惨な出来事があった訳でもない。ただ、歴代の巫女達《みこたち》がこの場所は不吉な予感がすると、口を揃《そろ》えて言っていた。理由はそれだけである。

「――ただそれだけでも、巫女の言葉は信頼に足る、か。さて、一体何が隠れ潜んでいるのやら」

立ち入りを禁止された平原に足を踏み入れ、辺りを見回す美男子がここに一人。そんな彼の背後には、何名かの美少女達が控えていた。

「刀哉《とうや》、勝手にどんどん進まないで！　何が起こるか分からないんだから、もっと慎重になりなさい！」

「あはは、悪かったよ、刹那《せつな》。久し振りの冒険で、ちょっとテンションが上がっちゃってさ」

「まあまあ、刹那ちゃんも抑えて。神崎《かんざき》君の気持ち、分からなくもないよ」

「そうやって油断した者から死んでいく。異世界とは世知辛いもの」

彼らの名は神崎刀哉、志賀《しが》刹那、水丘奈々《みずおかなな》、黒宮雅《くろみやみやび》。デラミスの勇者と呼ばれ、世間で親しまれる者達——と、今更紹介するまでもなく、いつも通りの四人組である。

ケルヴィンが魔王を討伐し、ケルヴィンが黒女神を打倒し、結果的に使命を全うしていた刀哉達は、あれから二度、故郷である日本へと帰還していた。長らく行方を晦《くら》ましてしまっていた諸々《もろもろ》の事情の整理、家族との再会等々、やりたい事、すべき事が多かったのだ。最終的に刀哉達の失踪は海外留学に行っていたという体《てい》で纏《まと》まり、大きな混乱にならずに落ち着いたようだ。ここまでスムーズに事が進んだのは、これまで四人が日本で積み上げて来た信頼があったからこそだろう。もちろん、女神ゴルディアーナの助けがあったのも大きかった訳だが。

「あ、あんまり怖い事を言うなよ、雅。そこまで言われなくても、油断なんてしないさ。勇者である前に、俺は一人の人間でしかない。驕《おご》れるような立場じゃないんだ」

「か、神崎君……！」

「分かっているなら良い。私もあの死神にやり返すまで、死ぬに死ねない」

「ハァ、刀哉は兎《と》も角《かく》として、雅はまだ根に持っているのね」

「か、神埼パイセン……！」

「奈々もいつまで心打たれて――ん？　先輩《パイセン》？」

　不意の言葉に違和感を覚えた刹那が、その声の方へと振り向く。

「神埼パイセン、羨ましい！　こんな、こんな女の子だらけのパーティが存在するだなんて、ずっこいよ！　世の中不公平だ！」

「……セルジュさん、何をなさっているんです？」

「えっ？」

「む？」

「おっと？」

　そこに居たのは古《いにしえ》の勇者の一人、セルジュであった。他の面々も、この時になって初めてセルジュの存在に気付いた様子だ。

「あ、漸《ようや》く気付いてくれた？　結構前から尾行していたんだよ？　もう、刹那ったら反応が遅いよぉ～」

「いえ、そんな大胆に尾行を暴露されても反応に困るのですが……って、その腕どうしたんです!?」

　セルジュに軽くハグされた刹那は、その感触から彼女の片腕が義手である事に気付く。またかと笑いつつも、セルジュは義手となった経緯を説明するのであった。どうやらトラージでのお手伝いを終えた後、義手を手に入れて大急ぎでここまで来たようだ。

「見かけによらず、大忙し」

「あ、あのセルジュさんが、そこまで苦戦されたんですか？　その十権能《じっけんのう》って、一体どれだけ……！」

「んー、エレンから聞いた話だと、元神様なチート集団って話だし、まあ全員結構やれる感じだと思うよ？　私が戦った眼鏡君、どっちかと言うと支援職っぽかったし」

「尚更《なおさら》強敵じゃないですか……！　ケルヴィンさんはこっちは任せておけって、いつも通りな感じでしたけど……予想していた以上に不味《まず》そうな状況のようですね」

「大丈夫だよ、刹那。ケルヴィン師匠は信頼に足る御方《おかた》だ。師匠が任せろと言うのなら、俺達はその言葉を信じるのみ！　ですよね、セルジュさん！」

ずいっと刀哉がセルジュに迫る。

「うん、それはそうだけど、神埼パイセンはあまり私に近付かないでほしいかな。ほら、ラッキースケベが発動しちゃうかもだし？　主に私の幸運が仇《あだ》となるかもだし？」

「あ、ああ、すみません！」

「分かってくれれば良いよ～。あっ、刹那に雅と奈々は全然近寄ってくれて構わないからね？　むしろカモンカモン！」

「「ははは……」」

刹那と奈々、苦笑いしながら一歩下がる。

「義手になっても相変わらずみたいですね。まあ、少し安心しました。ところで、以前お渡した例の資料、お役に立ちましたか？　何に使うのか、用途はさっぱりでしたが」

「刹那ちゃん、例の資料って？」

「チェーンソーの内部構造が分かる資料が欲しいって、日本へ帰る前にセルジュさんにお願いされてね。それで一度異世界《こっち》に戻って来た時に、ネットで拾って来た資料をセルジュさんに渡していたの」

　勇者としての報酬として、刹那達は日本とこの世界の定期的な行き来を許可されている。しかしながら、この世界の文明に大きな影響を及ぼすであろう、革新的な技術情報の持ち込みまでは基本的に許されていない。それでも今回、刹那がチェーンソーの資料を持ち込む事ができたのは、先代の勇者であるセルジュたってのお願いであったからだ。資料はゴルディアーナ立会の下で目を通し、その場で処分する事を条件に、持ち込みが許可されていた。

「チェーンソーの？　えっと、木を切る、あの？　セルジュさんならチェーンソーがなくても、聖剣《ウィルジリオン》の一振りで真っ二つなんじゃ……？」

「ふふん、まあね〜。奈々の言う通り、その程度ならお茶の子さいさいだぜ。でもさ、勇者たる者、何時如何《いついか》なる時もバージョンアップは必要じゃん？　前に貰《もら》った情報は、まっ、イマジネーションを働かす為の栄養剤みたいなものだよ」

「な、なるほど……？」

　納得した仕草を一応見せるも、刹那と奈々はまだよく分かっていない様子だった。

「先輩からのアドバイスだけど、神埼パイセンはもっと柔軟にウィルを使ってあげた方が良いと思うよ？」

「柔軟に、ですか？」

「あの、今更ですけど、何で刀哉をそんな呼び方で？　セルジュさんの方が先輩なのに、刀哉がパイセンって……」

「気にしない気にしな～い。ノリで生きてる私に理屈を求めな～い。で、話を戻すけど、ウィルは勇者が願えば願うほど、その希望に応えてくれる相棒なんだからさ。ほら、リオンちゃんなんてウィルを持ってもいないのに、三刀流とかやっているんだよ？　二刀流で立ち止まるなんて、もったいない事この上ないぜ？」

「なるほど、つまりは常識に囚《とら》われてはならないと……勉強になります！　セルジュさん、セルジュ師匠ってお呼びしても!?」

「それは全力でお断り！っと、雑談も結構しちゃったし、そろそろ神柱を捕獲しに行こうか」

そう言って、間合いに刀哉が入らないよう迂回《うかい》しながら前へと進むセルジュ。何が何でもラッキースケベは避けたいらしい。

「セルジュさん、手伝ってくださるんですか？」

「うん、この前の資料のお礼がてらにね。この義手の試運転もしたいし。でも、私はあくまでバックアップ役だ。戦いのメインは君らがやるんだよ？」

「ありがとうございます。それでも心強いです」

「でも、話がうまく行き過ぎている気もする。裏切りが心配」

「み、雅ちゃん、失礼だよっ！」

「ハハッ、雅は疑《うたぐ》り深いなぁ。安心して、君らを害するような事はしな――」

「セルジュ師匠！　ご指導ご鞭撻《べんたつ》、よろしくお願いします！　俺、セルジュ師匠の近くで色々と吸収して行きたいと思います！　セルジュ師匠の近く、間近でッ！」

「……うーん、神埼パイセンは何かの手違いで抹殺しちゃうかも？　そのポジション、私的に凄《すご》く美味《おい》しい理想郷だし」

「セ、セルジュさん、冗談に聞こえないですよ……」

こうして刹那達は平原に存在する不可視の神柱を捜し出し、白熱する戦いへと移行。その後、苦戦しながらも神霊デァトートの捕獲に成功するのであった。

◇　◇　◇

聖杭《ステーク》、十権能が所持する杭《くい》の形状をした巨大な方舟《はこぶね》。鍛冶神バルドッグは神話大戦末期に、この船を六隻生み出したとされている。戦いの最中に幾度かその存在が目撃されるが、大戦が終結した後もその使用用途は不明のままであった。邪神アダムスが敗戦した後、神達によってその行方の捜索が為されるも、聖杭《ステーク》の発見には至っていない。

「――と、白翼の地《イスラヘブン》に残された書物には、そのように記されていましたね。なるほど、発見されない筈《はず》です。封印されたその時も、バルドッグが自らの『保管』に隠し持っていたのですから」

リドワンから奪い取った聖杭《ステーク》の中枢区画にて、誰に言うともなく、ルキルが小さく呟《つぶや》く。この船には囚われた神鳥ワイルドグロウしか、ルキルの他に乗員がいない。誰の反応がある訳もなく、船の中は静かなものだ。

ケルヴィンとの同盟を結んだ彼女は、黒女神クロメルとのかつての決戦の地、中央海域に聖杭《ステーク》を移動させていた。どの大陸からも目立たず、どこで何が起ころうとも臨機応変に対応できるこの場所は、ルキルが世界を見渡すのに適していたのだ。もちろん、この中央海域で待機している事はケルヴィン達も知っており、彼女が望む残る神柱達が捕獲されれば、順次ここへ運ばれる事になっている。

「へえ、そうなの？　そんな凄い場所に立ち入った私、もしかして歴史的快挙？」

次の瞬間、ルキルの独り言に対し、予想もしていなかったまさかの反応があった。

「……貴女《あなた》は？」

「ちわー、運び屋でーす」

そこに居たのは先代勇者のセルジュであった。彼女はこの部屋に備え付けられた椅子に、何の断りもなく勝手に座っていた。

「……」

運び屋、確かに神柱が運ばれて来る事になってはいた。が、その運搬者がセルジュだとは、ルキルは全く聞いていない。要は不測の事態である。つまりは運搬者ではなく、ただの侵入者である可能性が高い。そう結論付けたルキルは、分かりやすいほどに不快感を表情に出し、目の前に現れたセルジュを睨《にら》みつける。臨戦態勢、彼女の指先からは黒炎が灯《とも》り始めていた。

「おかしいですね。聖杭《ステーク》には隠密《おんみつ》能力も備わっていた筈ですが、まさか侵入者が現れるとは。さて、どこの害虫でしょうか？」

「おいおーい、こんな超絶美少女が害虫な訳ないでしょー？　ルキルさんや、目薬が必要ですかな？」

「よろしい、聖戦ですね？　前哨戦《ぜんしょうせん》には丁度良いでしょう」

「うおい、本当に気が短いな！　違うって、私はただの『運搬者』、さっきも言ったけど、頼まれていた神柱を運んで来ただけだよ。というかさ、この船の搬入口ってどこなのさ？　神霊デァトートはまあ良いとしても、馬鹿でっかい神鯨ゼヴァルが入らないんですけど？　外に置いて来てるから、中に入れてくれない？」

「……」

セルジュの目を見る、分析する、見極める——嘘《うそ》をついているようには見えない。どうやら彼女は、本当に運搬者として動いていたようだ。

「……失礼しました。まさか、先代の勇者様が直々にいらっしゃるとは、夢にも思っていませんでしたので。お会いできて光栄です。ええ、とても」

「うわあ、さっきの展開からよくそんなに口が回るもんだね。私も大概だけど、感心と同時に寒心しちゃうよ」

「聞き流しましょう。それで、神柱を運んでくださったんですよね？　少々お待ちを。確認でき次第、聖杭《ステーク》内部へ搬入します」

コントロールパネルらしきものに向き合い、ルキルがそれを巧みに操作する。すると、部屋の外側からガコンガコンと機械音が聞こえて来た。

「へえ、十権能から奪取したって聞いていたけど、もう使い熟《こな》せるようになったの？」

「ええ、分析するのは得意ですので。リドワンが一度目の前で実践していましたし、後はどうにでもなりますよ。……お待たせしました。神鯨と神霊、確かに本物のようです。この短期間で捕獲できた事に、正直驚きを隠せません」

「そう？　私の見立てだと、君単独でも十分に可能だと思ったけど？」

「世辞でも嬉《うれ》しい御言葉《おことば》ですね。まあ、可能ではありますが」

鳴り響いていた機械的な音が止まる。恐らく、神柱の搬入が完了したのだろう。

「なるほどね～。それで、その神柱の合体とやらはいつやるんだい？　私の捕縛魔法が破られる事はまずないけど、あんまり長い期間待たされると、魔力がしんどくてさ。できるだけ急いでくれると嬉しいかな～って」

「……ケルヴィンへの連絡は？」

「もち、もうとっくにしているよん」

「でしたら、ドロシアラがこちらに到着次第、開始できます。……何を企《たくら》んでいるのです？」

ルキルが訝《いぶか》しむ。ずっとニコニコ顔でいるセルジュは、やはりどこか怪しかった。運搬をしに来たのは嘘ではない。だが、それとはまた別の理由もあるように感じられたのだ。

「別に何も企んでいないよー？　ただ、その完全体神柱とやらと、ちょっと手合わせしてみたくてさ。本当に神様レベルの強さなのか、直接確かめたいんだ。ほら、そっちも出来立てホヤホヤの神様の力、確認しておきたいでしょ？　丁度良い機会だと思うなー？」

「……自殺願望でも？」

「ある訳ないない。私の未来、希望で満ち溢《あふ》れているんだよ？」

「……貴女も戦闘狂で？」

「いやいや、ケルヴィンと一緒にされちゃ困るなー。私、性癖以外は比較的真っ当だよ？まあ、比較対象が全員真っ当じゃないってのもあるけどね！」

「……」

これも嘘ではない。いよいよもって、ルキルはセルジュの思考が分からなくなってきた。

「ではなぜ、貴女はそのような事を望むのです？　如何《いか》にセルジュ・フロアだったとしても、万全なる神には敵《かな》いません。それは先の戦い、黒きメルフィーナ様の力を見て、明白となった筈です」

「フフッ、そんな今更な質問をするの？　今日の私は『運搬者』だけど、いつもの私は『守護者』を名乗っていたんだぜ？　大切な人を護《まも》る為《ため》に、相応の力を手に入れたいと思うのって、そんなに不思議な事かな？」

「大切な、人……？」

「そう、大切な人。少し前なら私は最強で、基本的にどんな相手からも守護《まも》れたんだけどさ、最近ってパワーバランスがおかしくなっているっていうか、インフレが凄い事になってるんだよね。そんな環境下でも、私は大切な人を護りたいの。それを絶対的なものにする為には、私が絶対的に強くなるしかないじゃん？　パーフェクト神柱ちゃんと戦いたいのは、まっ、腕試しみたいなものだよ。あと私はどの程度強くなるべきか、って確認の為のね。別に殺し合いがしたい訳じゃないんだ」

だから、戦いそのものが目的である戦闘狂《ケルヴィン》とは違うのだと、そう結論付けるセルジュ。確かに、それであれば戦い自体は彼女の手段であり、目的とはなり得ない。

「……神に手が届くまで強くなると、そう仰《おっしゃ》るのですか？　私が言うのもおかしいですが、なかなかの狂気ですね」

「お褒めに与《あずか》り恐悦至極、まあ周りに可愛《かわい》い女の子がいたら、私のやる気が途切れる事はないからね。ドロシーって子、おどおどした小動物系に見せかけた強気な女の子なんでしょ？　うーん、会うのが楽しみ！　私よりも強かったら、それはそれで興奮すると言いますか、むしろそのまま押し倒されたら新しい扉を開けるかもと言いますかって、何を言わせるんだい！　やっぱり修行をするなら、私に適したベストな環境でやるべきだよね！」

「……」

どうやらセルジュは、自らの伸び代《しろ》はここからだ！　と、そう信じて止《や》まないらしい。

一方で大切な人云々《うんぬん》の話はどこに飛んだのかと、本当にセルジュとドロシアラを会わせて良いものかと、ルキルは眉をひそめる。何か酷《ひど》い悪影響が出そうな気がしたのだ。

「あ、それと私、貴女の監視役も兼ねてるから。ん？　よくよく見ると、ルキルさん……貴女、凄い美人だね！　私、美人な女性もアリアリのアリだよ！　ドロシーちゃんが来るまで、私とお茶でもしないかい!?」

「……」

何か、とてもとても酷い悪影響が出そうな、そんな気がしたのだ。

◇　◇　◇

「え？　残りの神柱が集まったのですか？　もう？」

学園都市ルミエスト、ボルカーン寮の自室にて、ドロシーが少し驚いた様子でそんな言葉を口にした。彼女はベッドに腰掛けており、その隣にはルームメイトのリオンが、そして向かいには寮長のアーチェと、格式の高そうな私服を纏《まと》ったセラの姿があった。

「そうなの、驚きよね～。流石《さすが》の私も、もう少し時間が掛かるものだと思っていたもの。

セルジュが手伝ったって聞いたけど、それにしたって早いわよね～。感心！」

アートの許可を取っての魔杭の設置、そして諸々《もろもろ》の橋渡し役としてルミエストを訪れていたセラ。現在は神柱合体計画の進捗について、ドロシー達《たち》に説明しているところのようだ。

「前回のデラミスへの出発もそうでしたが、アート学院長が先んじて休暇と転移門の使用許可を出しています。その気になれば、今からでも学園を出発する事ができますよー。あ、でもでも、戻って来たらその分勉学に励むように！　単位を落として留年でもしたら、全然笑えませんからね？　世界を救う為に落第するとか、私的には苦笑ものですけど……コホン！　大丈夫、ドロシーさんが本気を出したら余裕で巻き返せると、私はそう信じていますとも！　平均的な成績から不死鳥の如《ごと》く舞い上がり、学園トップクラスの成績となった上昇っぷり！　いやあ、私も鼻が高いですよ！　えへんえへん！」

「あの、何でアーチェ教官が得意気なんです……？」

対抗戦が終わったその後、正体を隠す必要、また学園での成績を加減する必要がなくなったドロシーは、リオン達と共に本気で学業に励むようになっていた。その結果、運動適性が寮内でリオンとラミに次ぐようになり、筆記試験では学年3位、つまりはベルやグラハムに迫るまでの成績を叩《たた》き出した。運動適性も凄《すさ》まじいが、学業までも三本の指に入ったのは、ボルカーン寮で異例の出来事であり、その事をアーチェは大変に喜んでいたのだ。

未《いま》だ監視下にあるとはいえ、性格的にも固有スキル的にも浄化要素だらけなリオンと共に学園生活を過ごし、友情を深めて来たドロシーはすっかりと毒気が抜かれていた。当初はケルヴィンに殺意を抱く謎の呪いに苛《さいな》まれもしたが、現在はその呪いも無力化されつつある。

猫被《かぶ》っていた性格が露見し、対抗戦を経て寮の生徒達に多少驚かれもしたが、「イメチェンしたのかな？　良いと思う！」「驚いたけど、優しいところは変わってないよね」「そんなドロシー君も素敵だね。さあ、早速僕と結婚しよう！」――などと、最終的には好意的に理解されるに至ったようだ。極一部のみドロシーは完全なる拒否反応を示したが、大部分の生徒とは良好な関係を築けている。

「ドロシーさんが真面目に取り組んでくれている事が、それだけ喜ばしいんです。ホラス教官の名誉の退職など、ここ最近は暗いニュースが多かったですからね。すったもんだでしたよ、まったく！」

「その事に伴ってマール寮の寮長が交代したり、学園内での変化も大きかったですもんね」

「ええ、本当に大変でした！　ですがまあ、学園にはその辺の情報操作が得意なミルキー教官やカチュア事務員、無駄に人脈の広いボイル教官などがいるので、何とかなった感が強いですね！　いやあ、本当に大変そうでした！」

「爽やかに言ってくれてるけど、学園の闇っぽいところをぶっちゃけてるわよね、今？

それに大変そうって、貴女《あなた》は何もしていない口振りじゃないの」

「そうですよ？　国の代わりを担っているからには、学園が裏でやる事も色々ですし、私自身は実際に何もできていませんし。リオンさんの保護者に当たるセラさんに、ここまでぶっちゃけるのも何ですが……物事には適材適所で当たるのが一番なんです！　私が主に担当するは前線、体仕事！　大雑把な私に複雑な仕事をさせたら、とっても大変な事になってしまいます！」

アーチェはどこまでも自信満々に、そう言い切った。

「そ、それは大変ね……あ、それなら私、学園の教師として働いてあげましょうか？　抜けた人員やら後始末やらで、今って人手が足りていないんでしょ？　ベルと同じくらい頭は良いし、私ったら教えるのだって大得意よ！」

教えるのだって大得意。セラは嘘を言っているつもりはなく、実際本気で言っているようだった。

「ほう、それは魅力的な提案ですね！　学院長に相談する価値がアリアリですね！」

「アーチェ教官、早まらない方が……セラねえも駄目だよ。その件、確かケルにいに止められていた筈《はず》だよね？」

「ちぇー、分かってるわよ、言ってみただけだもの。ぶーぶー」

リオンに窘《たしな》められ、口を尖《とが》らせるセラ。その様子にリオンの方がよっぽど保護者らしいなと、ドロシーはこっそりと顔をほころばせていた。

「話を戻すけどさ、その合体をする事で、シーちゃんが神柱として完全な存在になるんだよね？　大丈夫なのかな……？」

「リオンさん、こんな私を心配してくれて、本当にありがとうございます。私も不安がないと言えば嘘《うそ》になりますが……それでも、きっと大丈夫です。今の私は頼りない存在でしょうが、何としてでも同胞達を纏め上げ、リオンさんの隣に並んでも恥ずかしくない実力になってみせますから」

「シーちゃん……」

「そして私を利用し、同胞やリオンさん達に危害を加えようとしている、あの堕天使達を葬ってみせますから。……絶対に、黄泉《モール》飛ばしてやります！」

「シ、シーちゃん!?」

ルキルから合体の話を聞いた当初は、正直なところドロシーは半信半疑な状態であった。が、神柱としての本能が彼女に訴えかけているのか、不思議と今は確信に近い自信があるようだ。拳を固め、打倒に燃えている。

「んー、燃えるのは良いですが、あまり私の前で強い言葉を使わないで頂けるとありがたいですね。教官も聞こえない振りをするのは大変なのでー」

「……仰る事は尤《もっと》もですが、学園の裏で云々の後にそれを言います？」

「うっ、痛いところを！……ドロシーさん、本気を出してくれた事自体は喜ばしいのですが、それに伴って若干言動が攻撃的になったんですよね。先生、そこが少し寂しいです。

しかし、ですが、でもまあ——そんなドロシーさんもアリ寄りのアリ！　若いうちは元気が一番、多少のヤンチャも良き経験です！　ドロシーさんの新たな一面を目にできて、プラマイゼロどこかプラス寄りのプラス！」

「そう、プラスー！」

「「……」」

なぜか仲良く盛り上がり、ハイタッチを交わすアーチェとセラ。一方のリオンとドロシーは、この空気感に若干置いてけぼりである。

「とまあ、ハッスルするのはここまでにして、早速出発するわよ！　ドロシー、準備は良い？」

「いえ、準備も何も、今その話を伺ったばかりなので……ですが、覚悟はもうできています。荷物が不要であるのなら、今直《す》ぐにでも行けますよ」

「ナイスな返事ね！　あ、一応の護衛役として、リオンも一緒に行く事はできるかしら？流石に無理？」

「リオンさんの方も学院長が許可を出してますよー。事務的な手続きはこちらでやっておきますので、そちらの都合最優先でやってください」

「あら、何から何まで準備が良いのね？　そんなに特別扱いして大丈夫なの？」

「いえいえ、これでも正規のルールに則《のっと》って対応していますよ？　ルミエストに通う生徒は身分の高い御子息御令嬢が多いので、今回のように個人の用事で学園を空ける例も珍しくないんですよ。要は、最初からそんな仕組みが学園にあるのです。リオンさんとドロシーさんは普段から素行が良いですし、成績はトップもトップ、学園から信頼を置かれています。さっきは立場上ああ言いましたが、単位を落とす気配もないですし、別に数日間離れても問題はないでしょう」

「ああ、なるほどね。それなら納得――」

アーチェの説明に理解を示し、セラがポンと手を叩く。すると、丁度その瞬間に部屋の扉が勢いよく開かれた。

「――たたた、大変ですよアーチェさん！　ななな何か来てます、来ちゃいますぅぅ――！」

転がり込むように、というか転がりながら入室して来たのは、『人間計測器』の二つ名を持つ事務員、カチュアであった。

◇　◇　◇

――ゴンッ！

（～～～ッ……！）

ゴロゴロと物理的に転がり込んで来たカチュアは、そのままの勢いで部屋の中にあったチェストの角に頭をぶつけた。それなりに大きな音が部屋に鳴り響き、次いでカチュアがぶつけた頭を抱え始める。

「だ、大丈夫ですか!?」

「良い音が鳴ったわね」

「はい、すっごく良い音でしたね～」

逸早《いちはや》くカチュアへと駆け寄るリオン、冷静に（？）状況を把握するセラとアーチェ、残るドロシーは何やってんだと溜息《ためいき》を一つ。兎《と》も角《かく》、何があったのかカチュアは酷く慌てて部屋へと入って来たのだ。様子から察するに緊急のようだが、何とも締まらない。

「いたたた……って、それどころじゃなかった！　アーチェさん、大変なんですってうわあああ！　あばばばば……！」

カチュアが一瞬正気を取り戻すが、アーチェの隣に立っていたセラの姿を目にして、再び錯乱状態へと舞い戻る。どうやらセラが自然と発する潜在的な強さが、『人間計測器』としての彼女を強く刺激してしまったようだ。

以前ケルヴィン達を案内した時は、予《あらかじ》め覚悟を決めていた為《ため》、あの程度の取り乱しで済んでいた。リオンなどの生徒のレベルを逸脱した者達には、それなりの期間を経る事で多少慣れ、嚙《か》み嚙みの恐る恐るながらも挨拶を交わせる程度になっていた。しかし、今回のセラとの邂逅《かいこう》は全くの予想外のもの、カチュアにとっては泡を吹くレベルでやべぇものであったのだ。察知能力に敏感過ぎる彼女にとって、セラという存在は劇物以外の何ものでもない。結果として、彼女は――

「はたっ……」

「カチュアさーん!?」

――白目をむいて、気絶してしまう。

「ちょっと、何か私を意識しながら気絶した気がするのだけれど、これってどういう事？」

「うーん、どうやらセラさんが刺激的過ぎたみたいですね。なるほど、これが大人の魅力……！」

「お、大人の？……フフン、それなら仕方ないわね。フフンフフン、大人の魅力だものね！」

傍《はた》から見れば失礼でしかないカチュアの行動であったが、アーチェによる咄嗟《とっさ》のフォローによって、セラは納得して満足もした様子だ。しかし、状況は何も進展していない。

「と、取り敢《あ》えず、メルねえ印の回復薬を飲ませて……ど、どうかな？」

「んぐんぐ……ハァッ!?　こ、ここは!?」

「『あ、目覚めた』」

メル印の回復薬は見事カチュアを復活させた。それと同時に、自らの魅力の怖さを理解(？)したセラが、部屋の物陰へと隠れる。

「カチュア事務員、大丈夫ですか？　貴女、部屋に転がり込むなり、チェストの角に頭をぶつけて気絶したんですよ？」

「そそそ、そうだったんですか？　すす、すみませんすみません！　とんだお目汚しをばっ！」

「それよりも、血相を変えて焦っていた様子でしたが、どうしたのです？　また学院長が金ぴか衣装でも着始めたんですか？」

「ちち、違います違います！　流石《さすが》の私だって、そんな日常的な出来事で錯乱したりしませんよぉ！」

「に、日常的……」

「あはは……」

どうしてルミエストの実力者には、教員生徒問わず変な者しかいないのかと、ドロシーはつまんだ右手を眉間に当てた。まともな人間性の持ち主は友達のリオンだけじゃん！と、そんな気持ちであるらしい。だがまあ、それは何もルミエストに限った話ではないのだが。世界規模の話であったりするのだが。

「それで、結局何があったんです？」

「きき、来てるんです！　大きな何かが、このルミエストに近付いて来ているんです！」

「大きな？」

「何か？」

要領の得ないカチュアの言葉に、一同は一度顔を見合わせる。

「えっと、それだけじゃよく分からないですね……巨大なモンスターが現れたとか、そういう話でしょうか？」

「いい、いえいえ、全然違います！　その程度のものなら、学院長やアーチェさんが退治してくれますし！　ええと、何て言えば良いんでしょうか……まるで姿が見えないのですが、上空から途轍《とてつ》もない規模の物体が、途轍もない気配を乗せて移動しているような、そんな感じなんです！　ハッキリしない気配なのに、隠そうとしているものが大き過ぎて、凄《すご》くもやっとしていて……私、こんなよく分からない感じでいるのが初めてで、すっごく気持ち悪いんです！　敵意っぽいものも感じますし！」

「う、ううーん？」

「『……』」

相変わらず要領の得ない話が続き、珍しく困り果ててしまうアーチェ。しかしその一方で、セラとリオンはその話に思い当たる節があった。

『セラねえ、これってルキルさんが奪ったっていう、聖杭《ステーク》の特徴に当て嵌《は》まらないかな？　杭《くい》の形をしたとってても大きな船だし、確か『隠密《おんみつ》』能力を持っていたよね？』

同盟を組んだ際、ルキルは今のところ判明している聖杭《ステーク》の機能についても情報を提供していた。その機能の一つが、たった今リオンが口にした能力である。

『ええ、それも私の勘と察知にも引っ掛からない、異次元レベルの隠密能力よ。面白そうだったから、ルキルの聖杭《ステーク》が中央海域へ向かう前に、一度見学しに行ったんだけど……その隠密状態だと、私も見つける事ができなかったわ。アンジェの隠密並みに厄介な代物よ。正直、ここに接近してるって言われても、聖杭《ステーク》っぽいものを未《いま》だに察知できないし！』

『うん、だからこそケルにいは世界中に魔杭をセットして、いつどこに敵が現れても迎撃できる体制作りをした訳だよね。……えっと、一応の確認なんだけど、ひょっとしてカチュアさん、聖杭《ステーク》の隠密を見破っているんじゃないかな、これ？』

『聞く限りじゃ完全にではないにしても、何となく分かっている感じよね。怖がりようも本気みたいだし、敵が放つ殺気まで感じ取ってる。なるほどね、人間計測器とはよく言ったものだわ。それだけ敏感なら、臆病な言動にも納得がいくってものよ。にしても、私よりも聡《さと》いって家族以外じゃ初めての事じゃないかしら？　すっごくレアな体験ね！』

『感動している場合じゃないよ、セラねえ……んー、そうだなぁ』

スケッチブックを取り出したリオンが、サラサラッとそこに何かを描いていく。ものの数秒で描き上げたのは、写真の如《ごと》き完成度を誇る、聖杭《ステーク》の全身像イラストであった。丁寧にイラストの横には全長、サイズ感の物差しとなる人の大きさも記されており、絵の元となったものが如何《いか》に巨大かを理解できるようになっている。

「カチュアさん、そのおっきな何かって、こんな形をしていませんか？」

「へっ？……あ、ああーっ！　これ、これです！　言われてみれば、ピッタリこの形に当て嵌まります！　今、もやもやが解消されました！　スッキリしました！」

「「おおっ！」」

本当に察知できているのだと、改めて驚かされる二人。間髪を容《い》れず、続いてセラが身を乗り出した。

「ねえねえ！　そのでっかいの、後どれくらいでルミエストに到着するか分かっちゃう!?」

「うびゃあ!?　あば、あばばばばばっっ……！」

しかし、セラが物陰から急にスライドした事で、再びカチュアを刺激してしまう。

「カチュア事務員、安心してください。そちらの方はセラさん、クロメルさんの保護者の方です。ベルさんのお姉さんでもあります。怖くない、怖くないですよ～」

「そそ、そうだったんですね!?　ととと、とんだ御失礼をばっ!?」

「まだ微妙に錯乱してる感じね……それで、私の質問には答えられそう？」

「ははははひっ！　ええと、ええと……かなり速いですが、それでも周囲に影響を及ぼさない程度の速度です。恐らく、まだ数十分は掛かるかと……」

「なるほどね。ちなみに、中に乗ってる奴《やつ》がどれくらいやばそうかも分かる？　目の前の私を基準にしてみて。あと、できれば人数も」

「……同じくらいの怖さが、一人、でしょうか？　すす、すみません、大よそにしか分からないです……」

それだけ分かれば十分だと、セラは満足そうに頷《うなず》いてみせた。

◇　◇　◇

カチュアの協力の下、聖杭《ステーク》の接近を把握したセラは、早速念話を開始した。連絡先はもちろん、ケルヴィンだ。

『ケルヴィーン！　ルミエストに敵が一人やって来るみたい！　だけど応援は不要、こっちで迎撃しとくわねー！』

『軽いわッ！　ノリが軽過ぎて吃驚仰天《びっくりぎょうてん》だよ!?』

念話は直《す》ぐ様《さま》に繋《つな》がり、早速夫婦漫才がスタート――もそこそこに、真面目に情報共有を行っていく。

『――なるほど。入学の手続きをした時、アートのところに案内をしてくれたあの人が。ああ、覚えてるよ。確かに俺と義父《とう》さんが行った時も、しどろもどろな感じだったからな。そうか、彼女にそこまでの力が……って、その情報も大いに気になるけど、それよか応援不要ってどういう事だよ？　もうアートに許可は取っているんだ。学園内の指定された場所に魔杭をセットすれば、俺の召喚術で支援が可能なんだぞ？』

『分かってるわよ。でも、カチュアによれば相手は単独、それにゴルディアーナを負かしたっていう、例の武人でもないわ』

『ん？　何でそう思うんだ？　単独ってのは分かるが、相手が誰かまではカチュアも分からないんだろ？』

『今こっちに近付いている奴、カチュアは私と同じくらい怖いって言ったのよ？　ゴルディアーナに勝った武人が、私と同等とはとても思えないからね。だから多分、全く別の

十権能《じっけんのう》が来てると思うの。それに曲がりなりにも武人なら、学《まな》び舎《や》は絶対狙わないでしょ！』

『いや、武人は武人でも、そいつの考えにもよると思うが……で、そう思うのはセラの勘か？』

『そ！　私の勘！』

きっぱりと答えるセラ。あまりにも気持ち良く断言してくれるので、それまでセラを心配していたケルヴィンも、小さくではあるが笑ってしまう。

『クッ……ハハッ！　なるほどな。セラの勘なら仕方ない。分かったよ、そっちの迎撃はセラに任せる。まあ、考えてみれば俺が召喚を使うまでもなく、リオンとアレックスに、警護役のベルもルミエストには居たもんな。クロメルには戦闘特化のクロトが付いているし、アートだって――あれ、もしかして最初から過剰戦力か？』

『もしかしなくてもそうよ。むしろ私は他の場所が心配なくらい。ドロシーは安全に送り届けるから、安心して私の戦果を期待していなさい！』

『ああ、頼りにしてる。今のところ他の場所で十権能が出現したって情報はないが、何かあったら俺も全力で当たらせてもらうよ。安心して戦果を挙げて来てくれ』

『ええ、信頼してるわ。それじゃ、そろそろ行って来るわね』

念話終了、セラは大変に充実し、満足していた。リオンともアイコンタクトを取り、このまま自分達《たち》で迎撃に当たる事を共有する。

「ほほう？　もしかして今、召喚術を通しての念話をされていました？　一瞬で心境に変化があったような、そんな感じがします」

「へえ、アーチェ、分かるの？　高速で念話のやり取りしてるから、普通は気付かれないのに」

「そりゃあ、召喚術の事前情報がなければ絶対気付けませんよ。プラス、何やら漂って来たロマンスの気配、喜怒哀楽ならぬ喜楽喜楽な表情で、何とな～く察しました。ほら、学園の教官をやっていると、カチュア事務員ほどではないにしても、その辺の事には敏感になるので」

「ふーん、そんなものなのね」

アーチェの言葉に頷きながら、不意にその場で着替えを始めるセラ。どうやら戦闘服である狂女帝《クイーンズテラー》へお着替えをしているようだ。

「ええっ、えええぇぇ!?」

「あらら、セラさんってばセクシーですね。やっぱ大人の魅力がぱないです。恥ずかしくって私、ガン見しちゃいます」

「減るもんじゃないし、別に見たって構わないわよ。ところでアーチェ、この子、少し借りても良いかしら？」

早着替えを終えたセラが、着替えを見まいと目を隠していたカチュアを、ひょいっと抱き抱える。所謂《いわゆる》お姫様抱っこだ。

「……ふぇっ？」

カチュアは小柄で平均的な女性よりも軽い為《ため》、抱き抱えるだけならそこまで苦労しないだろう。しかし、あまりにも自然な流れでこの体勢に移行した為、肝心のカチュアの認識が現実に追いついていなかった。また、人生で初めてこのような抱えられ方をした為、必要以上に衝撃を受けている様子だ。更に言えば、脅威対象として察知していたセラに密着したのも不味《まず》い。ショックにショックの重ね掛けである。頭の中が真っ白である。

「カチュア事務員をですか？　ああ、なるほどなるほど。まあ、返却期限にまで返却してくだされば、特に問題はないかなと。もちろん五体満足で、ですけどね？」

「……ふぁっ？」

「交渉成立ね！　さあカチュア、今からルミエストを防衛するから、貴女《あなた》の力で敵の場所を探って頂戴！　気配が分かるって事は、場所も分かるって事でしょ！」

「……ふぅうおおおお!?」

漸《ようや》く自らが置かれた状況を把握できたカチュアが、独創的な悲鳴を上げる。予《あらかじ》めカチュアがそうするであろう事を予期していた一同は、揃《そろ》いも揃って耳を塞いでいた。尤《もっと》も、セラは両手が塞がっていた為に耳は塞げなかった訳だが。

「うーん、キーンと来たぁ……凄い悲鳴だったわねぇ。リオン、ドロシーの事は任せたわよ？」

「了解だよ。ベルちゃんにも僕から念話しておくね、クロト通しで！」

「そうして頂戴。ま、ベルならこっちから何も言わずとも、自分で考えて最善を尽くしてくれるでしょうけどね」

「あの」

ベッドから立ち上がったドロシーが、控えめに手を挙げる。

「護《まも》られているだけじゃ癪《しゃく》なので、私も何かお手伝いしたいのですが」

「え、貴女が？　んー、そうは言っても、前線に出してもしもの事があったら不味いのよねー。あ、そうだ！」

セラ、手をポン。

「対抗戦で使ってたあの魔法、私にも施してみてよ！　ギュルギュル、シュババッてやっ！」

「ギュルギュル？　あっ、生き急ぐ《ヴィーヴル》の事でしょうか？　もちろん、それは構いませんが……これ、魔法の効果発動中は二倍速で動けるようになりますが、寿命が尽きるまでの速さも二倍になるので、あまり多用しない方が良いと思いますよ？」

「えっ、それじゃケルヴィンの風神脚《ソニックアクセラレート》の方が良くない？　あっちも敏捷値《びんしょうち》倍化の効果だけど、他はそのままよ？」

「いえ、そもそも根本の異なる別種の魔法ですので……私の『時魔法』は文字通り時を操る魔法です。速く動けるように時を早送りすれば、対象の時間自体も高速化してしまうんです」

「ふんふん、つまりお腹《なか》の減りの速さも？」

「はい、二倍です」

メルとは絶望的に相性が悪そうだなと、セラはそう心の中で思った。

「その代わり、融通が利く点もあります。早送りしたり途中で効果をストップさせたりして、速度に緩急をつける事ができるんですよ。これは魔法を施した対象の任意で切り替えが可能なんです。対抗戦の時、場面場面で私が急にスピードアップしたのは覚えていますか？　敵に最高速度を誤認させ、不意を打つのに役立ちますよ。早送りを止めている時間分、魔力の消費削減や残り効果時間を延ばす事にも繋がります。まあ、その分使うのに慣れは必要なのですが」

「へぇ、確かにそう言われると面白そうね。風神脚《ソニックアクセラレート》は効果が切れるまでノンストップだし。よし、決めた！　道中に慣らすから、その時魔法を私に使って！」

「……軽くありません？　ノリが軽すぎて吃驚仰天です」

その後、セラの要望通り生き急ぐ《ヴィーヴル》を施される事に。

「おおっ、これは新感覚ね。私が高速化しているってよりも、周りがゆっくりになっている感じ？」

「思考も倍速になっていますからね。その分肉体への負荷も大きいですから、くれぐれも連続での使用は控えてください」

「了解よ！　じゃ、慣らしてそのまま迎撃に行って来るから！」

楽し気に窓から外へと飛び出して行くセラ。

「たぁーすぅーけぇぇぇ――」

セラの姿が消え、少し遅れてカチュアの叫び声も聞こえなくなる。果たして彼女は無事に返却されるのだろうか？

「カチュア事務員、現在貸し出し中、っと」

「えと、アーチェ先生、それは？」

「貸出の記録用紙です、図書館用の。貸出品のご利用は計画的に！」

「「……」」

◇　◇　◇

隠密《おんみつ》状態でルミエストへ接近する聖杭《ステーク》の中には、一人の十権能がいた。彼女の名はグロリア・ローゼス、かつてバルドッグと共にゴルディアーナを追跡した、軍人風の衣服が特徴的な金髪碧眼《へきがん》の堕天使だ。彼女は聖杭《ステーク》のモニターに映し出されたターゲットの顔を注視しながら、どこか思案するような表情を浮かべていた。

「バルドッグの死、リドワンの反乱、エルドの強弁、ケルヴィムの不軌――この世界に目覚めてからというもの、十権能内の規律が乱れている。いくら神であった時よりも力が衰えているとはいえ、組織の内情がここまでおかしくなるものか？　これまでで上手《うま》く事が運んだ作戦と言えば、それこそ偽神ゴルディアーナを捕らえたくらいのもの。贄《にえ》の枠が埋まっていると表現すれば聞こえは良いが、その半分以上は敗れた十権能の魂で補っているのが現状だ。権能を授けられた我々の存在は、アダムスの手足のようなもの。安易に贄に捧《ささ》げて良いものではないと、エルドは理解していないのか？　事実、それが原因でケルヴィムと内輪《うちわ》揉《も》め寸前にまで至ってしまった。確かに、以前からエルドとケルヴィムは不仲であったが、このタイミングでそのような事をして何の得になる？　それはどこまでも愚かな行為だ。いや、我々が使っているこの義体に、まだ分かっていないバグが潜んでいると、そう考えるべきか？　だが、私にはそのような兆候がない。或《ある》いは、ないと思い込んでいる？　クソッ、ルキルが用意したものだからな。何もかもが信用できん」

早口気味に捲《まく》し立てるグロリアの独り言は、全く衰える様子も止まる様子もない。それだけ彼女は多くの疑問を抱いているのだろう。尚《なお》も彼女の独り言は続くようである。どうも疑《うたぐ》り深い性格が災いして、自分自身の心までもが信用できないでいるらしい。

「残りの面々もいい加減なものだ。イザベル姉さんはいつにも増しておどおどしているし、レムはべそべそしているばかり。ハザマは楽観視が過ぎる、ハオは独善的な考えが先行、パトリックは遊び惚《ほう》けて一言も発しようとしない。リドワンだって触れてやれば受け答えはするぞ、あの馬鹿が！」

……まあ、疑問の間には多少の愚痴も挟まっているようだが。

「唯一比較的まともだと思っていたバルドッグも、特殊な性癖を隠し持っていたようだし

……クッ、不純だ！　やはり信用できるのは自分自身だけ、そういう事か。しかしその私でさえも、完全に信用はできないのが痛いところだ。あの時は動揺してしまい、あろう事か不純行為に対する応援をしてしまったし――む？」

ふと、グロリアの視線が別のモニターへと移る。そこには聖杭《ステーク》の外の様子が映し出されていた。そして、何やら高速で移動する紅《あか》い影が、ほんの一瞬だけ画面に映り込む。

「……驚いた。あの女、明確にこの聖杭《ステーク》を捉えて向かって来ている。画面越しではハッキリとは分からなかったが、大よその外見的特徴からして、恐らくはベル・バアルか。奴《やつ》はルミエストとかいう学園に滞在し、異様に勘が鋭いとされている。この場に現れ、聖杭《ステーク》を発見したとしても、まあ不自然ではない……が、何か違和感があるな。こう、とんでもない何かを見逃しているような、そんな気がする。この胸のつかえは一体何だ？」

自らの胸に手を当て、考えを巡らせるグロリア。恐らくではあるが、答えは今正にその手の近くにあった。

「何かを抱えているようでもあったな。武器、か？　情報によれば、ベル・バアルは蹴りを主体とした戦闘法であった筈《はず》。人の背丈ほどもある得物を使用するという話は――いや、地上の堕天使がもたらした情報を、鵜呑《うの》みにするほど危険な事もないか。何よりも、これら情報の中にはルキルによるものも含まれている。欺瞞《ぎまん》、なるほど、奴がやりそうな事だ。ならば詳細は、この身で確かめるとしよう」

接近する者を仮想敵と定めたグロリアは、聖杭《ステーク》を護るべく外へ飛び出し、地上へと舞い降りる。グロリアが荒野に着地した丁度その時、仮想敵は彼女の前に現れた。

「あら、攻撃を仕掛ける前に自分から降りて来てくれたのね。手間が省けたわ！」

「手間が省けたのはこちらの台詞《せりふ》だ。わざわざルミエストを離れ、単独で接触して来るとは思わなかったぞ」

「あばばばばば……！」

「そう？　なら、私に感謝する事ね！　あと、その装備なかなかに良いセンスじゃない！　私と気が合いそうだわ！」

「想像していたよりも随分と素直な性格のようだな、ベル・バアル。だがまあ、貴様の装備も風紀に守られた良いものだ。その点だけは認めてやろう」

「あばばばばばばば……！」

「ふふん、そうでしょうそうでしょう！……私、セラ・バアルだけど？」

「え？」

「あばばばばばばばばば……！」

「何？　セラだと――その前にすまないが、その抱えているものは何だ？　私の気を散らす為の秘密道具か？」

「失礼ね、秘密道具なんかじゃないわよ！　便利な人材よ！」

　セラに抱えられたカチュアの精神が、先ほどからクラッシュ気味だ。しかしながら、大きな二つの脅威の間にサンドイッチされている今、彼女がそうなってしまうのも仕方がない事だろう。そもそも、ここにやって来たのはカチュアの意思ではないのだから。

「でもまあ、目標を発見できたのだから、もう無理に付き合わせる必要もないわよね。カチュア、一人で帰れそう？　迷子にならない？」

「かかかか帰ります！　ひひ一人で帰れますから！」

「それは何より。じゃ、気を付けて帰るのよー！　転ばないでねー！」

「たた、退避！　退避あばっ……！　だだ大丈夫です！　そちらに集中なさってください、では！」

セラに下ろされ、そこから急いで学園へと走り出すカチュア。お約束というか、早速転倒したりもしたが、直《す》ぐに復帰した彼女は恐るべきスピードで姿を消すのであった。

「へぇ、なかなかの脚じゃないの。察知能力だけじゃなく、基本的なステータス周りも良い線いってるわね、カチュア。……で、私がこう言うのも何だけど、貴女は貴女で素直に見逃して良かったの？　あの子が情報を広めるかもしれないわよ？」

「……人違いをしてしまった贖罪《しょくざい》だ。まさかこの私自らが、風紀を乱してしまうとは、誠に如何《いかん》ともし難い……！　この程度の事で全て許される訳ではないだろうが、潔く逃走を見逃そう」

「うーん？　いやまあ、私はそこまで気にしている訳じゃないんだけど。それに私とベルって、双子の姉妹でもあるしね。たまにはそんな間違いもあるわよ、ドンマイ！」

「そう言ってくれると助かる。私の精神がまだまだ未熟である事を自覚した上で、日々精進していく事を約束しよう」

親指を立てて励ますセラと、頭を下げて深々と謝罪するグロリア。ほんの一瞬だけ、周囲に和やかな雰囲気が漂った。……だが、それは文字通り一瞬の出来事でしかない。

「……加えて、貴様を完膚なきまでに叩《たた》きのめす事も約束しよう。ベルと同等の力を持つ貴様であれば、私達《たち》の目標に足り得る。すまないが、貴様を見逃してはやらん」

「あら、良い殺気じゃない。重くて鋭くて、ケルヴィンが好みそうね！　私、嫉妬しちゃうかも！」

再び視線を合わせた二人の間にあったものは、こいつをぶっ倒すという闘気の衝突――和やかな雰囲気は四散し、代わりにこの荒野はプレッシャーで埋め尽くされていた。

◇　◇　◇

対峙《たいじ》するセラとグロリアは、まず自分の周囲に紅と光の得物を展開させた。

「悪夢の紅玉《ナイトメアボール》」

「斂葬十字弾帯《クロスマガジンベルト》」

セラが生成したのは、彼女の血を球状に凝縮させた血の塊、所謂《いわゆる》紅玉《ブラッドボール》の連続展開版となる新技であった。宙に浮かぶ血色のボールの数は幾千数百にも及び、かつてガウンの獣王祭で見せた数とは比較にならない規模となっている。これら全ての球体にセラの『血染』が付与され、彼女の命令一つで武器と化すのだから、敵対する者にとっては悪夢以外の何ものでもないだろう。

対するグロリアが生成したのは、彼女の両腕に随伴するように装着された、光り輝く十字架の群れであった。弾帯ベルトの如《ごと》く規則正しく列を成すそれは、グロリアが好む風紀の気質をそのまま体現しているかのようである。彼女が腕を動かせば、それら十字架の列も同時に動きをトレースして付いて行く。

「開始の宣言は必要？」

「必要とあらば」

「そう。なら——」

「——救済してやろう、合理的に！」

「——とっ捕まえてあげるわね！」

宣言した次の瞬間、双方が一斉攻撃を開始した。球体から槍《やり》へと形を変えた悪夢の紅玉《ナイトメアボール》が、グロリアの腕より機関銃の如く飛び出した十字架の弾丸が、次々に敵陣へと乗り込んで行ったのだ。

——ズガガガァアッ！

二つの嵐が衝突、轟音《ごうおん》と衝撃が荒野周辺に波及し、剝《む》き出しとなった岩などの遮蔽物が粉砕される。二人が放った槍と弾丸にはホーミング機能が備わっているようで、放出されてからの軌道は直線ではなく、どれも複雑なものを描いていた。あるものは標的に向かい、またあるものは迎撃に向かう。そんな攻防が荒野全体で行われ、宛《さなが》ら軍隊と軍隊が激突していくかのようだった。

「「シッ！」」

武器同士の激突はまだ続いている。だがしかし、そんな最悪な戦場のど真ん中で、二人は既に接近を果たしていた。いや、それどころか次なる戦い、接近戦へ移行しようとしている。セラが右腕限定で魔人紅闘諍《ブラッドスクリミッジ》を纏《まと》い、対するグロリアも右腕に付与していた斂葬十字弾帯《クロスマガジンベルト》を、腕全体に巻き付けていた。血色の異形なる腕と、十字架だらけとなった耿々《こうこう》たる腕が、敵を殲滅《せんめつ》せんと振るわれる。

その結果、戦場には周囲の戦闘音を掻《か》き消すほどの衝撃音が鳴り渡った。二人の腕がガキンと接触した瞬間に、グロリアが腕に巻き付けていた無数の十字架が、一斉に暴発を起こしたのだ。超至近距離より無差別に放たれた十字架は、敵となるセラはもちろんの事、使用者であるグロリアをも巻き込む。

「ぐっ……!?」

辛うじて急所へのダメージは防いだセラであったが、それでも彼女の体には幾つもの十字架が突き刺さり、場所によっては貫通していた。セラは堪《たま》らず距離を取り、同時に体から一本の十字架を抜き取る。

「……へえ、てっきり自爆覚悟の攻撃かと思ったけど、どうやら違ったみたいね」

全身に深手を負ったセラに対し、自分よりも間近で暴発の影響を受けた筈のグロリアは、なぜか全くの無傷であった。周囲で起こっていた槍と弾丸の殴り合いも、丁度この時になって終わりを告げ、辺り一面には十字架が突き刺さり、また血溜《ちだ》まりが張り付いていた。

「自爆とは敗北の手前まで至ってしまった者が、苦し紛れに行うものだ。そんなもの、合理的とは言えん。尤《もっと》も、ネタ明かしもしてやらんがな」

「うん、簡単に口を割らないところもケルヴィン好みなのよね。けど……私の血、そんなに浴びて良いのかしら？」

「何？」

グロリアの右手及び十字架の一部は、夥《おびただ》しい量の鮮血で染め上げられていた。先ほどセラの魔人紅闘諍《ブラッドスクリミッジ》と接触した際に、べったりと付着してしまったのだろう。そしてどうやらグロリアは、セラの血に触れてしまうという恐ろしさを、まだ知らないようでもあった。

「ネタがバレてないのはお互い様だったみたいね。――自滅して♪」

「ッ!?」

その刹那、血が付着した十字架の一部がグロリアの顔面目掛けて飛び出し、同時に彼女の右腕も同じ目標に向かって振るわれる。自分で自分を殴るという、冗談でしかない状況に陥ったグロリアは、最初に迫った十字架を何発か食らい、辛うじて拳を逆の手で止める事に成功する。

（へえ、今度は確実に当たったのに、また無傷なの。まあ、衝撃は受けるみたいだけど！）

十字架がグロリアの顔面に衝突するタイミングで、セラはドロシーに付与してもらった生き急ぐ《ヴィーヴル》を使い、二倍速となる事で視覚的な体感時間を引き延ばしていた。これにより見逃す事なく衝突の様子を観察したセラは、グロリアが何らかの方法で十字架を、恐らくは白魔法によるダメージを完全に防いでいると予想する。プラス、自らの拳は防ぎに行っている事から、通常の物理攻撃は普通に効くであろうとも考えた。

「ぐっ……！」

十字架によるダメージを無効化しているグロリアであるが、セラが言った通り衝撃までは防げていなかった。右腕を左手で掴《つか》み、上半身がやや後ろに反れているという、戦うにおいては非常に不安定な、そして隙だらけな姿勢となっていたのだ。そのような好機をセラが見逃す筈がない。

現在二人の周囲には、最初の銃撃戦で血塗《ちまみ》れとなった十字架が散乱している。それはつまり、セラが血を操りそれら魔力の塊から、根こそぎ魔力を抽出できる事を示していた。

「血鮮逆十字砲《クルーセフィクション》！」

生き急ぐ《ヴィーヴル》による二倍速移動、その勢いからの必殺の一撃、拳の軌道に描かれる血色の逆十字。吸収した魔力量、流した血液が多いほどに威力を増すセラの血鮮逆十字砲《クルーセフィクション》は、がら空きとなったグロリアの左脇腹に直撃する。

「か、はっ……！」

セラの攻撃はグロリアの軍服を血で染め、更にその下にあるグロリア本人にも甚大なダメージを与えるに至る。但し、グロリアもやられてばかりではいなかった。

「舐《な》ぁめぇるなぁぁぁ！」

十字架の弾帯ベルトを左腕にも巻き付けたグロリアは、それを制御のきかない右腕に叩き付けていた。そうする事で次に起こるは、そう、右腕と左腕で先ほどの二倍の規模となる、十字架の全方位暴発だ。

タイミングとしてはセラの血鮮逆十字砲《クルーセフィクション》を受けた直後、またしても間合いに入っている時だ。勘の良いセラは生き急ぐ《ヴィーヴル》を再度緊急使用し、背後へ退こうとするが、二倍の規模ともなると、流石《さすが》に完全に回避する事はできない。

四方八方へ飛び出す十字架の弾丸、削り抉《えぐ》られる荒野の大地、巻き起こる大きな土煙と轟音。二人が一体どうなったのか、外からは土煙が邪魔で見えない状況だ。そんな時、たまたま吹いた強風が土煙を洗い流し、閉ざされた戦場を白日の下に晒《さら》してくれた。

土煙の中から現れたのは、血に塗れた右腕と左脇腹部に魔法を施すグロリアと、体中に突き刺さった十字架を抜こうとしているセラの姿。双方は距離を取り、相手の出方を窺っているようだ。

「全晴《ベネディクションキュア》、呪晴《カースキュア》、厚遇治療《スイックナーシング》――クッ、状態異常や呪いの類ではない。しかも傷口も塞がらないのか、厄介な……！」

「いっつつ……！ったくもう、厄介なのはそっちの方よ。想像以上に頑丈で参ったわ。土手っ腹に風穴開けてやろうと思ったのに、まさか逆にこっちが穴だらけにされるとはね。まあ、その代わり身体《からだ》の芯に響いているんじゃない？　膝が笑ってるわよ？」

「……同じ台詞《せりふ》を返してやろう。体中からそれだけの血を流せば、膝が笑うのも自明の理だろう。貴様には血を操る能力が備わっているようだが、私の攻撃を受けた以上、そう素直に血が止まるとは思わない事だ」

「「……」」

どうやらセラもグロリアも、当てにしていた治療行為がうまくいっていない様子だ。これ以上戦いが長引いて消耗戦になれば、勝てたとしてもただでは済まないと、双方が同じ考えに至る。よって、次に移行するのは――

「権能、顕現！」

「魔人紅闘諍《ブラッドスクリミッジ》、全身展開！　プラス、無邪気たる血戦妃《クリムゾンアストレイア》！」

――出し惜しみ一切なしの、最終決戦だ。

◇　◇　◇

悪魔を模《かたど》った深紅の鎧《よろい》、圧倒的なまでの深紅のオーラを纏ったセラ。魔王然とした強くも気品溢《あふ》れるその姿は、全ての者達を畏怖させ、平伏させるに相応《ふさわ》しいものだ。実の父であれば歓喜の余り失神し、側近の執事であれば感涙までしてしまうだろう。しかしそんなセラと向かい合うのは、彼女と同等以上のプレッシャーを放つ超越的な存在であった。

権能を顕現させたグロリアの姿は、堕天使としての一般的なイメージを具現化させたような、模範的なものだった。彼女の頭上にて鈍く輝く漆黒の天使の輪、背に生えた天使の翼も同様に漆黒に染まっている。その存在の大きさを表すかの如く翼は荘厳かつ巨大、天使の輪には十字架の形を交えた多少の形状の変化も見られるが、リドワンやバルドッグの姿と比較すれば、随分と堕天使らしいと言えるだろう。

ただ唯一、彼女の周囲で漆黒の逆十字が無数に整列し、円を描くように旋回しているところが、変わっていると言えば変わっているだろうか。それらは権能を顕現させる前に使っていた十字架よりも随分と大きく、どれも人の背丈ほどはありそうなサイズ感であった。神聖な十字架が黒く染まり逆向きに、更にはその中心に一つ目らしき模様まで描かれたその様は、正直セラ好みのデザインとなっている。

「「……」」

黒き堕天使と紅の悪魔、歴史的にも神話的にも相容《あいい》れぬ存在同士が、再びこの荒野にて対峙する。二人が戦いを開始してからというもの、この辺りを縄張りとしていた生物達は恐れ戦《おのの》き、できるだけ遠くへ、遠くへと避難を開始していた。しかも、その対象範囲は今も尚《なお》広がっている。この荒野を所有する国、そこに住まう野生動物の全てが危険を察知し、まるで災害から逃れるかのように、国外への大移動を始めようとしている――そんな有様なのだ。恐らく、国の首脳陣や冒険者ギルドは今頃大騒ぎになっている事だろう。全力での戦いを開始する前からこれなのだから、実際に拳を交えれば、それこそ大陸中に影響が及びかねない。

（んー、想像以上に心擽《くすぐ》られるデザイン……って、そうじゃなかった！　ええっと、いくら『血操術』で血を固めて『自然治癒』を補助しようとしても、全然傷口が塞がらないわね。あの十字架、回復阻害の力でも働いているんじゃないの？　それか、悪魔に対する特効能力があるとか？　めんどいわねぇ）

（権能を顕現させたとしても、この忌まわしい血は剝がれず、か。自らを拘束するのは癪《しゃく》だが、ここは『不徳の拘束具《ヴァイスバンデージ》』の魔法で右腕を無力化するしかあるまい。左脇腹部も多少動きを制限されるが、浮遊状態であれば問題はないだろう）

（どっちにしろ、これ以上あの十字架を受ける訳にはいかないわ。何かすっごくでかくなってるし！　マジで風穴開くわよ、あんなの！　それでいて自分はその魔法が効かないとか、竜王の加護かっての！　エフィルだって炎に当たれば、ミクロレベルのダメージが……あれ、受けてたっけ？　まあ、兎《と》も角《かく》ノーダメージは卑怯《ひきょう》！　ずっこい！）

（どちらにせよ、これ以上奴《やつ》の血を浴びる訳にはいかないな。奴の能力は自らの血の操作、そして付着した対象の洗脳操作、といったところか。能力まで風紀を乱すものとは、進化を経て強力になろうと所詮悪魔は悪魔……どこまでも卑劣な奴め）

そんな一大事を知ってか知らいでか、セラとグロリアは周囲環境への影響よりも、自分自身の状態と敵の能力の方が気になっていた。それもその筈《はず》、無事に決戦形態になれたとしても、その前に受けた傷口が都合良く消える訳ではないのだ。となれば冷静に自らの状態を分析し、敵の能力を推測、対処法を考察していく事の方が、二人にとっては有意義なのである。

「ングング……んー、ケルヴィンみたいにメルから『大食い』のスキルを借りたいわね」

「不徳の拘束具《ヴァイスバンデージ》」

セラが胸元から取り出したメル印の回復薬を半分ほど口に含み、グロリアが魔法で生成した漆黒の包帯らしきものを、血で染められた右腕と脇腹部に巻き付けていく。一見休戦状態のようにも見えるが、その間にも二人の視線は絶えず敵へと送られていた。少しでも隙があれば叩《たた》き潰すと、そんなメッセージを視線と共に送っているのである。

「ふいー、これで少しは血の足しになったかしらね。じゃ、最終ラウンドに行っちゃう？」

「そのような確認、今更必要ないだろう？」

「そう、ねッ！」

放たれた矢の如《ごと》く突貫を開始するセラ。生き急ぐ《ヴィーヴル》こそ使ってはいないが、一瞬で最高速度に達した彼女の加速振りは流石の一言だ。それこそ、この程度の距離であれば一瞬で詰められるほど——だった筈なのだが。

（ッ!?　全然距離が詰まらない!?）

セラがいくらグロリアに向かって駆けても、その距離は一向に詰まる様子がなかった。別にグロリアがセラの動きに合わせて、後方に移動している訳ではない。先ほどからグロリアは、一歩も今の場所を動いていないのだ。

（これは……）

いくら走っても周囲の景色が一切変化していない事から、距離が縮まらないのは自分が一切移動していないからだと、瞬間的にそんな答えに行き着くセラ。知らぬ間に自分が転移させられているのか、それとも特殊な結界をこの辺りに展開しているのか、どのような力が働いているのかまでは分からない。ただ、この状態のままでいるのは非常に危険であると、それだけはハッキリと理解できた。

「潔く退避っと!?」

前言撤回して状況分析に回る！　と、そう判断したセラは一度後退しようとした。が、これも駄目。倍以上の距離を置くつもりで跳躍したのに、前進と同じく先ほどと全く居場所が変わらない。

「無駄だ。権能を行使した私からは最早《もはや》、近付く事も逃れる事もできない」

グロリアが左手をセラに向けると、彼女の周囲を旋回していた黒十字の一つが動き出し、その矛先を左手と同じ目標へと定めた。何か凄《すさ》まじくやばそうだと、セラの勘と察知スキルが警報を鳴らし続けている。

「黒十字杭改《クロスパイルアルター》」

その黒十字がいつの間に飛来したのか、セラは全く認識する事ができなかった。気が付いたら、黒十字が凄まじい勢いのまま眼前に、文字通りセラの目と鼻の先、それもゼロ距離の位置にあったのだ。視認できないくらい速いとか、多分そういう事ではない。どちらかと言えば瞬間移動をしてやって来た、という感覚だった。このままでは頭をかち割られるのは確実、というか、もう黒十字の先端がセラの眉間に触れていた。

「のぉぉらぁっ！」

頬を深々と引き裂かれつつも、セラは咄嗟《とっさ》に身をよじらせ、本当に紙一重のところで黒十字の魔の手から逃れていた。目で見て、そこから超反応で躱《かわ》すという荒技である。事前に生き急ぐ《ヴィーヴル》を使い、体感時間を延ばしていたのが功を奏したのだ。セラ持ち前の勘の良さも相まって、ギリギリ命を繋《つな》げる事に成功する。

また生き急ぐ《ヴィーヴル》を使ったついでに、セラはカウンターとなる紅玉《ブラッドボール》の放出を行っていた。しかも、この攻撃には無邪気たる血戦妃《クリムゾンアストレイア》のオーラを纏《まと》わせている。結界に遮られず、何物も透過して『血染』の効果を発揮させるこれであれば、意味の分からないグロリアの権能も無効化できると踏んだのだ。

しかし、そんなセラの読みは外れてしまう。放出された筈の紅玉《ブラッドボール》は、どういう訳かその瞬間に勢いを完全に失い、その場に落下してしまったのだ。反撃は失敗、やはりセラを含め、攻撃の類もグロリアには届かない。

「ッ！」

ただ、攻撃を躱され、それどころか反撃に転じられたこの事実は、グロリアを大きく驚かせはしたようだ。結果として攻撃は失敗したが、心理的には一矢報いた形である。

「貴様には何度も驚かされる。まさか、初見で私の権能を躱すとはな。一体どんな手品だ？」

「別に手品なんかじゃないわよ。友情の力とか、そんなところかしら？」

「……なるほど。口は減らないが、やはり口だけではないようだ」

「いや、本当に友情の力なんですって」

そんな些細《ささい》な会話の最中にセラは、先ほど半分ほど残しておいた回復薬の液体を抉られた頬に、そしてこっそりと自らの尾に振り掛けていた。メル印の謎成分が含まれた液体とセラの血が接触し、何を命令されたのか、どんどんその液体量が増えていく。

「刈取鮮血海《リーパーブラッドマーレ》」

◇　◇　◇

グロリアが持つ権能『間隙《かんげき》』は、視認した対象との距離を操る力を持つ。距離の操作とはつまり、伸ばし縮める事だ。極端な話、この力は対象との間に無限にも等しい距離を概念的に生み出せ、逆に距離を無にして一瞬で近付く、といった事も可能なのである。権能の発動時にグロリアが視認した対象《セラ》は、以降その距離から近付く事も離れる事もできず、また放った攻撃などもグロリアに届かなかったのは、正にこの為《ため》だ。そしてそんな最悪の状況に陥っているセラに対し、グロリアは遠距離からゼロ距離の攻撃を放てるという、矛盾に満ちた攻撃を仕掛ける事を可能としていた。

敵が接近できず、攻撃もできない。更に自分は絶対に安全であり、攻撃も一方的にできるとなれば、一見この権能は戦闘において無敵のように思える。だが、もちろんこの権能に弱点がない訳ではなかった。

その一つが権能を行使する為に、対象を常に視認していなければならない、という条件にある。相手と対峙《たいじ》している場合、或《あ》るいは対象とする目標が既に定まっている場合であれば、この条件はそれほど難しいものではない。一方でこの権能は、敵が死角から不意を衝いて来た場合、敵がグロリアの認識能力を超えたスピードを出した場合など、不測の事態に滅法弱い側面があった。対象を見失った途端、この権能は効力を失ってしまうのだ。

それを阻止する為に、グロリアはある対策を打ち出した。それが彼女の周囲を旋回する黒十字である。これらは彼女の武器であり、盾であり、そして目の役割を担っている。言ってしまえば、監視カメラ代わりだ。上下左右前後の全てに死角なく十字の目を向ける事で、三六〇度カメラから映像がリアルタイムで転送されて来るが如く、グロリアは周囲を見回す事ができていたのだ。

「これならどうよっ！」

だからこそ、セラが生み出した怪獣の如き尾の攻撃も、その全容を瞬時に把握する事ができた。グロリア自身はセラを注視したまま、周囲の十字架が巨大な水の尾、その全てを捉え続ける。横殴りに叩き付けられた刈取鮮血海《リーパーブラッドマーレ》は、セラと同じ距離に至ったところで途端に勢いを失い、ただの赤い液体となってバシャバシャと地面に落ちていった。

「規模を広げれば当たるとでも思ったのか？　それは少し短絡的――――ッ！」

グロリアの台詞《せりふ》を無視して、セラは既に次の行動へと移っていた。グロリアとの距離はそのままに、彼女の周りをグルグルと円を描くように走り出したのである。

（刈取鮮血海《リーパーブラッドマーレ》があいつの周りに散らばった事で、この不可思議能力の効果範囲が見えた！ズバリ、面ではなくて円球での範囲能力！　刈取鮮血海《リーパーブラッドマーレ》がただの血水に戻ったら、それらは効果範囲から外れた。そこから察するに、私自身と攻撃のみを分類して、その効果の対象としているってところかしらね。そしてその能力は、あいつの周りに展開された円球の範囲から出ようとすると、対象をその範囲に押し戻すというもの。けど、それは逆説的に言えば、その円球の範囲内であれば、自由に移動が可能である事を示す！　その読み通り、距離を保てば実際に移動もできた！　よっし、取り敢《あ》えず限定的ではあるけど、移動手段をゲット！）

先ほどのセラの攻撃は検証の一つ、グロリアの能力を見極める為のものだった。見事正解を引き当てたセラは、かなりドヤッた表情になっているように見える。

「ふん。多少動けるようになったからと言って、先ほどと状況は何ら変わらん。貴様の攻撃は一切届かず、一方的に私の攻撃を食らう事になるのだからな！」

高速で移動をし続けるセラであるが、グロリアの黒十字の目はその姿を正確に捉えている。よって、能力は尚も継続中だ。そしてどんなに移動速度をアップさせたとしても、ゼロ距離で攻撃をされては完全に回避する事は不可能である。グロリアは再び左手をセラに向け、黒十字でセラを貫こうとした。

「黒十字杭改《クロスパイルアルター》！　幸運はそう何度も――ッ!?」

が、グロリアの台詞はまたしても中断される。

「悪いわね。さっき私の頬を切り裂いた、あの洒落《しゃれ》た黒十字、ちょっと借りるから」

たった今放った黒十字の一撃が、別の黒十字が盾になる事で防がれていたのだ。黒十字は耐久性に優れているのか、同種の攻撃を受けても一切破壊されていない。それどころか、グロリアの周囲を駆け巡るセラに追従するように、その後もセラを覆い隠す遮蔽物としての行動を続けていた。

（アレは、最初に黒十字杭改《クロスパイルアルター》を放った時の……！）

盾役となった黒十字には、セラの血がしっかりと付着していた。『血染』によってセラの支配下に置かれた――つまるところ、乗っ取られたのだ。

「フフッ！　一瞬で到達する攻撃も、その間に遮蔽物があると意味を成さないみたいね！　防御手段、有り難くゲットさせてもらったわ！」

「こ、のッ……！」

グロリアが焦燥感に駆られる。グロリアの権能は強力だが、視認した対象との距離しか操作をする事ができない。つまり、人の姿を丸っと覆い隠す事ができる黒十字が盾となっては、その後ろにいるセラにまで攻撃を到達させる事ができないのだ。

また、グロリアが焦る理由は他にもあった。それがグロリアの権能の弱点の二つ目、いや、これは十権能《じっけんのう》が持つ権能全ての弱点と言えるだろうか。その弱点とは、権能の行使に限度が設けられている事だ。

　義体を使って現世に顕現している十権能達《たち》には、隠しスキルとして『神の束縛』が備わっている。彼らの義体に付与されたのは白翼の地《イスラヘブン》外での活動制限、権能顕現状態でないと権能を行使できない、また行使するにしても更に制限がある等々、ステータスこそ弱体化してはいないが、束縛が多岐に亘《わた》っているのだ。

（本当であれば最初の一撃で屠《ほふ》り、奴《やつ》を贄《にえ》に捧《ささ》げるつもりだった。しかし、これ以上の乱発は……！）

　その後にも黒十字杭改《クロスパイルアルター》を何度か放つも、セラに支配された黒十字の盾によって全て弾《はじ》き返されている。このままでは攻撃される事はないだろうが、セラを倒す事もまたできないだろう。いや、権能の行使に限度がある為、これ以上戦闘が長引いて不利になるのは、むしろグロリアの方だ。『間隙《かんげき》』の権能が解除されて接近されれば、『血染』を全身に纏っているセラが圧倒的に有利なのは、誰が見ても明らかである。もちろん、グロリア本人もその事は自覚していた。

「……クッ！　高天原の軍勢《ヘブンズアーミー》！」

「っと！」

　権能を行使せず、白魔法にてセラを焙《あぶ》り出す策に出たグロリアは、セラが周回する円周に天使を模した光り輝く兵士達を出現させた。僅かにでも黒十字の盾からセラが姿を現せば、と、そのような考えに至ったのだろう。

ものね。けど――）

（黒魔法の『黄泉の軍勢《ヘイディーズアーミー》』と違って、媒体としての死体が必要ないの？　ふーん、便利な

進路に立ち塞がる兵士達を一瞥《いちべつ》したセラは、ほんの一瞬だけ目を閉じた。そして、彼女がカッと目を見開いた次の瞬間、纏っていた無邪気たる血戦妃《クリムゾンアストレイア》の紅《あか》きオーラが一気に広がり、獲物を発見した肉食獣の如《ごと》く兵士達に群がり始める。

「――そのデザインは、ちょっとどうかと思うわ！　私のセンスで手直しして、これも借りてあげる！」

「なっ!?」

紅きオーラに包み込まれた兵士達は、やがて輝きを失い、代わりにその身を真っ赤に染めていった。女帝の支配下に置かれた血塗《ちまみ》れの天使、セラ命名『高天原の血染軍勢《ヘブンズブラッズ》』の誕生である。

「どう？　部屋に飾っておきたい格好良さでしょ！」

「この、なんて悪趣味な……！」

「フフン、そうでしょうそうでしょう、もっと褒めなさい！　じゃ、そろそろ閉幕の時間ね。どこまで耐えられるか、陰ながら見守っているわね～」

盾の裏にてセラは、先ほど支配下に置いたばかりの高天原の血染軍勢《ヘブンズブラッズ》、更には辺りに散らばった血を混ぜた全ての液体、血が触れた全ての物体に命令を下した。グロリアに向かって全力で突貫せよ、と。

◇　◇　◇

ありとあらゆる方向から、グロリアに向かって紅の攻撃が迫り来る。セラの血が付着したそれら全ての攻撃は、掠《かす》っただけでも『血染』によって致命傷と化す最悪の代物だ。当然、グロリアはこれらを受ける訳にはいかなかった。展開させた黒十字の目、その視界に映る全ての攻撃を権能行使対象とし、絶対に辿《たど》り着く事のできない無限の距離を作り出す。それ以外にこの攻撃から逃れる術《すべ》を、彼女は持っていなかったのだ。

――パキッ、パキパキバギッ。

だがしかし、義体に科せられた『神の束縛』はそのような乱発を許さなかった。ほんの数秒ほど攻撃を無力化した後に、彼女の頭上に浮かんでいた漆黒の天使の輪、そして背にあった翼が音を立てて砕け散って行ったのだ。同時に距離操作を行う『間隙《かんげき》』の権能も消失、無敵を誇っていた絶対的な距離空間も、これにて無力化されてしまう。但し周囲に展開していた黒十字は元々魔法であった為なのか、これらだけは消える事がなかった。

「あ、何か駄目押しの好機かも」

何となく攻め時を察したセラは、このタイミングで黒十字の盾からひょっこりと身を乗り出す。あと数秒ほど早く出ていれば、再びゼロ距離による攻撃を食らっていただろうが、最早《もはや》その心配もないだろう。加えて、セラの全方向による攻撃は未《いま》だに続いており、グロリアは攻撃に転じられるどころではなかった。

「クソッ、黒十字要塞《クロスフォートレス》……！」

唯一残ったグロリアの黒十字群が、彼女を守護するように密集し始める。幾重にも交差し、最早黒いボールのようになるまでに固まった黒十字の障壁。十字架の集合体だけあって、その様は歪《いびつ》な墓場のようでもあった。先の盾として活躍した耐久性から察するに、この防御陣形は相当の強度を誇っているのだろう。それこそ、ケルヴィンのＳ級緑魔法【剛黒の城塞《アダマンフォートレス》】よりも頑強かもしれない。正攻法で攻略するならば、如何《いか》にパワフルなセラでも、苦戦を強いられるのは想像に難くない。──そう、正攻法で挑むのであれば、だが。

「今更防御を固めてどうするのよ？」

眼前の光景に対し、セラは少し呆《あき》れている様子だ。前述の通り、セラの攻撃全てには血が付着している。如何に頑強であろうと、『血染』を通して「どけ」と命令すれば、一瞬のうちに形成された要塞は瓦解してしまう。そうこうしている間にも、セラの攻撃は密集する十字群に到達する寸前だ。

（……状況と私の勘からして、あの理不尽能力がもう使えなくなったのは確か。守りに入ったのは、他に切る手札がなくなったから？　だとしたら、愚かな選択をしたとしか言えないけど……本当にそうかしら？）

ふと頭を過《よ》ぎったセラの疑問。そして、その直後にそれは起こった。

「――監視者《ガーディアン》の熱視線《ゲイズ》！」

「ッ！」

難攻不落の要塞、そこに密集した全ての十字架の目より、外に向かって熱光線が放たれる。その輝く線の総数は、一体何本に至るだろうか。輝きは輝きを呼び、線と線がそこら中で交差し、更なる脅威となって再び外へと放たれる。最終的にこの空間全てを埋め尽くしたグロリアの魔法は、彼女の魔力が尽きるまで継続された。

逃れられないのであれば、迫る脅威全てを排除してしまえば良い。グロリアが最後に下した判断は、圧倒的な火力による異分子の排除であった。十字架を密集させてギリギリまで接近を許したのは、十分に脅威を引き付ける為。そこから放たれる熱光線は接近する全てを蒸発させ、徹底的に駆逐していく。こうなってしまえばセラの血がどうこうの問題ではなく、光線に触れた傍《そば》から消えていくのみである。現にグロリアに迫っていた攻撃は、影も形もなくなっていた。

「黒十字解放《クロスリリース》！」

フィールドを燃やし尽くした光線の嵐が止《や》んだ直後、グロリアは密集させた黒十字架を全て外へと放出した。それは言わば、黒十字杭改《クロスパイルアルター》の全方向同時射出。先ほどの熱光線攻撃でセラが生き残っているのであれば、これら黒十字の要塞は最早不要、むしろ敵に利用されるだけ邪魔であると、そう判断しての行動であった。もしこれが当たれば僥倖《ぎょうこう》だが、そのような不合理な期待は端からグロリアは持っていなかった。

「だが、それでも……お前は消えていないのだろう!?」

「ギリギリなんとかね！」

崩壊寸前の十字架の盾を投げ捨てたセラが、解体された要塞の中から姿を現したグロリアと対峙《たいじ》する。

セラは黒十字を盾にして熱光線を逃れたようだが、それでも完全に無傷とはいかず、体中に火傷《やけど》を負っていた。対するグロリアも既に魔力が枯渇しており、ここからできるのは純粋な近接格闘術のみ。それでも彼女らの目は未だ死んでおらず、握った拳には力が漲《みなぎ》っている。

「これで終わりだっ！」

「これで終《しま》いよっ！」

放たれた拳は交差し、互いの頬へと吸い込まれていった。

◇　◇　◇

「はえ～、つっかれた～！　かなりギリギリだったわね、これ！」

焼け焦げた荒野のど真ん中にて、セラの叫びが上がる。大の字になって大地に寝る彼女の横には、同じく大の字になって倒れ伏したグロリアの姿があった。但しこちらに意識はなく、セラのように叫びを上げる事はなさそうだ。

「ああ、もう、最後に殴られた頬が死ぬほど痛いわー。血を流し過ぎて立ってるのも辛《つら》いし……誰か傷を治してくれないかしら？　一流の白魔導士が、たまたまその辺を散歩していたりとか――」

「――そんな偶然、起こる訳ないじゃない。こんな危険な戦場、人払いしておかないと、こっちが安心できないわよ」

セラの独り言に誰かが返事をした。声の方を見るまでもなく、セラはその声が誰のものなのかを把握する。

「あら、ベルったら来ていたの？　隠れていないで、戦いを手伝ってくれたら良かったのに。そうしたら、私がこんなに血を流す事もなかったわ」

セラの下にやって来たのはベルであった。制服姿ではあるが、脚の装甲だけは一応している状態だ。

「そんな事言って、実際に私が手伝ったら機嫌を悪くしていたでしょ、セラ姉様？」

「おおっ、流石《さすが》は私の自慢の妹！　私の事をよく分かってる～」

「フフン、まあ自慢の姉の事だからねって、そうじゃなくて」

ベルはケルヴィンから借りている分身体クロトの『保管』から、MP回復薬を取り出す。

「生憎《あいにく》と、私も回復魔法は得意じゃないのよね。都合良く白魔導士が通りかかる事もないし、その堕天使にこれを飲ませて、白魔法で治療してもらったらどう？　あんだけ派手に暴れられる白魔法を持ってるなら、きっと回復魔法だってそれ相応でしょ」

「あっ、その手があったか。ベル、あったま良い〜♪　今度一緒に釣りにでも行きましょ！」

「ハァ、何でこの場面で遊びに誘うのよ？　まったくもう、セラ姉様は変なところが抜けているんだから……で、いつ行くの？」

ベルは意外に乗り気であった。

それは兎《と》も角《かく》として、ベルの案を採用したセラは、早速グロリアの頭部に血を付着させ、回復薬で魔力を補充するよう、そしてセラの治療を施すよう『血染』で指示を出す。ベルの読み通りグロリアは回復魔法を覚えており、十字架が突き刺さって再生しないでいたセラの傷口全てを完治させてくれた。

それに加えてグロリアは、戦いで破損したセラの戦闘衣装、狂女帝《クイーンズテラー》の補修までできるらしい。まっさか〜とセラが冗談半分で命令してみると、彼女は補修道具をどこからか取り出し、テキパキとかなり手慣れた様子で針を動かしていった。

「い、意外と女子力高いわ、こいつ……！」

「姉様、何でそんな事までさせてるのよ……」

「いえ、冗談半分で命令してみたら、本当にやってくれて、その……」

グロリアによる補修は装備本来の能力こそ補えなかったものの、破れなどの見た目は完璧に直されていた。

「おー、ちゃんと直ってる……」

「だから、おーじゃなくて。ああ、そうだ。セラ姉様、ついでにそいつの魔法でそいつ自身を拘束させといたら？　姉様の支配下にあるうちは大丈夫だろうけど、変な能力を持っているみたいだったし、念の為《ため》にやっておいた方が良いわよ」

「ベルったら、我が妹ながら容赦ないわねぇ」

全身を漆黒の包帯で、雑にグルグル巻きにされてしまうグロリア。最早ミイラか何かにしか見えない状態であった。

◇　◇　◇

「あっ、そう言えば聖杭《ステーク》は!?」

突然、セラが大声を上げた。次いでキョロキョロと辺りを、そして上空を見回す。

「私が来た時にはもうなかったわよ。というか、聖杭《ステーク》が例の隠密《おんみつ》状態だったとしたら、そもそも発見自体ができないのだけれどね。守護者——セルジュが十権能《じっけんのう》の一人を倒した時にも、聖杭《ステーク》はいつの間にか消えていたらしいし、今回もそうなんじゃない？」

「それってつまり、逃げちゃったって事？」

「そう」

「あー、うっかりしてたぁー！」

グロリアの魔法で完治したセラはすっかり元気になったようで、地響きとなるレベルで地団駄を踏んでいた。戦いが終わってこの国に野生の動物達《たち》が戻って来そうなところだったのだが、これにより再び彼らは国外を目指す事になる。

「セラ姉様、どうどう。事務員のカチュアを学園に戻した時点で、こうなる事は決まっていたのよ」

「うう、それなら帰すんじゃなかったわ……縛ってでも今回の戦いを特等席で見学させるべきだった、そういう事ね」

「うん、我が姉ながら鬼畜な事を言うわね。たとえ戦闘の流れ弾がカチュアに当たらなかったとしても、刺激が強過ぎてショック死してるわよ、その場合」

「あー、そうなったら聖杭《ステーク》の発見どころじゃないか。どっちにしろ、両方をとっ捕まえるのは難しかったのね……残念！」

「それよりも、貴重な情報源を生きたまま捕まえられた事を喜びましょう。どれだけ根性があったって、今の状態なら絶対に口を割るだろうしね。ああ、運ぶのは私に任せて。流石に戦闘後のセラ姉様に、運搬までさせる訳にはいかないもの」

「え、良いの？　そう言えば今更だけど、こんなところにまで来て、学園の許可は大丈夫なの？」

「そんなもの、学院長のアートが何とかするでしょ。寮長のボイルも籠絡済みだし、セラ姉様が心配するような事ではないわ。安心して」

　そう言って、ベルが拘束状態のグロリアを担ぎ始める。

「そうなの？　んー……じゃ、ベルの言葉に甘えさせてもらおうかしら！　運搬先は、そうね～。ルミエストは流石に不味《まず》いでしょうし、拠点を置いているパブの金雀《きんすずめ》に運ぶってのも、何か違うような気がするのよね……うーん、どうしたものかしら！」

「……セラ姉様、念話ができるのでしょう？　ケルヴィンにでも相談してみたら？」

「あら、ケルヴィンに頼っちゃって良いの？　ケルヴィン嫌いのベルの口から、そんな言葉が出るとは意外ね」

「べ、別に嫌ってる訳じゃないわよ。いえ、確かに姉様を取られた感があって、その点はいつまでも恨むと思うけど、根っ子のところはパパと同じ気持ちのつもりよ。これでも姉様の夫になる人間だって、一応は認めているんだからね？……あんまり意地悪しないでよ」

　ほんの少し頬を染めながら、視線を逸《そ》らすベル。

「フフッ、ごめんなさい。ベルが素直にそう言ってくれて、私も嬉《うれ》しいわ！　そうだ、式の時にベルも一言挨拶してよ！　今みたいに、実はケルヴィンを認めてるって風で！」

「それは嫌。セラ姉様の祝福はしたいけど、あいつの目の前でそれを言うのだけは嫌」

　真顔で即答のベル。本当に嫌なのか、頬の色もすっかり元に戻ってしまっていた。

「もう、変なところが父上に似ちゃったんだから。でもまあ、ケルヴィンに相談するって案は、それがベストかしらね。ベル、念話するからちょっと待ってて」

「はいはい、ごゆっくり」

セラ、ケルヴィンに念話を送信。十権能と会敵し、これを迎撃&捕縛した事を嬉々《きき》として伝えるのであった。その声色は大変に明るく、褒めてオーラが全開である。

『──という事になってね、私ったら大活躍だった訳！　あの勇姿をケルヴィンにも見せてあげたかったわ！　それはもう大活躍よ！　ねえ、ケルヴィン聞いてる!?』

『ああ、ちゃんと聞いてるよ。十権能の一人を倒した上に生け捕りにするなんて、流石はセラだな。俺も見習わないとって、そう思っていたところだ。マジで凄《すご》いぞ！』

『フフン、そうでしょうそうでしょう！　もっと褒めなさい！』

このようなやり取りを数回ほど繰り返し、セラが大方満足したところで、話は漸《ようや》く本題へと入って行く。

『ふう、満足した！』

『そ、そうか。それは良かったよ……それで、捕らえた十権能をどうするかって話だったよな？　本当なら俺らの屋敷の地下で、厳重に監禁しておきたいところだけど、それだと西大陸で活動している間、何かと不便になるよな』

『ふんふん、それじゃあどうするの？』

『ギルド本部のシン総長を頼ってくれ。俺の方で話をつけて、十権能を入れても大丈夫な場所を確保してもらってる』

『あら、やけに話が早いわね？』

『まあ、こっちでも色々あってな。それに、セラなら倒した上で捕まえてくれるだろうって、そう信じていたからさ』

『ッ！　ま、まあ当然ね！　私ってば、ゴルディアーナに匹敵する良い女だもの！　ケルヴィンの期待にだって、もちろん応えちゃうわ！　今も、これからもね！』

この時、セラの満足ゲージは限界突破していた。同時に隣で様子を窺《うかが》っていたベルは、セラのテンションの昂《たかぶ》りっぷりに嫉妬した。次に会ったら取り敢《あ》えずケルヴィンを蹴ろうと、そう決意した。

『ハハッ、調子が良いな。でも、そこはゴルディアーナを越えたとは言わないんだな？』

『へ？　ま、まあ、そこは……うん。だって実際そうだし、匹敵するって意味でも本当にそこまでなれているのか、正直怪しいかもしれないっていうか、ごにょごにょ……ううん、何でもない！　兎に角、今の私はゴルディアーナと同じくらいなの！　分かった⁉』

『お、おう？　よく分からないが、よく分かったよ……？っと！』

逢瀬《おうせ》の最中、念話越しにシーンにそぐわないケルヴィンの声が聞こえて来た。向こうで何かあったのだろうかと、セラが首を傾《かし》げる。

『ケルヴィン、そっちで何かやってるの？　もしかして、取り込んでいたかしら？』

『え、俺か？　あー、まあ取り込んでいると言えば、取り込み中かな。ちょっと今――』

第四章　▼致死

『――十権能が出たって場所に、俺自身を召喚したところでさ』

各所に設置した魔杭を使い、ルキルが聖杭《ステーク》を待機させている中央海域にまでやって来た俺。方法としては、かつてトリスタンがやってみせてくれた『召喚術』の反射用法を、ジェラールの大戦艦黒鏡盾《ドレッドノートトリグレス》で再現した感じだ。何度か近場で練習したけど、転送されるこの感覚にはまだ慣れないな。念話でも変な声が出て、セラに怪しまれてしまった。失敗失敗。

但し、俺自身の召喚に関しては成功だ。当初の目論見《もくろみ》通り、中央海域へ俺自身を召喚する事ができた。この辺りは快晴で、海も実に穏やかなものだ。正に釣り日和、ってやつかな？　セラがこの光景を目にしたら、速攻で釣りをしようと誘って来る事だろう。今はベルと一緒のようだし、ひょっとしたらベルも乗り気で来るかもしれない。……いや、流石《さすが》にそれはないか？

『は、十権能？　他の十権能の出現情報はないって、さっきそう言ってなかった!?』

『いや、それがタイミングの悪い事に、あの後に情報が来ちゃってさ。で、今から俺が全力で事に当たるところ』

『ちょっと、それって呑気《のんき》に念話している場合じゃないでしょ！　もう切るからね！　ケルヴィン、そっちに集中して！　それでそれで、私とお揃《そろ》いの勝利を飾るのよ！　良いわね!?』

『もちろん、端っからそのつもりだよ。じゃ、また後で』

『ええ、後でね！　ファイト！』

プツリと念話が切れ、賑《にぎ》やかだった俺の耳に涼やかな潮風の音が入って来る。それと同時に、眼前に一人の男が舞い降りて来た。ルキルのとは別の聖杭《ステーク》が、既に真上へ来ていたようだ。

現れた男は黒髪かつ黒目で目つきが悪く、ローブらしき装備までもが黒を基調としていた。少し親近感と言うか、近しい何かを感じる。外見の見た目とか、装備の見た目とか、色合いとか。

◇　◇　◇

対峙《たいじ》した十権能と視線を交わし、互いにジロジロと見ること数秒。言葉を変えればガンを飛ばし合っていた訳だが、まあ相手の正体を探り合っていたとも言える訳で。取り敢えず、このままでは埒《らち》が明かない。一秒も早く手合わせ願いたい俺は、早速自己紹介をする事にした。丁寧に、紳士的なバトルジャンキーとして。

「さて、どうしてこの場所にやって来たのか、色々と聞き出したい事が山盛りだ。けど、その前に挨拶しないとな」

「ふん、不思議なものだな。先ほどまで何の気配もなかった筈《はず》だが、一瞬でお前がこの場所に現れたような気がしたぞ」

「「……」」

「俺はケルヴィン、ケルヴィン・セルシウスだ。お前、十権能《じつけんのう》だな？　勝負しろ」

「俺の名はケルヴィム・リピタ、お前がケルヴィンだな？　丁度良い、お前に一つ提案がある」

「「……」」

発言がもろに二度も被《かぶ》ってしまい、何とも言えない空気が辺りに漂い始める。いや、近しい何かを感じるからって、そこまでタイミングを合わせる必要はないんだよ。ついでに名前も似ているんだよ。ほら、お互いにまた発言しにくい状況になっちゃったし。

「あ、あー……俺の名前を知ってるって事は、それなりに十権能にも知られてるって訳かな？」

今度は発言を被せる訳にはいかないと、若干慎重になりながら言葉を口にする。よし、今度は被らなかった。……何でこんな事に気を遣っているんだ、俺？

「コホン！……リドワンを従わせ、バルドッグを倒したのはお前の一派だと聞いている。噂《うわさ》にならない方がおかしいだろう？　しかし、出会い頭に戦闘を望むとは……噂通りの戦闘狂のようだな」

心なしか、相手も気を遣っているような感じがする。いや、気のせいだろう、多分気のせい。

「戦闘狂なのは認めるけど、リドワンは兎《と》も角《かく》、バルドッグとやらを倒したのは違う奴《やつ》なんだよなぁ……まあ、協力関係を結んでいるから、同じようなものか。それで十権能様の頭に俺の事が入ってくれるのなら、これ以上光栄な事はないな。で、お前達《たち》にとって邪魔者な、そんな俺に提案って？　戦いのお誘いなら大歓迎だぞ？」

「お前、さっきからそればかり——いや、まあ良いだろう。俺からの提案も、あながちお前の発想と相違している訳ではない。……ケルヴィンよ、俺と共に十権能の長《おさ》、エルドを倒さないか？」

「は？」

想像の斜め上の提案に、思わず素っ頓狂な声を返してしまう。何だか最近、変な声が出まくっている気がする。

しかしだ、この提案を予想していなかったのはマジのマジだ。ルキルの話を思い出すに、エルドってのは十権能のトップ、邪神の右腕とされた堕天使だった筈。それこそ、このケルヴィムって奴の上司みたいなもんだろう。そんなエルドを共に倒す？　一体どうして？　仲間割れでもしたのか？

「フッ、お前が考えている事は大体分かる。同じ十権能の仲間である筈なのに、なぜそのような事を。と、そんなところだろう？」

「……そんなところだな。正直、お前が言っている言葉の真意が分からん。よく初対面の俺にそんな提案ができるな？」

「こちらも選《え》り好みをしている余裕がないんだ。俺と共闘できる程度に実力が保証される者となれば、この世界には数えるほどしか存在しない。いや、逆に言えば義体の身とはいえ、十権能である我々との戦闘が成立する時点で、この世界はかなりおかしな事になっているのだが……」

「そうか？　世界は広いんだ、神と戦える人間がいたって、別におかしくはないだろ？」

　前の世界なら兎も角として、この世界はクロメルに打ち勝った俺以外にも、人から転生神となったゴルディアーナに、歴代最強超自由勇者のセルジュ、その他大勢の怪物達が沢山いるんだ。そんな怪物達が十権能と渡り合ったって、何らおかしな事はないだろう。

「……そうか？　フッ、そう思うのならケルヴィン、お前は随分と我々側の考え方をしているらしい。なかなかに見る目のある奴だな。どうだ？　エルド討伐の成功の暁には、お前を新たなる十権能として迎え入れてやっても良いぞ？」

「何でそうなるんだよ……勧誘するならするで、もう少し魅力ある提案をしてくれ。邪神の復活なんてものを目的とする十権能の仲間入りとか、何の誘い文句にもなってないぞ」

「ふむ？　なるほど、まずはこの世界の真実を理解しなければ、我々に完全に賛同するには至らないと、そう言いたいのか。ならば仕方あるまい。……教えてやろう、この世界の真実を！」

俺は思った。あ、これって話が長くなるパターンだな、と。十権能と戦いたいが為《ため》に、遥々《はるばる》ここまでやって来たというのに、なぜか世界の真実講座が始まる流れになっている。違うよ、俺はそんなの望んじゃいないんだよ。別に高尚な意見交換がしたい訳じゃないんだよ。

「まずは、そうだな。なぜ我々の神アダムスが、今現在この世を統べている偽神と敵対したのか、そこから懇切丁寧に説明してやるとしよう。腰を据えて理解すべき事柄だ、気合いを入れて聞き入るが良い！」

やっぱり長くなりそうだ……恐らくこいつは、見かけによらず面倒見が良いんだと思う。ただ、絶望的に相手の心を察してくれないというか、空気が読めないタイプであるらしい。説明して満足してくれたら、こいつは俺と戦ってくれるだろうか？　くれる情報はもちろん覚えておくが、その後の展開が何だか不安だ。今のうちに戦いを始める理由付け、少し考えておこうかな。

……今更だけど十権能と義体って、白翼の地《イスラヘブン》以外の場所だと活動限界があるんじゃなかったっけ？　こんなにゆっくり講義していて、果たして大丈夫なんだろうか？

「あの大戦は、そう、今から遠く、貴様ら人間の感覚では測れぬほど遠い昔に――」

――これはいかん。時間短縮の為、奴の話を要約しよう。

昔々、大昔、方向性の違いからか、神々が勢力を二分しての争いを始めた。片や、今現在世界を管理している主神の陣営。片や、封印されてしまった邪神アダムス及び十権能の陣営。セラや義父《とう》さん、ビクトールの先祖に当たる悪魔の始祖も、邪神側に立って争っていた訳だ。

で、その争いが始まった原因というのが、神々が管理運営する世界の方針だった。

主神側の方針は、管理する生命の強さを一定以下に保つ、つまりは個人に異常な力を与えず、勇者や魔王といった顕著な力を持つ者をなくすというものだった。多少の身体能力の差はあっても、世界に生きる生命体は皆平均的な能力を持つ者達で占められるべき、という話だ。これは運営する世界が徒《いたずら》に破壊されるのを防ぐ為の予防であり、管理する生命が神々の脅威とならないようにする為のものでもあった。まあ、言ってしまえば地球的な世界なのかな？

対する邪神側の方針は、そもそも神々が世界の管理などせず、強き者があるがままに生き、弱き者はその理《ことわり》に従って淘汰《とうた》される、というものだ。進化の可能性を持つ者達に枷《かせ》を掛ける必要などなく、その結果神々に牙を剝《む》き、食い破るまでに至ったのであれば、それもまた自然の摂理——と、割り切った考えなのである。自由に学び育ったそれら生命を御してこその神、そうかつての邪神は公言し、同志を募ったんだそうだ。

やがて主神と邪神の陣営は激突し、神話時代の大戦と呼ばれる神々の戦いが勃発。結果として勝利したのは主神側で、主導者たる邪神は未来永劫《みらいえいごう》封印される事となり、その配下であった十権能も肉体が消滅させられ、意識のない魂となって異なる次元の牢獄《ろうごく》へと繋《つな》がれた。それよりも下の者達は、種族を悪魔として統一させられ、閉ざされた大地である奈落《アビスランド》の地に幽閉させられ——という流れであるらしい。

ここまではまあ理解できる話だ。しかし、疑問もある。俺達のいるこの世界、勇者や魔王もいるし、別に強さの制限なんてされていないよな？　それに、どっちかと言うと邪神が望んだ世界であるような……ああ、なるほど。だからケルヴィムもおかしく思っているのか。

◇　◇　◇

「俺が疑問に思っていた事、理解できて来たか？　そう、この世界は偽神が運営しているのにも拘《かか》わらず、そこに住まう者達が何ら制限を受けずに生を全うしているのだ。それこそ、我々が理想としていた世界のようにな」

世界の矛盾についてのご高説は分かった。分かったが、俺としてはだから何？　という思いしかないんだよな。世界の在り方なんて哲学的な事、俺はあんまり興味ないし。あ、いや、どうでも良くはないか。どうも戦闘意欲が先行してしまって、物事の判断も適当になってしまって来ている。理知的な戦闘狂らしく、『並列思考』を使って俺なりに考えてやるか。まあ、ケルヴィムにわざわざ教えてやる気はないが。

ケルヴィムの言葉が正しいのであれば、こいつらが望む理想の世界とやらは、ここでしか実現していないんじゃないかな。この世界には邪神が封印されていて、その影響で何十年何百年周期で魔王が誕生し、モンスターの凶悪化が起こっていた。勇者を転移させて騒動を解決し、『黒の書』が邪神成分を浄化していたにしても、この世界に住まう人々が弱いままだと、神様サイドとしても色々と不都合があったんだと思う。だってほら、勇者だって行動範囲は限られている訳だし、実際勇者しか戦力がなかったら、管理者として困るじゃん？　だからこそ、勇者が活躍している間にも人々がある程度抵抗できるように、この世界にだけは制限を設けないようにしていたんだ。現段階ではまだ俺の想像でしかないが、俺が転生する前に居た地球は実際ああだったし、他の世界も同じ風になっていると考えるのが妥当なところだろう。

「世界がお前の理想になっていたんなら、これ以上争い事を起こす必要もないんじゃないか？　お前らが封印されている間に神様達が方針を変えて、今の体制に移行したのかもしれないだろう？　なら、別に敵対する必要はない――いや、待て。それだと俺が困る。やっぱ大いに争ってくれ。そして俺と戦おう！」

「……お前、空気が読めないとか言われないか？」

お前にだけは言われたくないんだが？　現にこうして空気を読んで、戦うのを待ってあげているんだが？

「ケルヴィン、確かにお前の話にも一理ある。だがしかし、神アダムスや俺達十権能の真の理想とするところは、そんな小さな事では終われないんだ。この世界一つだけじゃない。

偽神達が運営するありとあらゆる世界、その全ての解放こそが俺達の望みなんだ！」

「まあ、そうなるわな。つまりさ、俺達の住むこの世界は現状維持でもオーケーだけど、それはそれとして邪神を復活させて、それから他世界の神々にもカチコミに行くってのが、お前達の目的か？」

「所々言葉選びが不適切だが、大まかに言えばそんなところだ。どうだ？　これら高尚な行いに参加できれば、お前が好む展開にも困る事はないぞ？　しかも、その相手は偽物とはいえ、かつて我々を打ち倒した神――言ってしまえば、お前が大好物とする強敵ばかりだ。何なら我々が現在捕らえているゴルディアーナという偽神も、返答次第では新たなる十権能として認めてやっても良い。奴はこの理想の世界をこうして維持している張本人、思想としては我々寄りなのだからな」

　あー、そこは良い感じに勘違いしてくれているのか。それはそれで都合が良いし、まあ今言っていた目的も、十権能として納得できる行動原理ではあるんだけど……肝心の最初の疑問がまだ解決していない。

「なるほど。で、最初の質問に戻るけど、何でそれが十権能の長であるエルドを倒す事に繋がるんだよ？　下剋上《げこくじょう》でも狙っているのか？」

「下剋上？　ハッ、そのような浅い理由で俺が行動を起こす筈がないだろう。俺がトップに立ちたいのではない。エルドが背信行為を行っていると、俺はそう疑っているんだ」

　背信行為って、要は裏切りか？　おいおい、ルキルに裏切られたばかりだってのに、組織体系がボロボロだな。大丈夫かよ、十権能《じっけんのう》？　勝手に内部崩壊とかしないよな？

「ケルヴィンよ、お前の考えている事は分かっている。俺が謀反を起こしたところで、他の十権能が共に来るとは限らない、とな」

「え？　あ、ああー……」

言われてみれば、普通はそこも気にしないといけないのか。俺はどう転んでも戦う気でいたから、全然問題だとは思っていなかったけど。

「真の自由を掲げる我々にとって、力で地位を掌握するのはごく自然な行為だ。それがどんなに卑怯《ひきょう》な方法であったとしても、結果として負けてしまえば何の言い訳にもならん」

「それが外部の者と結託しての事だったとしても、か？」

「だったとしても、だ」

「ハァ、本当にどこまでも弱肉強食だな」

ガウンの神様バージョンってところか。何でもアリってのは、俺よりも獣王レオンハルトの方が好みそうだ。

「しかし先にも言った通り、俺は別に奴の地位を狙っている訳ではない。ケルヴィン、これまで幾度となく俺達と戦って来た、お前にだからこそ問おう」

「いや、まだ一回しか戦ってないけど……何だよ？」

「お前ももう知っているだろうが、これまでの侵攻で我々はリドワン、バルドッグという同胞を失っている。更に此度《こたび》、俺とは別の十権能が派遣された。聖杭《ステーク》からの連絡が止まっている事から察するに、その者の身にも何かあったと考えるのが妥当だろう」

さっきセラから念話があった、ルミエストに侵攻していた十権能の事か。今は拘束状態にあるから、そりゃあ連絡も返せないわな。

「これまでの我々の行動から、何か気付く事はないか？」

「……単独行動ばかりって事か？　義体に制限があるにしても、効率よく手広く侵攻するにしても、負けを重ねた状態でそれをするには驕《おご》りが過ぎると……まあ、そんな風には思っていたよ」

代行者アイリスが率いていたあの神の使徒だって、俺達《たち》と接触しようとする時は、基本的にツーマンセル以上で動いていた。軍国トライセンでの魔王騒動の際はジルドラ、トリスタン、アンジェが、獣国ガウンで俺に奇襲を仕掛けて来た時だって、アンジェにベル、それにニトのおじさんも遊撃隊として行動していたと聞いている。更には神皇国デラミスでシスター・アトラを救助した時はエストリアにセルジュ、狂飆《きょうひょう》の谷でフロムから加護を貰《もら》った時だって、リオルドと舞桜《まお》がセットで挨拶にやって来ていた。どのタイミングでも実力的には敵側の方が上回っていた筈《はず》なのに、神の使徒はその辺の役回りをしっかり決め、互いにフォローできる形で動いていたんだ。

そんな神の使徒の行動方式に比べ、十権能のそれは正直なところ……お粗末と言われても仕方のない感じがする。力に自信を持っての一度目はまだ良いが、出撃した三人のうち二人がやられてしまった失敗を経て、またまた単独行動ってのはな。

「そう、如何《いか》に実力を最大の指針とする十権能とはいえ、失敗から何も得ないなんて事はしない。勇気と蛮勇が違うようにな。だが、エルドから下された命令は一切変わらず、今も当初のままだ」

「……つまり？」

「エルドには何か別の目的がある。俺や他の十権能が目指すものとは異なる、何かだ。流石《さすが》にもう理解できただろう？　エルドには俺達の上に立つ資格はない。神アダムスの右腕と謳《うた》われる事で、奴《やつ》は変わってしまった。或《ある》いは、最初からおかしかったのだろう。だからこそ、奴を排除する必要がある」

「ふーん、なるほどなるほど。……で、そのエルドって奴は、そんなに強いのか？　同じ十権能である、アンタが俺に協力を要請するくらいに？」

「当たり前だ、エルドは曲がりなりにも十権能の長《おさ》なのだぞ？　それに、十権能にも強さの格というものはある。エルドが十権能の長であれば、俺はその代理的な立場だ。更にその下には、上位の神々であったハザマとレムが続いている。尤《もっと》も、ハオという例外的な立場の者も居たが……兎《と》も角《かく》、俺とて油断はできない相手なのだ。お前が倒したバルドッグやリドワンなど、全く比較にならないほどにな」

ふんふんふん、なるほどなるほどなるほど――ケルヴィム、お前やっぱり強いんだな？

◇　◇　◇

ケルヴィムの考えは分かった。よく理解できた。他世界に殴り込みに行く云々《うんぬん》はさて置き、共に十権能の長を倒しに行く事自体は、俺としてもやぶさかでない。敵の本拠地である白翼の地《イスラヘブン》の場所がハッキリするだろうし、ルキルの情報とのすり合わせもできるだろう。この誘い自体が罠《わな》って可能性もあるから、その辺りは警戒すべきだろうが……何というか、こいつが嘘《うそ》を言っているようには思えないんだよな。まあ、ここは後でセラ達にも確認すれば、実際のところが見えて来るだろう。って事で、総合的に考えれば協力するメリットはでかい。でかい……が。

「そして、お前も強いんだよな、ケルヴィム？」

「……？　そう言っているだろう？」

「なら、それを俺に確認させてくれよ？　他世界の神々との喧嘩《けんか》、十権能への加入——お前の言う通り、その成功報酬は俺にとってかなり魅力的だ。だが、仮に協力してエルドを倒せたとしよう。下剋上狙いではなかったとはいえ、その後はなし崩し的にお前がトップに立つ事になるんだろう？」

「……ああ、他の十権能との多少の議論はあるだろうが、十中八九そうなるだろう。それがどうした？」

「不安なんだよ。そんな未来の上官様が、俺よりも弱かったらどうしよう、ってな」

「……ほう？」

ケルヴィムから僅かに殺気が漏れ出す。ああ、どす黒くて良い殺気だ。

「だからさ、お前の強さを俺に体験させてほしいんだ。良いじゃないか、少しくらい。十権能のナンバー2なら俺との戦闘程度、赤子の手を捻《ひね》るようなものだろ？」

「フッ、簡単に言ってくれるものだな。生憎《あいにく》と、俺の力は加減するのに適していない。試すと決めたが最後――お前、死ぬぞ？」

緩めていた蛇口を一気に全開にしたかの如《ごと》く、ケルヴィムから心地の好《よ》い殺気が溢《あふ》れ出した。それと同時に、俺の口端も吊《つ》り上がってしまう。だって、ほら、ククッ……こいつ、想像以上なんだよ。

「まあ、何だ。そんなつまらない事は心配してくれなくても良い。それにだ、お前と戦って即刻死ぬ程度の男が、お前よりも強いというエルドと戦って、戦力になると思うか？　思わないだろう？　十権能を一度や二度倒したって戦歴はこの際捨て置いてさ、自分で協力相手の力を見定めるのが一番現実的だ。お互いにとって、さ」

「ク、ククク、なるほどなるほど、なるほどな。ケルヴィン、お前がずっと俺と戦いたがっていたのは、そういう意図があった訳だ？　ただの戦闘狂だとばかり思っていたが、なかなかに聡《さと》い面もあるではないか。気に入ったぞ」

「……ああ、俺は最初からそのつもりだったからな」

嘘は言っていないぞ、嘘は。

「ならば、お望み通り付き合ってやるとしよう」

「その気になってくれて嬉《うれ》しいよ。ああ、そうだ。折角のバトルなんだ。ここは一つ、ゲーム的な要素も入れてみようか。そうだな……敗者は勝者の命令を何でも一つ聞くってのはどうだ？　単純で分かりやすいだろ？　お前が勝ったら、さっき言った案を全て呑《の》ませる事もできるし、気に入らなければ俺に止《とど》めを刺せば良い。何なら、誓約書も書こうか？」

「……不要だ。闘争の果てに、そのような無粋なものは必要あるまい。そもそもゲーム云々以前に、屈服させた相手への支配権が勝者に与えられるのは、至極当然の事だ」

「ハハッ、話が早くて助かるよ」

俺が黒杖《こくじょう》を肩に担ぎながら距離を取ると、奴も同時に後方への移動を始めた。良いね、打ち合わせもなしに公平な間合いを自然に取れるってのは。最初とは違って、この辺の空気は読んでくれるもんなんだな。

「思いの外話が長くなっちまった。義体《そっち》の制限時間が来る前に、さっさと始めてしまおう。準備は良いか？」

「無論。測ってやろう、見定めてやろう、そして屈服させてやるぞ、ケルヴィン！　冥府の旧支配者にして『死の神』と謳われた、このケルヴィム・リピタがな！」

「お、尚更《なおさら》に良いねぇ。戦場での名乗り上げってやつか。じゃ、コホン……S級冒険者、『死神』のケルヴィン・セルシウスだ！　非力ながらに抵抗して、ついでに楽しませてもらおうか！」

闘気を、魔力を、プレッシャーを解き放つ。周辺の海や雲が何やら荒れ始めているようだが、今はケルヴィムにのみ集中する。

「大風魔神鎌《ボレアスデスサイズ》！」

「闇帝の法鎌《アヴィスターク》！」

手始めに出現させるのは、やはり頼れる相棒の大鎌だ。手に馴染《なじ》み、より戦闘意欲を掻《か》き立ててくれる――なんて思っていたら、ケルヴィムも大鎌を出して来やがった。どこまでも黒く、かつて黒女神時代のクロメルが使っていた、あの真っ黒な魔法に似た雰囲気の大鎌だ。バトル中にこんな事を考えてしまうのも何だが、戦闘《そこ》スタイルまで似てしまうもんなのか？　つか、さっきの口上で二つ名も似てなかった？

「けど、何気に鎌対決は初めてだな。それはそれで新鮮で良し……！」

「使い古した良い得物ではないか。だが、俺の方がより危険だぞ？」

「……フッ！」

奴が振るった漆黒の大鎌と、俺の振るった暴風の大鎌が正面から激突する。

「ッ……！」

衝突するや否や、俺の大鎌が消失し、敵の大鎌がスッパリと両断された。この展開は素直に喜んで良いものだろうか？　リドワンもといハード戦の時とは違い、敵側にも攻撃は通じている。しかし、こちら側もただでは済んでおらず、よく分からない効果で大鎌が消えてしまった。いや、大鎌に使っていた魔力自体が瞬時になくなったと言うべきか。攻撃の衝撃波で割れてしまった海や雲はそのまま残っているから、やはり魔法を対象に作用しているのか？……ハハッ、愚問だった！　この展開は実に喜ばしい！

「嬉しいなぁ、初見の強敵との戦いってのは！　魔力吸収の類か、それとも魔法を無力化する力か⁉」

「フン、俺の闇帝の法鎌《アヴィスターク》を斬ってしまうとはな。お前の力は単純だが、だからこそ凶悪であるらしい！」

　俺達は再度大鎌を展開させ、攻撃を仕掛け合う。得物をぶつける度に双方の大鎌が破壊されてしまう為《ため》、敵よりも早くに大鎌を再生し、如何にして敵よりも早くに大鎌を振るうか、そんな勝負に入っている感じだ。敵も大鎌の扱いに長《た》けているらしく、このゴリ押しの押し付け合いは拮抗《きっこう》。計二十回ほど大鎌が破壊された辺りで、俺達は弾《はじ》けるようにして互いに距離を取っていた。

「斬裂旋風群《ハリケーンリッパー》！」

　間合いを取る時間ももったいない。その間にS級緑魔法【斬裂旋風群《ハリケーンリッパー》】を詠唱した俺は、この海域に幾つもの竜巻を発生させた。真下の海水を巻き込んで周囲を旋回するこいつらは、攻撃手段であると同時に頑丈な防壁、更には目眩《めくらま》しとしても機能する万能魔法だ。更に更に、この竜巻達は合体と分離が可能で、様々な戦況に対応する事ができる。さて、ここからどう攻めて――

「――風葬の黒天輪《ジブリール》」

俺が詠唱を完了させた直後、ケルヴィムが漆黒の波動、輪っかのようなものを周囲に拡《ひろ》げた。水滴が水面に落ちた時に生じる波紋の動きの如く、その輪は横へ横へと凄《すさ》まじい勢いで拡がり続けている。漆黒の波紋は紙のように薄く、速いと言ってもただ横に拡がっているだけなので、俺が避けるのは容易だ。けど、触れるのはマジでやばい。何があっても絶対に触るなと、さっきから俺の察知スキルが警鐘を鳴らし続けている。

◇　◇　◇

迫り来る黒の波紋を躱《かわ》す。先ほども言ったが、これ自体は簡単な事だ。だが、周囲に展開している斬裂旋風群《ハリケーンリッパー》はそうもいかない。竜巻の壁らしく海面から上空に至るまで、絶対に当たるであろう高さを誇っていたからだ。

――ズッ。

敵の最も近い位置にいた竜巻が、黒の波紋に接触してしまう。するとその瞬間、竜巻は魔力を消失させて消えていた。ついさっき、俺の大鎌がケルヴィムの大鎌と衝突し合った時のように、だ。そうしている間にも、黒の波紋は次々と竜巻を巻き込み、消失させていく。普通巻き込むのは竜巻側だろと、軽く冗談を言ってしまいたいくらいに愉快な光景だった。

「だけど、ジョークは連続して言うもんじゃないってな！」

まだ無事な状態にある斬裂旋風群《ハリケーンリッパー》を操作し、波紋の軌道に入らないように分離を行う。上下真っ二つに分かれた竜巻は、海を巻き込む下の方はそのままに、空を駆ける上の方はより自由に動き回れるようになっている。

「ほう、あの大規模な竜巻を二つに分けるか。器用なものだな」

「戦闘中の無駄話も嫌いじゃないが、今は戦いに集中してほしいんだが？」

「まあそう言うな。こう見えて、俺は結構お喋《しゃべ》りな方なんだ」

「ああ、そうかい！」

分離させた竜巻五つを合体させ、風車のような形へと変化させる。既に羽根の一つ一つが回転している訳だが、更にこの風車自体を回転させて――放出する。

「斬裂旋風車《ヴィントミユーレ》！」

こいつは通り過ぎる物体全てを粉砕する、言うなれば巨大なシュレッダー、いや、採掘機のようなものだ。地上だと周辺への被害が酷《ひど》い事になる為、こういった何もない海の上でしか使用できない魔法の一つである。だけど、そんな危険な魔法もこいつからすれば――

「闇帝の法鎌《アヴィスターク》」

――たった一度、大鎌で斬りつけるだけで無効化されちまうんだからな、本当に堪《たま》らないよ。血が滾《たぎ》る。

「フッ！」

「なるほど、今の魔法は目眩しに過ぎなかった訳か！」

斬裂旋風車《ヴィントミューレ》の陰に隠れながらケルヴィムへの接近を果たしていた俺は、壁が無力化されたのと同時に大鎌を振るった。奴《やつ》が風車を迎撃し、その隙を狙っての攻撃だ。当然、序盤も序盤なこの程度の策で奴がやられる筈《はず》もなく、攻撃後の体勢から難なく躱してくださった。詳細不明の能力、大鎌の扱いだけでなく、こいつは体術にも期待を持たせてくれるらしい。

「おいおい、俺も大概だが魔力が底知れないな、アンタ！」

「驚いているのは俺の方だ。ケルヴィン、お前は本当に人間か？　その規模の魔法を、なぜ連続で詠唱する事ができる？」

大鎌で斬り合い、壊され、形成し直し、雑談に興じる。強敵との戦いとは忙しいものだ。ついつい時間を忘れそうになってしまう。

「っと！」

嫌な予感がした為、奴の大鎌を躱すついでに真下へとダイブ。するとその直後、先ほどまで俺が居た場所に、何かが背後の方から戻って来ていた。さっきの黒の波紋、彼方《かなた》へと通り過ぎて行った筈の、あの輪っかである。

「おいおい、ブーメランかよ!?」

「投げてそれだけでは、魔法として芸がないだろう？」

そんなケルヴィムの言葉を体現するかのように、戻って来た輪は上下左右と目まぐるしく矛先を変えながら、その場で回転し続けている。なるほど、輪を外側へ展開している時以外は、ああやって輪自体を動かす事もできるのか。

「ああ、そうだ。折角だから警告しておこう。俺の権能は『致死』だ。俺の攻撃はどのようなものであれ、触れただけで死に直結する。精々気を付ける事だ」

「そいつはご丁寧にどうも……！」

どうせ触れたらアウトなのだからと、ケルヴィムは自信満々に能力を説明してくださった。致死、つまりは接触そのものが即死に繋《つな》がるって事か。触れたものを最低値のステータスにまで退化させるクロメルの力と同じくらい、嫌らしくも実用的な攻撃だ。……ん、即死？　さっき確認したのは、魔法の消滅だったぞ？

「ケルヴィン、お前はこう思っているのだろう？　致死が俺の力であるとすれば、さっき魔法を掻き消したのは一体なぜなのか、とな！　教えてやろう、戦いながら心して聞くが良い！」

「ええっ……」

今までにないタイプの説明の仕方に、期待していた戦闘中であるにも拘《かか》わらず、俺は何とも間の抜けた表情を作ってしまった。いや、戦うけどさ。今も大鎌を壊し輪を壊し、他にも色々と魔法のクソ激しい応酬をしているけどさ。展開は兎《と》も角《かく》内容は満足だけどさ。何か腑《ふ》に落ちねぇ……

「我が権能『致死』は、生ある者を不条理な死に至らしめる最凶の力！　生物はもちろんの事、それらが発した魔力をも死滅させる事が可能なのだ！　先ほど、お前の魔法が消失したのもその為よ！」

「要はHPだけでなく、MPも0にするって事か!?」

「理解が早いな、流石《さすが》は俺が目を掛けた男よッ！」

「またまたどうもッ！」

「興が乗った！　お前にだからこそ教えてやるが、俺はまだ権能を完全には顕現させていない！　その意味が分かるか？」

「権能の力はこんなものではない！　プラス、俺はまだ本気を出していない！って事だと嬉《うれ》しい！」

「その通りだ！　だが、この程度の戦闘にはまだ出してやらん！　なぜならば、お前もまた本気を出していないからだ、ケルヴィン！」

　お喋りが過ぎる性格にこそ難はあるが、こいつの実力と能力はやはり厄介そのものだ。このまま実直に戦うのも乙なものだが、トータルで考えると一度でも触れたらアウトな俺が不利。奴の義体の制限時間も無限ではないだろうし、いたずらに戦闘を長引かせるのは論外だな。

「栄光の聖域《グローリーサンクチユアリ》！」

「何かと思えば、この程度――皮膚下の鉄剣《クシヤスアラ》！」

栄光の聖域《グローリーサンクチユアリ》による拘束を試みるも、奴の体から突如として生えて来た数本の黒剣が、結界のリングを全て貫き破壊してしまう。多分、黒魔法に権能の力を付与しているんだろうが、そんな義父《とう》さんみたいな事もしちゃうのか。リーチのある大鎌の攻撃なら大丈夫だが、それ以上の接近戦、たとえば格闘術での戦いを仕掛けていたら不味《まず》かった。

「……フゥ」

奴の体の中に黒剣が戻って行くのを見届け、小さく息を吐く。俺の周囲には先の戦いの最中に生成した剛黒の黒剣《オブシダンエッジ》が群体で浮遊しており、その矛先をケルヴィムに向けている。が、これを放出したところで、結果は今までと変わらないだろう。

「どうした、もう疲れたのか？」

「いいや、余力を残した戦いはこのくらいにして、そろそろ本気をぶつけ合いたいと思ってさ。そっちにも義体の制限時間があるんだろ？　ならこの戦い、時間切れなんかで終わらせたくない。それにケルヴィム、お前の本気も是非この目で見てみたいんだ」

「……それはつまり、お前も漸《ようや》く本気を出すと？」

「本気もそうだが、召喚士としての本領を発揮するって意味もあるかな」

「召喚士……？　ああ、なるほど、そういう事か。だがケルヴィンよ、俺を相手に頭数を増やすのは愚策ではないか？　確かに攻め入るチャンスは増えるだろうが、同時にそれは仲間を危険に晒《さら》す行為でもある。四肢の欠損、肉体に大穴を開ける程度の負傷であれば、お前の白魔法で癒す事もできようが……死んでしまっては無に帰すのみ、汎用の力では生き返らせる術などない。それともケルヴィン、お前にそのような力があるとでも？」

「いいや？　そんな上等な力、俺にはないさ。見た事はあるけどな」

「何？」

尤《もっと》もその術も、エストリアの使徒脱退によって、今や失われている訳だが。俺が考えている策は、もしもの事態が起こってからの事ではない。そんな最悪な展開にさせる気もない。

「来い、ハード」

俺の手元に黒き球体、配下のハードを召喚する。

「ッ！……お前」

「お前にとってこいつは天敵だったりするんじゃないか？　なあ？」

◇　◇　◇

「天敵だと？　リドワンを出して来た事には少し驚いたが、なぜそうなる？　俺よりも圧倒的に位が低く、お前に敗れる程度の実力しか備わっていないリドワンが、どうして俺の天敵になると言うのだ？」

先ほどまでとは打って変わって、ケルヴィムの表情は不機嫌そのものになっていた。まあ、仲間思いのこいつの事だ。どちらかと言えば天敵であると指摘された事よりも、俺の配下となったリドワンを目の前に出された事を怒っているように思える。

「そんなにムキになるなよ。まるで核心を衝かれたみたいだぜ、ケルヴィム?」

「戯言《たわごと》を……!」

まあ、俺としてはどちらでも良い。この戦いがより白熱するように、それとなく誘導するだけだ。

「これまでの話から察するに、この元リドワンが俺の配下になった事を、お前達《たち》はもう知っているようだ。さっきの意趣返しという訳じゃないが、元お仲間と戦う事になった時、果たしてお前は――」

「――俺は権能を使う事ができるのか、というくだらない質問か? 愚問だ、取るに足らない、無意義な問いだ。ケルヴィンよ、どうやら俺はお前を過剰に評価していたらしい。……良かろう、それほどまでに見たいのであれば、見せてやる。俺の権能の、真の力をな」

「漸くその気になってくれたか。それじゃ、その真の力とやらで俺を潰してくれ。自慢の『致死』とやらでな」

「言に及ばず。――権能、顕現」

「ハード、智慧形態《アスタロトフォーム》」

◇　◇　◇

ケルヴィンとケルヴィム、双方から放たれたのは黒き輝きであった。遮蔽物のない海上を照らすその光は、不気味とも幻想的とも取れる異質のもの。普通であれば一つとして現れる事のない怪奇現象であるが、この日この海の上では、そんな奇奇怪怪が二つも出現してしまう。先の戦闘により、海の生物や渡り鳥などは既に退避を完了しており、この光景を注視しているのは聖杭《ステーク》に居るルキルくらいなもの――なのだが、遠く離れた大陸の海岸にて、この黒き光を目にした者も多数存在していた。その者達は海の向こうからやって来る、あまりに現実離れした光景に、この世の終わりを強烈に予感してしまう。以降、彼らはその話をする度に、夢でも見たんだと周囲に嘲笑される事となる。が、本人達は周りに何を言われようとも、頑《かたく》なに夢ではなかった、夢であればこんな世迷い事は直《す》ぐに忘れるものだと、神妙そうに語り続けたという。

……そろそろ場面を戦場に戻そう。先に光の中から姿を現したのは、権能の顕現を終えたケルヴィムの方であった。纏《まと》っていた黒ローブをはだけさせ、上半身を晒す格好で顕現を終えた彼は、その身に漆黒の紋章を隙間なく刻み込んでいた。頭部には羊の巻き角を想起させる雄々しい角が、背には炭化したかのように真っ黒な骨の翼が備わっている。堕天使と言うよりも、その姿は悪魔に近い。いや、むしろ悪魔そのものと言っても差し支えないだろう。唯一、頭上の漆黒の輪のみが堕天使である事を主張しているようで、その姿の異様さに拍車をかけていた。

そんな堕天使と悪魔のハイブリッドと対峙《たいじ》するケルヴィンも、やがて黒き輝きの中から姿を現す。ローブを脱ぎ捨てたケルヴィムと相反するように、ケルヴィンはローブ――智慧の抱擁《アスタロトブレス》の上に、更に別のローブマントを羽織り、フードを被《かぶ》っていた。色彩はこちらも黒で統一されており、荘厳ながらも所々擦り切れるなどして、かなりボロボロな仕上がりとなっている。エフィルが手掛けた逸品であれば、まずこうはならないであろう状態だ。しかし、その破滅的な仕上がりがより一層『死神』感を演出しているようで、こちらも底知れない不気味さが溢《あふ》れ出している。

「……お前、リドワンを纏ったのか？」

「流石、ひと目で分かっちまうか。こいつは何にでも変形できるし、俺から下された指示が具体的であればあるほどに、変形後の形態もそれに近しいものになっていくんだ。そして、それは何も貴金属の類に限定されない。元リドワンは金属って言うよりも、流体に近い特性を持っていたみたいでさ。このローブマントみたいな生地にも化けられるんだよ。俺の妹は人狼一体《じんろういったい》ってよく言ってるけど、これもある意味で一心同体かな？　どうだ、似合ってるか？　これ、セラ考案の悪魔的デザインなんだよ。悪魔的な見た目になったお前にならなら、共感できるところもあるんじゃないか？」

「確かに、そのセンスには感嘆の息が漏れるところではあるが……リドワンで着飾っただけではないか。そんなもので、権能を顕現させた俺と渡り合えるとでも？」

「その気がなかったら、初めからこの場所に立とうだなんて思ってはいないさ。それよりも時間が惜しい。一秒でも多く……その力を、堪能させてくれッ！」

「ッ!?」

大鎌を携えたケルヴィンが、真っ正面からケルヴィムの方へと突貫する。『致死』の恐ろしさを知った上での、この直情径行な行動は無謀が過ぎた。しかし、だからこそ、ケルヴィムはその行動に大きな驚きを禁じ得ない。

「血迷ったか!?　黒骨翼《アズム》!」

骨の大翼、その鋭利な羽先を目標《ケルヴィン》に定めたケルヴィムが、勢いよくそれらを放出する。大翼は迫る最中にも枝分かれしていき、まるで増殖するかの如《ごと》くその数を増やして行った。

「大風魔神鎌《ボレアスデスサイズ》・Ⅲ《トリプル》!」

それに対抗してなのか、ケルヴィンは大鎌を更に肥大化させ、迷う事なくそれを振るった。やがて、強大なる斬撃は多くの骨の翼を巻き込みながら激突。骨の翼は両断され、大鎌が消失していく――これまでの流れであれば、この攻防の結果はそのようになっていただろう。……が、今回は違った。

「黒骨樹《ファルア》!」

ケルヴィムの骨の翼が両断された直後にその断面から新たな骨を生やし、目にも留まらぬ急成長を遂げていく。より多く、より強靱《きょうじん》に育った大翼は、斬られる以前よりも凶悪な存在へと化していった。その圧倒的な手数と攻撃速度は、ケルヴィンに次の大鎌を作らせる隙を与えないほどのもの。では、この戦いはケルヴィムが勝利したのか?　と問われれば、決してそんな単純な事でもなかった。

「おう、斬り甲斐《がい》があるなぁっ！」

「!?」

　ケルヴィンの大鎌もまた消える事なく、続け様に更なる一撃を放っていたのだ。いくら『致死』を施した翼をぶつけようとも、大鎌が消える様子はまるでない。

（なっ、なぜ!?　いや、この複雑な魔力の流れは……同じS級魔法で何重にも周りをコーティングして、消えた側《そば》から次の魔法を内部から取り出しているのか!?　魔力が膨大だの小手先が利くだのと、そんな次元ではない。こいつ、どれだけ戦いの為《ため》に人生を捧《ささ》げ、戦いの事ばかりを考えて来たのだ……!?）

　そう、ケルヴィンは固有スキルである『魔力超過』を強化の為ではなく、幾重にも一つの魔法に内包させる為に使用していたのだ。剝がされても剝がされても、マトリョーシカのように次々と中から現れる大鎌は、最低でもその数分だけ攻撃できる事を意味している。この一瞬でその事実にまで辿《たど》り着いたケルヴィムの洞察力も凄《すさ》まじいものだが、それだけでは大鎌の残弾の数まで知る事はできない。できる事と言えば可能な限り攻撃して、何とか力業で削り切るくらいなものだ。

　だが、その唯一の方法も、また簡単な事ではなかった。ケルヴィンはこの時、自身に風神脚《ソニックアクセラレート》をⅡ《デュアル》、Ⅲ《トリプル》、Ⅳ《クアッド》の全てを施しており、要所要所で速度を入れ替えながら突貫していたのだ。要は驚異的なまでにスピードに緩急があって、実体が捉え辛《づら》いのである。事実その速度は、生き急ぐ《ヴィーヴル》を使用していたセラ以上に厄介なものだった。離れようにもケルヴィンの方が圧倒的に速い為、ケルヴィムはこの場で迎撃するしか――

「よう、お互いに必中の間合いだな」

――いや、そんな時間さえも、ケルヴィムには残されていなかったようだ。

◇　◇　◇

ケルヴィンがケルヴィムの間近にまで接敵した事で、お互いが攻撃を仕掛ければ確実に相手に当たるであろう状態になっていた。大鎌を構え、攻撃を放つ寸前の体勢となるケルヴィン。対するケルヴィムもまた、反射的に大鎌を構えての迎撃体勢となっていた。突破された骨の翼を再構成しても攻撃は届くだろうが、それよりも手元の大鎌で攻撃した方が早いだろう。

（おい、ここまで来てやったぞ？　後は分かるよな？　殺《や》らなきゃ殺られる場面だぞ？　分かるよな？）

（フハハッ！　面白い！　こいつ、本当にここまで到達して来おった！　良いだろう、その覚悟を称賛しよう、受けてやろうではないか！）

間近で視線をぶつけ合った二人は、それだけで相手が何を考えているのかを理解した。双方が繰り出すは、相手を殺す為の一撃――自らの守りを度外視した、肉を切らせて骨を断つ為の攻撃である。

——ズズッ。

「「……ッ！」」

振るわれた大鎌が互いの敵へと命中する。

ケルヴィンの大風魔神鎌《ボレアスデスサイズ》、袈裟《けさ》斬りの形で振るわれたこの絶対斬撃は、ケルヴィムの左腕をまず切断し、その勢いのまま彼の胴体をも斜めに断ち切った。左腕を失い、肉体が上下に分かれてしまったケルヴィムは、その断面より夥《おびただ》しい量の血液を撒《ま》き散らす。しかし、それでも死の神は笑っていた。吐血した口で、ケルヴィンのような笑みをこぼしていた。

そう、彼もまた攻撃を終えていたのだ。

ケルヴィムの闇帝の法鎌《アヴィスターク》、真下から抉《えぐ》り込むような形で振るわれた致死の刃は、ケルヴィンを確実に捉え、その身に攻撃を食らわせていた。当然この攻撃には『致死』の権能が使用されており、接触＝即死という理不尽な方程式が成り立つ——筈だった。それでも死神は笑っていたのだ。致死の攻撃を食らった上で尚《なお》、いつもの笑みをこぼしていたのだ。そう、ケルヴィンは死んでなどいなかった。

「皮膚下の金剛剣《クシャスサルフ》！」

攻撃を放った直後、文字通り半身の状態になっているにも拘《かか》わらず、間髪を容《い》れずケルヴィムは追加の魔法を放った。胸部の中心から巨大なる剣を放出し、貫くというよりも吹き飛ばすという形でケルヴィンを彼方《かなた》へと追いやる。この致死攻撃もケルヴィンにヒットき——した筈《はず》なのだが、ケルヴィンは吹き飛ばされる最中に空中にて急ブレーキをかけていた。そして、先ほどの歪《いびつ》なままの笑顔をケルヴィムへと向ける。

「クハハッ！　自分の権能を信じている割に用意周到、いや、流石《さすが》の柔軟さと言うべきか!?　追撃の先手を取られちまった！　どちらにせよ、お前が生きていてくれて嬉《うれ》しいよ！」

口を忙《せわ》しなく動かしながら、巨大レーザーをぶっ放すケルヴィン。

「お前の感想などどうでも良い。なぜお前がまだ生きている？　俺が聞き出したいのはそれだけだ。ああ、この魔法には妙なトリックを仕込んでいないようだな」

大鎌でレーザーを切り裂き、その全てを消失させるケルヴィム。

「ああ、魔力馬鹿の俺も、流石に休憩なしに連打するのはキツイんでな！　しかし大したもんだよ、良い根性だ！　そんなになってまで、よく生きていられるな!?」

メルから借りて来た『大食』のスキルで魔力回復薬を一気飲みしながら、またまた接近を試みるケルヴィン。大鎌や周りの巨剣の残弾も新たに補充し終わっており、先ほどよりも明白に殺る気が漲《みなぎ》っている事が分かる。ついでに口端も、これ以上ないほどに吊《つ》り上がっている。

「俺の『自然治癒』力を舐《な》めるなよ？　この程度、秒で再生してくれるわ。だが、なるほど、そういう事だったのか……」

ケルヴィンが到達するまで骨の翼で迎撃し、その刹那の間に失った下半身と左腕を、断面から新たに生やすように再生するケルヴィム。一方で破損した装備までは再生できないようで、元から裸だった上半身＋新たに再生した下半身……イコール、現在は殆《ほとん》ど全裸に近い格好になっていた。ただ、この場面でそんな事を気にする者はいないので、些細《ささい》な問題にもならないだろう。

「おおー、すっげぇ！　プラナリアかよ!?」

「驚くのは言葉だけで、体は戦闘行動を維持したままなのだな。まったく、噂《うわさ》に違《たが》わぬ大馬鹿者だ」

物理魔法固有汎用スキル諸々《もろもろ》の殴り合いの中、ケルヴィムは漆黒の輪、風葬の黒天輪《ジブリール》を翼の先端に大量に展開し、それごとケルヴィンへと叩《たた》き付けた。ケルヴィンがそれを迎撃すると、その瞬間に輪が波紋となってランダムな角度へと各自展開。回避する隙間もないほどの密度で放たれたそれら波紋の幾つかを、ケルヴィンはもろに受け止めてしまう。

「……だが、今回も権能の効果は発揮せず、か」

「ああ、喜ばしい事に、な！」

二人の攻防は未《いま》だ止まらず、口もまた止まる兆しが見当たらない。

「これまでの攻防でハッキリした。ついでに頭も冷えた。礼を言っておこう」

「はて？　何がハッキリしたのか、言葉にしてくれないと分からないな！　言えよ、お喋《しやべ》りなんだろう？」

「リドワンが俺の天敵であるという、お前の発言の意味だ。リドワンに与えられた権能は『不壊《ふえ》』、如何《いか》なる攻撃も魔法も受ける事のない、無敵の肉体を手に入れる事のできる力だ。

だが、それだけでは俺の権能を無効化する事はできない」

「ああ、そうだな！　それだけだったのなら、俺もこんな馬鹿な真似《まね》をする事はなかった！」

　権能『致死』、接触しただけで対象を死に至らしめるこの力は、途轍《とてつ》もなく強力なものだ。だが、ケルヴィンはそれだけの力を発揮させる為に、条件や縛りが何もないのはおかしいとも考えた。その上でケルヴィンがこの戦いを通じ、明らかにした『致死』の縛り条件は二つ。一つはこの権能を付与する攻撃の種類が、斬撃や貫通させるといった物理的に損傷を与える行為に限られる事。そしてもう一つが、対象が生物として少なからずの自我がある、或《ある》いは魂的なものが備わっていないと、力が発揮されないというものだ。

　ケルヴィンはこれら仮説を検証する為、密《ひそ》かに竜巻の中に銃の弾丸程度に小型化させた、ハードの一部を仕込んでいた。もちろん、もしもの事があってはならないので、戦いの最中にハードを一度デラミスのコレットのところに召喚し、死を巻き戻す巫女《みこ》の秘術『生還神域《アルカディア》』を施してもらうという手間も掛けている。結果として、風葬《ジブリール》の黒天輪の波紋に接触してもハードは死なず、また接触面から黒の波紋がノコギリ状の刃として高速回転していた事も判明する。要はケルヴィンの立てた仮説は、どちらも合っていたのだ。

　よって自らをハードで覆い、彼の権能で守りを固める智慧形態《アスタロトフォーム》は、『致死』の権能に対抗できる最高の手段となった訳だ。自我を持たないハードが盾となる事で『致死』を無力化し、物理的魔法的なダメージも『不壊《ふえ》』でなくす事ができるとなれば、これ以上の対抗策は存在しないだろう。言ってしまえば、最高のメタ張りなのである。

「……なるほどな。リドワンの魂が聖杭《ステーク》に献上された事を見抜き、それが俺の権能の弱点になり得ると、そう推測したのか。まったく、俺さえも知らなかった権能の欠点を、こんなところで知る事になるとは」

ケルヴィムが攻撃を払い、片手を突き出して、所謂《いわゆる》待ったのポーズを取る。

「……何の真似だ？」

「残念な事に時間切れだ。時間内に十回は殺せると踏んでいたが、これがなかなかどうして。ああ、認めよう。お前の力は俺の予想、その遥《はる》か上を行っていた。……俺の負けだ」

パキパキと、ケルヴィムの角や翼に亀裂が走り始める。やがてそれらは完全に崩壊し、ケルヴィムは権能を顕現させる前の姿に戻っていた。……無論、装備までは元通りにはならず、裸のままだが。

「ったく、潔いのも考えものだな。徹底抗戦してくれないと、こっちは消化不良だぞ？……気分変わった？　もっとバトルしない？」

「変わらん。せん。これ以上の戦闘は本当に殺し合うまで続くものとなる。そうなってしまえば、どちらかが勝つにしろ、勝者もただでは済まないだろう。エルドと戦う前からそこまで消耗するのは、絶対に避けなければならん。それに、どうせ戦闘狂のお前の事だ。俺が要請しなくとも、自らエルドと戦いに行くのだろう？」

「……まあ、行っちゃうだろうな、うん。けど、本当に良いのか？　敗北それ即《すなわ》ち、俺の配下になるようなもんだぞ？」

「別に構わん。事が済んだら反旗を翻せば良いだけだ」

「おい、ぶっちゃけ過ぎだろ。少しは隠せ」

「必要ない。これもまた戦闘狂のお前の事だ。俺の反逆も喜んで受け入れて、戦いに臨んでくれるのだろう？」

「……まあ、受け入れるかも？」

「なら問題ないではないか。この状況は両者にとって好都合！　そうだろう!?」

「……そうだな！」

ケルヴィンは戦闘に勝つ事はできた。が、何やら言いくるめられているような、そんな空気が漂っていた。

◇　◇　◇

「勝者は敗者を好きにして良い、そんな話だったよな？　つまり、命令する権利は一つじゃなくて、幾つでも良いって訳だ」

戦いをこれ以上継続させるのは難しい。そう悟った俺は、早速話を纏《まと》める事にした。仕方なく、仕方なく嫌々纏める事にした……

「そういう話で戦いを始めた筈だ。神に二言はない」

「そうは言っても、あくまで口約束だったからな。だから、ほれ」

「む？」

「少しだけジッとしていてくれ。これ、ちょっと時間が掛かるんだ」

「むう……」

ケルヴィムの心臓部分、後は念の為《ため》に頭部を指差して、ある魔法を施す。相手が暫《しばら》くジッとしていてくれないと、この魔法は成功しないからな。不便なものである。

「……よし、もう良いぞ」

「漸《ようや》くか。で、一体何をしていたんだ？」

「ああ、ちょっと鷲摑む風凪《ハートカーム》を――って言っても分からないか。まあ、言ってしまえば時限爆弾のようなものを仕掛けさせてもらった。心臓と頭にな！」

「おい、気軽く何をやっている？」

尤《もつと》もなツッコミである。

「お前と同じで、戦闘が終わって俺も冷静になって来たんだよ。『致死』なんて危険な能力を持っている奴《やつ》を、口約束をしただけで野放しになんてできないだろ？　いくら何でもさ。元リドワンみたいに、俺の『召喚術』でマジもんの配下にするって手もあったけど、生憎《あいにく》ともうその枠がないんだ。で、この手を選んだって訳」

「なるほど、流石にそこまで愚かではなかったか」

「当然だ。ああ、ちなみにそれ、俺以外に権能を使おうとしたり危害を加えようとすると、脳と心臓を切り刻むようになってるから、そこんとこよろしく」

「全くよろしくないな……いや、待て。お前は良いのか？」

「は？　何言ってんだ、当たり前だろ？　こちとら、常時仲間からも寝首を掻《か》かれて首を持って行かれそうになったり、就寝中に関節を決められて逝きそうになってんだ。酒の席なんて命懸けだぞ？　事実、俺は何度も死にかけているからな。今更そこに一人くらい反逆者が紛れ込んだって、大した差はないよ」

「……一体どんな仲間なんだ？」

「首フェチで寝相と酒癖が悪いだけだけど？」

段々とケルヴィムが怪訝《けげん》な表情になって来ている。いや、俺は事実を述べただけなんだけどな。これくらい、ごく普通の事だろ？……普通、だよな？

「分かった、理解した。だからこその常在戦場、という訳か。納得がいった」

「……？　よく分からんが、納得してくれたようで良かったよ。じゃ、ちょっと聖杭《ステーク》にでも寄って、権能を回復させようか。実のところさ、ハードの権能も後数分しか持たなかったんだよ。もう少し粘れば良かったな？」

「フン、だからその手には乗らんと言っている。しかし、聖杭《ステーク》のその機能まで把握しているのか……さてはルキルからの情報だな？」

十権能《じっけんのう》は色々と制限が課せられているが、奴らが乗る聖杭《ステーク》にはそれら制限を部分的に緩和させる機能があった。それが白翼《イスラヘブン》の地外での活動制限時間、権能を行使できる制限時間の補充だ。恐らくではあるが、聖杭《ステーク》内に一定時間留《とど》まる事で、白翼《イスラヘブン》の地に居るのと同じ効果が発揮されているんだろう。尤も、白翼《イスラヘブン》の地で活動できる人数制限までは誤魔化す事ができないようだが。

「そんなところだ。つか、それを知らなかったら『不壊《ふえ》』の権能だって補充できないだろ?」

「ククッ、確かにそうであったな。俺が乗って来た聖杭《ステーク》を早速掌握するか? 安心しろ、帰還命令は出していない」

真上を見上げると、そこにはケルヴィムの言う通り、奴が乗って来た聖杭《ステーク》がまだあった。セラやセルジュの時と違って、聖杭《ステーク》が自動隠密《おんみつ》モードで逃げる事はないようだ。噂によれば、マジで知らない間に消えているらしいからな。ちょっと安心。

「いや、まずはあっちの聖杭《ステーク》で、ルキルと再会しておこうか。お互い、色々と言いたい事探りたい事があるんじゃないか? 俺はその様子を茶でもしばきながら眺めているよ。あ、もちろんルキルに対して変な事をしようとしても――」

「――時限爆弾が作動する、であろう? 全く、良い趣味をしているものだ」

「形式上、勝者は俺だからな。じゃ、そろそろ行くとしようか。っと、でもその前に、あー……」

ケルヴィムを一瞥《いちべつ》し、今になって大事な事に気付いてしまう。懐のクロト分身体に何か適当なものを出してもらい、それを奴に突き付けてやる。

「まずはこれでも着てくれ、うん……」

「……」

如何に相手がルキルと言えども、一応彼女も女性である。そんな彼女の前に絶賛キャストオフ中のケルヴィムを出す訳にもいかず、俺は適当な衣服と下着を差し出すのであった。

◇　◇　◇

ケルヴィムの着替えが終わった後、俺達《たち》はルキルが待つ聖杭《ステーク》の内部へと向かった。しかし、ルキルと協力関係を結んでから何度かお邪魔させてもらったこの場所であるが、魔法的と言うよりも随分と科学的、いや、未来的な印象を受けるんだよな。喩《たと》えるとすれば、ジルドラが建造した神の方舟《はこぶね》に似ていると言うか。力の系統が同じなんだろうか？　けど、これを創造した奴、セルジュが倒しちゃったんだよな。それは確かにもったいないなぁと、ケルヴィムに同情してしまったり。

「ちなみになんだが、聖杭《ステーク》って全部でいくつあるんだ？」

「六機だ。ルキルが奪ったものが一機、そして俺が持ち込んだものが一機ここにあるから、白翼の地《イスラヘブン》には残りの四機がある事になる」

「こ、こんなデカブツがまだそんなにあるのかよ？　そんなすげぇ開発者を前線に出すとか、マジで意味が分からないな……」

「だから俺が行動を起こした」

　こんな感じの軽い雑談を交えつつ、俺達は漸くルキルの居る聖杭《ステーク》の中枢部へと到達する。方舟よりは大分マシだけど、それでもやっぱ広いわ、ここ。

「来ましたか、変態共」

「あー、やっぱり聖杭《ステーク》に搭載された画面で見ちゃったかって、おい待て。何で共なんだ？　俺は関係ないだろ？」

　開口一番、ルキルが身に覚えのない罵声を浴びせてきやがった。全裸をかましたケルヴィムは弁解の余地がないとはいえ、なぜ俺にまでその矛先が向くのだろうか。当然、俺は断固拒否する。だって身に覚えがないんだもの。

「そうだ、俺は変態などではない。戦う事しか頭にないこのケルヴィンが変態なのは、まあ理解してやるところではあるが」

「おい、逆だろ!?　俺が指摘してやらなかったら、お前あのままここに来ていただろ!?」

「私からすれば、どちらも十二分に変態ですよ。……さて、馬鹿な話はここまでにしておきましょう。ケルヴィム・リピタ、戦闘前後でのケルヴィンとの会話、全て聞かせて頂きました。貴方《あなた》、本当にエルドを倒すおつもりですか？」

「でなければケルヴィンにおかしな魔法を使われてまで、ここまで来る筈《はず》がないだろう？　それに俺がこの場に居る事自体が、お前達にとって大きな利となっている。……まさか気が付いていないのか？」

「「？」」

　俺とルキルが揃《そろ》って首を傾《かし》げる。

「ならば説明してやろう、心して聞くが良い！　バルドッグのように死んでいるならまだしも、囚《とら》われるなどして生きている者がいる限り、義体の人数制限はそのまま維持される。俺にグロリア、そしてケルヴィンの配下となってしまったリドワン。これで義体が白翼《イスラヘブン》の地外で活動できる、限界人数の三人を満たしている。そろそろ理解できたか？　そう、もうこれ以上、十権能が白翼《イスラヘブン》の地を出る事はできないのだ！」

◇　◇　◇

　ケルヴィム曰《いわ》く、奴が白翼《イスラヘブン》の地に戻らない以上、他の十権能が外に出て来る事はないという。もちろん、これは現在セラが捕らえているもう一人の十権能も、そのまま捕獲した状態である事が条件となっているが……それでも、敵側がかなり不利になったのは確かだろう。どんなに強い力があろうとも、外に出られなければ白翼《イスラヘブン》の地に投獄されているようなものだ。

「各地に被害が出ないのは良い事だけど、もう十権能が攻めて来ないと思うと、何だか残念に思っている自分もいるような……」

「おい、何で複雑そうにしている？　この話はお前達にとって、メリットしかないだろうが？」

「変態だからですよ、重度の変態だからです」

だから変態じゃないと言うに。

「分かった、ここはポジティブに考えよう。もう敵側が攻め手に転じる事はない。そして、今まで居場所が不透明だった敵の本拠地、白翼の地《イスラヘブン》もケルヴィムの情報があれば、どこにあるのかが判明する。要は守りのターンが終わって、いよいよ俺達が攻めに行けるようになったってこった。そうだな？」

「ポジティブも何も、初めからそういう話だった筈だが？」

「やはり変態なんですよ、途轍《とてつ》もない変態です」

ハッハッハ！……ルキル君、そろそろバトりますよ？　キレはしないけど、バトルを所望し始めますよ？

「つか、お前ら意気投合してんのな……一応、立場的には敵じゃなかったっけ？」

「立場的には敵であるが、目的は同じだ。そう、エルドを倒し俺が十権能を正しき道に取り纏める為のな。神などという立場はなくなり、この世は真の自由を手に入れる事になるだろう！」

「そうです。十権能の長《おさ》であるエルドを理解《わから》させ、メルフィーナ様を崇《あが》め奉《たてまつ》り転生神に復権させるという、唯一無二の正解ルートへと導く為に必要な事なのです！」

「「……は？」」

漸くお互いのスタンスの違いを理解したのか、意見を言い合った直後にバチバチと視線で火花を散らし始める二人。肌に刺さるような良い殺気である。

「ルキル、エルドの背信を悟って、逸早《いちはや》く十権能から距離を置いたのではなかったのか？」

「貴方こそ、メルフィーナ様の素晴らしさに気付いて、裏切りを働いたのではないのですか？」

「何を馬鹿な事を言っている？　先ほど戦闘前後の話を聞いていたと言っていたが、お前のその耳は飾りなのか？　冗談だと言うのなら、まあ笑えないが許してやらんでもないが？」

「見た目からして素直ではない貴方の事です。そんな尤もらしい理由をつけて、十権能を離脱したと考えるのが普通でしょう？　え、何ですか、本気で言ってます？　頭腐ってます？　頭沸いてます？」

　あ、殺気がマジなものになりかけてる。そろそろ止めないと聖杭《ステーク》がやばそうだ。

「ああ、ちょっと待った。状況整理がしやすいように、当事者のメルを呼ぶわ」

「へ？」

『へ？』

　偶然にもルキルの声と、念話でのメルの声が重なる。あっちもこっちも、俺の言葉を予期していなかったようだ。という訳で、はい、召喚。

「……あなた様、なぜに私をここに？」

「必要だったからな。それに、いつまでもルキルと会わない訳にはいかないだろ？」

召喚されたメルは、手にマイＤＯＮぶりを持っていた。口元には米粒を幾つか付けている。どうやらお食事中だったようで。いや、メルは食事をしていない時の方が稀《まれ》だから、何らおかしな事はないか。これがいつも通りのメルである。

「ふわあああぁぁぁ――――！　メメメメ、メルメルメル、メルフィーナ様ぁ!?　そんな、そんな突然現れてもらっては困ります！　私、ルキルはまだ心の準備ががががぁ！」

「「!?」」

そんないつも通りのメルの姿に納得していると、大きな叫びを上げながら、ルキルが物陰へと猛ダッシュで隠れていた。あ、あれ？　なぜかルキルが発狂している。いや、ネガティブ狂信者ってのは知ってたけど、こんな感じで発狂する奴《やつ》だったっけ？　メルフィーナを前にしても、普通に会話はできていた筈だけど……

「ル、ルキル……？　えっと、一体どうした？　お前、メルに対してはもっとグイグイ来るタイプじゃなかったか？」

「か、覚悟と心構え！　以前は覚悟と心構え、そして綿密なイメトレをしていたから、あの時は良い感じに纏《まと》める事ができたのです！　と言いますかケルヴィン、行き成りメルフィーナ様を呼びつけるなんて、不敬にもほどがありますよ!?　ぶっ殺しますよ!?　理解《わから》させますよ!?」

「……あなた様、ルキルがああ言っている事ですし、私は帰っても良いのでは？　この通

り、まだ食事も終えていません。戻してください。今直《す》ぐに、ハリー」

「待て、逃げようとするんじゃない。つか、殺す宣言をされている俺を残して行く気かよ。質《たち》は悪いが、アレもお前の信者なんだ。女神なら俺と一緒に相手をしてくれ」

「あなた様の場合、そんな宣言をされても喜んで受け入れるじゃないですか。それに私、元女神なので。もう女神じゃないので」

駄目だ、こいつこの空気に中《あ》てられて、マジで帰りたがってる。いや、俺にだって選ぶ権利はあると思うんだよ。いつもなら喜ぶところだけど、何かルキルは少し毛色が違うと言うか、何と言うか……

「まったく、この場には変態しかいないのか？　実に嘆かわしい、困ったものだ」

「お前にだけは言われたくないわ！」

◇　◇　◇

「――それで、何のお話でしたっけ？　私はそこまで暇ではないのです。手短に説明してください」

休憩時間を挟み、落ち着きを取り戻したルキルが、不服そうにそんな事を言って来た。どうやら覚悟と心構えとやらが完了したようである。

「一度、お互いの利害関係を整理しておこうと思ってさ。確認だけど、ルキルの目的はメル、いや、メルフィーナを転生神に返り咲かせる事。その為《ため》には天使の長達の義体を使っている十権能《じっけんのう》に、その事を了承させる必要がある。つまりはそいつらに強さを示す必要がある訳だ」

「大事なところが抜けていますよ。その上で、十権能全員にメルフィーナ様の素晴らしさを理解《わか》させるのです。布教には地盤固めが必須ですからね。過去に罪を犯した十権能を改心させたとなれば、メルフィーナ様に対する信仰はそれはもう凄《すさ》まじい事に――」

「――わ、分かった、分かったから、その辺にしておいてくれ。で、一方のケルヴィムの目的は十権能のリーダー、エルドを倒して十権能を正しき姿に戻す事。そして、邪神の教えの通り世界を自由に……ええと、諸々《もろもろ》の神を倒して、他の全世界を抑制のないものへと変える事、だったな？」

「うむ。まあ、その為にはケルヴィンを倒すという工程も挟むのだがな。今の第一目標はエルドを排除する事だ。その点においての反対意見はあるまい」

「お待ちなさい。これ以上、十権能の頭数を減らすのは賛成しかねます。長の過半数の賛成でメルフィーナ様を転生神に復権させる事はできますが、後々の信者の数が減ってしまいます。あなた方には真のリンネ教幹部として一心不乱に信仰活動をですね」

「ですから、私は神に戻る気なんてないんですって。めでたくも寿退社をした私は、これから子育てに励むという大任が待っているのですから！　モグパク！」

「フッ、お前の神とやらは、ああ言っているようだが？　どうやら最初からその選択肢はなかったようだな！」

「いいえ、何ら問題ありません。なぜならば、十権能と共にメルフィーナ様にも理解《わか》って頂く予定でしたからね！　真の信者というものは、心を痛めながらも間違いを指摘するものなのです！」

「……」

俺は思った。手っ取り早くバトって決めたいなぁ、と。

◇　◇　◇

このままバトルを開始するのも魅力的ではあるが、それでは今後の活動展開が先細りしていってしまう。折角手に入れた二つの聖杭《ステーク》確保は絶対、十権能との決戦を前にルキルとケルヴィムがぶつかり合うのもNGだ。つか、どっちも然《しか》るべき時に俺が食う予定なんだ。こんなところで無駄な力は使わないでほしい。

「はいはい、お前らその辺にしておけよ？　こんなところで力を消耗している場合じゃないって、賢いお前らなら分かるだろ？」

「当然です。と言いますか、なぜ貴方が上から目線なのですか？　恥を知りなさい」

「なかなかに建設的な意見だが、此奴《こやつ》の思想は危険過ぎる。大義を成した途端、直ぐ様にまた裏切りかねないぞ。今この場で処してしまった方が、今後の為になると思うが？」

「お前ら、どこまでも喧嘩腰《けんかごし》のスタンスなんだな……ルキル、当然と言うのなら、模範的な信者としての姿勢で示してくれ。ケルヴィム、どっちにしたって、今のお前は俺以外の奴といざこざは起こせないぞ」

「「むう……」」

　俺の言葉を受け、二人は渋々といった感じで身を引いてくれた。まったく、手の掛かる協力者達《たち》だ。

『あなた様、なかなかの仲裁っぷりですね。本妻ながらに驚きです』

『あの台風みたいに個性的な弟子達の指導を暫《しばら》くしていたからな。何か慣れて来たっぽいわ』

　ルキルとケルヴィムは狂気的で破滅的な思想をしているが、それでもまだ話せる方だ。実際、どちらも口を出しても手は出さないからな。なら、お互いに利のある方へと誘導してやれば良い。より楽しい展開になる泥沼へと、ゆっくり、慎重に、確実に。

「話を纏めよう。十権能の長の処遇はさて置き、残りの十権能を生かすという考えは、どちらも同じなんだな？」

「ええ、大切な承認装置兼、真リンネ教の幹部候補ですから」

「他の者達は無能なエルドに従っているだけに過ぎない。頭が俺に替われば問題はなくなるだろう」

「意見一致だな。エルド以外の十権能とは戦いはしても、命までは取らない！　但し、これは余力がある時限定の話だ。こっち側もピンチだったり余裕がなかった場合は、最悪殺してしまう場合がある事を頭に入れておいてくれ」

「……まあ、仕方ありませんね」

「ああ、我々は全員が何かしらの権能を有している。楽な戦いなど一つとしてないだろう」

よし、一先《ひとま》ずここまでは納得してくれたようだ。

「肝心のエルドの処遇については、そいつとの戦いが決着してから決めれば良いだろう。ひょっとしたら、その時には誰かが戦闘不能になっていて、今みたいに言い争える状態にないかもしれないぞ？　その時に残った連中同士で片を付ける、もしくは運良く生き残った奴がいいとこ取りをする……ってのは、どうだ？　一時的のものとはいえ、決戦前から協力者同士で争うよりは随分とマシになると思うけど？」

「意図して問題を後回しにすると、そういう事ですか。背は預けても油断はできませんね」

「俺はそれで構わん。ルキルが俺の同胞に勝てるとは思えんしな」

「貴方《あなた》、一体どちらの味方なんです？　頭バグってます？」

「俺はいつでも神アダムスの味方だ」

「はいはい、止《や》め止め。ったく、暇さえあれば争おうとするよな、お前ら。少しは理性的な俺を見習ってくれよ」

「「……」」

何だ、気が合うところも時もあるんじゃないか。そうやって仲良く「何言ってんだ、こいつ？」みたいな顔をして。俺は理性的だからな、今日のところは喧嘩を買わないでおいてやる。だが、後で絶対に買ってやる。買ってやるからな……！

「目標が定まったところで、計画を補強していこうか。ケルヴィム、聞いておきたい事があるんだが――」

「――残りの十権能の能力についてか？」

「……察しが良いな？」

「これから攻め入る立場として、これらの情報を欲するのは当然の事だ。であれば、察するのも容易《たやす》い。それに、ルキルが権能についての情報を詳しく知っているとは思えんからな」

「あー、確かにその情報は微妙だったような……」

「フッ、やはりな。もう少し情報収集をしてから離脱した方が良かったのではないか？　うん？」

「……聖杭《ステーク》の奪取と共に離脱するには、あのタイミングがベストだったのです。義体に施した制限についても、遠くないうちに発覚していたでしょう。どう考えても、あれ以上の長居は無用でしたよ」

得意気なケルヴィムとすまし顔のルキル。恐らく俺の知らないところでも、巧妙な情報戦があったんだろう。まあ、そこらへんは興味がないので割愛、さっさと肝心の本題へと移らせてもらう。

「で、同僚の権能について教えてはくれるのか？」

「ああ、構わない。元より俺はケルヴィンに敗北した身、断る権利などないさ。ルキルも、まあ……決戦の後に戦死しているのが最上ではあるが、これくらいの慈悲はくれてやっても良いだろう」

「貴方を含め、既に四名もの敗北者が出ていると言うのに、随分な自信ですね。ですがまあ、驕《おご》りが過ぎるというのは好都合、耳に入れて差し上げましょう」

「「……」」

「ふう、お腹《なか》が減りました……」

ルキルとケルヴィムの口喧嘩《くちげんか》も割愛させてもらおう。メルフィーナには干し肉でも食わせておこう。

「――現状、最も警戒しなければならないのは、『支配』の権能を持つレムだろう。奴の『支配』であれば、白翼の地《イスラヘブン》の内部から外に脅威をばら蒔《ま》く事が可能だ。他の十権能が外に出られない事実を知れば、その代わりにレムが操る何かが外に出る可能性は十分にある」

「ああ、確か対象を操り人形みたいに操作できる能力だったたっけ？」

そういう意味では、うちのシュトラと似た力にも思えるかな。

「ルキルの話では、能力を使用できる数や範囲までは分かっていなかったな。その辺はどうなんだ？」

「数は少なくとも数万、範囲は最低でも視界に収まるもの全てだ」

「「……はい？」」

「モグモグ！（塩加減が絶妙！）」

予想の遥《はる》か上を行っていた能力に、思わずルキルと声を合わせてしまう。メルフィーナも同時に声を上げたようだが、多分こいつは違う事を言っていると思う。無視。

「何を驚いている？　これでも権能を顕現させていない状態での限界だ。レムが権能を顕現させれば、更にそれら操作対象が能力を十全に使用できるようになる。操作範囲は……義体による制限もあるだろうが、大陸全土を支配下に置く事くらいはできるだろうな」

「いや、それは流石《さすが》に規模とかが桁外れと言うか……そのレムって奴《やつ》、お前よりも強くないか？」

「そうですそうです！　貴方、名ばかりの副官だったのではありませんか!?」

「フッ、ここぞとばかりに声を荒らげるではないか。確かに俺とレムは相性が悪い面もある。レムが魂の宿らないもの、例えば鎧《よろい》などを操れば、それらに俺の『致死』の権能は効かないからな。だが万の鎧が集まろうとも、所詮鎧は鎧だ。レム本人の戦闘力は十権能の中でもバルドッグに並ぶ最低レベル、要は周りを無視して、レム自身を先んじて仕留めてしまえば良いのだ」

「理屈ではそうでしょうが、現実問題そう簡単に言い切れるものではないでしょう？　仮に創造の神バルドッグが残した武具の類が大量にあって、それらをレムが支配したら？　ただの万の鎧と神話世界の万の鎧、その違いは天地ほどの差がありますよ？」

『その通り……一つ上の立場のケルヴィムだからって、その言い草はいくら何でも滅茶苦茶《めちゃくちゃ》……』

「ああ、俺もそう思──うん？」

聞き覚えのない幼い声が、聖杭《ステーク》のモニターから聞こえて来た。

◇　◇　◇

俺達（干し肉に夢中なメル以外）は同時にモニターへと視線を移した。そこに映っていたのは、銀髪をツインテールに纏《まと》めた少女。幼い時のシュトラくらいの年齢だろうか？　尤《もっと》も、ここのモニターをジャックして連絡を寄越《よこ》して来るって事は、実際のところは全く違うんだろうが。

「ツチ、レムか」

「レムって、さっきの話の？」

「ああ、神アダムスの腹心にして、支配の神の異名を持っていた女だ。あんな見た目で性格も卑屈そのものだが、その能力はさっき言った通り侮れない。そう、能力だけは！　侮れないぞ！」

……それ、もしかしてケルヴィム的には善意の紹介のつもりで言っているんだろうか？　空気を読んでいるつもりだろうか？

『う、うう、卑屈なのは本当だし……ひ、否定は、できないけど……ひぐっ……』

お、おい、彼女泣き出しちゃったぞ？

「ケルヴィム、流石に今の紹介はちょっと……」

「最低ですね。変態の上最低とは、呆《あき》れ果てて言葉もないです」

「なぜだ!?　レムの強みと弱みを同時に理解できる、この上ないほどに分かりやすい説明だったではないか!?」

「それはそうだけど、もっとこう、デリカシーをだな……」

「そんなもの、この場で何の意味がある？」

なるほど、こいつ相手にこれ以上の問答は無駄なようだ。

「ハァ、無神経堕天使はさて置きましょう。それで、貴女《あなた》は何のつもりで連絡を寄越したのです？　盗み聞きをするのであれば、わざわざ姿を現す意味はないと思いますが？」

『ぐすっ、ぐすっ……も、諸々《もろもろ》の、警告をしに、来た……』

泣きながらの警告とは斬新だな。いや、更に攻めてしまう感じなってしまうから、声には出さないけど。

「泣きながらの警告とは斬新だな、レムよ！」

「……ケルヴィム、取り敢《あ》えず黙っておこう？　な？」

「む、なぜだ？」

「話が進まないですし、見ていられないからですよ。この私に良心云々《うんぬん》の説明をさせないでください、全く」

「む、むう？」

説得の末、ケルヴィムをモニターの近くから下がらせる事に成功する俺達。

「ええっと、それで何だっけ？　ああ、そうだ。諸々の警告って事だったが、一体何の警告なんだ？」

『ま、まずはそこのケルヴィムに、対して……エルドからの言伝《ことづて》……』

「俺に対して、だと？」

ああ、折角下がらせたのに……

『ケルヴィムが離脱するであろう事は、前々から予想していた……義体の特性を利用して、十権能《じっけんのう》の長《おさ》の地位を狙っている、のだろうが……我々は、別段困ってはいない……むしろ、不安因子が取り除かれて、良かったとさえ考えている……』

「ほ、ほう？」

ああ、ピキピキいってる。めっちゃピキピキいっちゃってるよ、この堕天使……

「おい、別段困っていないってのは、どういう意味だ？　たとえケルヴィムの反抗心を知っていたとしても、義体の制限が解かれる訳じゃないだろ？　お前達《たち》は白翼《イスラヘブン》の地を出る事もできない筈《はず》だ。それとも、お前が権能を使ってまた侵攻して来るとでも言うのか？

それはそれとして、俺は大歓迎――」

『――白翼《イスラヘブン》の地自体を、地上にぶつける事もできる……』

「あ？」

こいつ、今何て言いやがった？

『白翼《イスラヘブン》の地は大陸規模の空中機動要塞……それが地上に向かって衝突すれば、被害は甚大なものになる……そう、私達が直接手を下すまでも、なく……』

「……お前らの義体、その生命線である拠点を失う覚悟で、そんな馬鹿な事をすると？」

『ひ、ひっ……！　え、ええと、ええっと……も、もちろん、これは手段の一つに過ぎないよ……過ぎないよ……うう……』

「……何かごめん」

狼狽《ろうばい》しまくるレムに対し、あろう事か謝ってしまう俺。何だろう、この子が相手だと凄《すご》くやり辛《づら》い。こっちが悪い事をしている気になってきてしまう。

『そ、それに、エルドはこうも、言っていた……戦いの事しか頭にない、ケルヴィンであれば……近いうちに、必ず我々の居る白翼《イスラヘブン》の地へと攻め入って来る……我々は、上位者として悠然と、それを迎え撃つだけ……じ、時間は有限、されどある程度は待ってはやる……道案内は、そこの負け犬にさせると良い、って……』

「へえ」

「ほう」

「ふむ」

「お、おかしいです。私の干し肉が、消えた……？」

俺にケルヴィム、ルキルの各々が短く声を発する。周囲の温度が一気に下がったかのような、張り詰めた空気へと早変わりした感じだ。ごく一部だけ場違いな感じがしないでもないが、張り詰めているって言ったら張り詰めているのである。

「それが警告なのか？　招待状代わりって訳じゃなくて？」

『こ、これは招待状でもあるけど、警告でもある……ここへ来るという事は、魂を捧《ささ》げる行為と同義であると、そう理解しておく事だ。って、エルドが言っていた……』

「「「……」」」

『うう、視線が怖い……』

なるほど、こいつは招待状なんかじゃない。俺達への挑戦状、或《あ》いは果し状の類だろう。こんな見え見えの挑発、普通は乗るべきではない。いくら魅力的な誘い文句だからって、安易に乗ってはいけないのだ。

「なるほど、そちらの主張は理解した。で、待ってくれる期間はどれくらいだ？　できる事を全部やって乗り込んでやるから、その辺をハッキリさせておこうか。勿体《もったい》振らずに教えてくれよ？　なあ？　なあ～？　なあ～～～？」

「ええ、その通りですね。邪神に惑わされた十権能の皆様を、正しく聖なる道へと導く準備……フフッ、色々としなくてはなりませんものね？　大丈夫、安心してください。何も怖くないですから。段々と幸せになっていきますから」

「レム、辞世の句を用意しておくように、エルドに言っておけ。事と次第によっては、貴様にも必要になるがな……！」

『ひ、ひぃっ……!?』

ならば、相手にどんな思惑があろうと、たとえこの誘いが罠《わな》であろうと、全部粉砕する気で乗っかってやるまで。幸い、同盟を結んだ二人も考えている事は一緒のようだ。エルドを倒すという目標を達成するまでは、仲良く行動ができそうである。

『き、期限は一ヵ月にするって、エルドが言っていた……それを過ぎれば、我々は再び行動を開始する、って……』

「なるほど、ひと月か。了解した、その期日を鵜呑《うの》みにはしてやらないが、目安程度にはしておく。首を洗って待ってろ」

『ううぅ……』

――プツリ。

モニターに映っていた画面が切れ、通信が終了される。結局あのレムって子、最後まで泣いていたな。何で連絡役をやらされたんだろうか？

「……なあ、勝手に通信されたって事は、向こうからの遠隔操作で聖杭《ステーク》自体を動かす事もできたりするのか？」

「それは不可能だ。聖杭《ステーク》を動かせるのは内部に居る操縦者のみ。自動操縦に設定していれば、白翼の地《イスラヘブン》へと帰還させる事はできるが、それも操縦者が予《あらかじ》め内部から設定しておく必要がある。バルドッグはこれを使って聖杭《ステーク》を白翼の地《イスラヘブン》へと帰還させていたが、これと俺の聖杭《ステーク》は現在そのように設定されていない」

「白翼の地《イスラヘブン》の居場所を捜す方法として、私が考えていた機能《もの》ですね。それを使えば、私達でも敵拠点を簡単に捜し出す事ができますから。しかし、また傍受されては厄介ですね……ケルヴィム、通信機能をオフにする事はできますか？」

「無論、可能だ。特別に俺が直々に設定しておいてやろう。感謝するがいい」

「今日ばかりは感謝しておきますよ。私とて、聖杭《ステーク》について全てを知っている訳ではありませんからね」

「レムの権能にも引き続き注意しておこう。隠密《おんみつ》状態でこっそり聖杭《ステーク》に侵入、知らぬ間に操縦されていたってオチは避けたい。あ、シュトラやコレットに聖杭《ステーク》を調べさせても良いかな？　まだ何か隠された機能があるかもしれない」

「許可してやろう」

通信前までの不和が嘘《うそ》であったかのように、いつの間にか俺達は円滑に協力し始めていた。共通の敵ってのは偉大なもんだな。

◇　◇　◇

十権能の目的、それは言うまでもなく邪神アダムスの復活だ。では、その邪神とやらは一体何をすれば復活するのだろうか？　そもそも、邪神はどこに居る？　神の使徒達が拠点を置いていた『邪神の心臓』でも、結局それらしきものを発見する事はなかった。その事をケルヴィムに聞くと、意外にもすんなりと教えてくれた。

「アダムスはこの世界、この星という名の牢獄《ろうごく》に囚《とら》われている」

「いや、それは分かってるよ。具体的にどこに居るのかを聞いているんだ」

「フッ、だから言っているだろう。この星の中心、つまりは地中の奥深くだ。そうだな、星の核に当たる場所と言えば、ケルヴィンには分かりやすいか？」

「は？　星の核？……それって、マントルよりも深い場所にある、マジな星の中心に居るって意味か？」

「それ以外の何がある？　だからこそ、この星はアダムスにとっての牢獄なのだ」

「物理的な意味でだったのかよ……もっとこう、結界とかの魔法的な意味だと思っていたぞ」

「もちろん、魔法的な封印も施されているぞ」

「そうなのか？」

「肉体から心臓は抜かれているし、時の経過によってアダムスが力を取り戻さぬよう、核の熱によって常に物理的なダメージが与えられている。しかし、偽神共はそれでも足りないと考えたのだろう。星の核部分にアダムスから力を吸収する大規模魔法を施し、それが星の栄養分になるようにしたのだ。尤《もっと》も、アダムスの力は尋常でない為《ため》、悪影響を与える事もあったんだろうがな」

んー……ああ、なるほど。その悪影響ってのが、この世界の魔王騒動に繋《つな》がっているのか。イメージとしては邪神の悪い成分が積もり積もって凶悪なモンスターや魔王を誕生させ、それを勇者が倒して悪い成分を解放、そして『黒の書』がそれらを浄化するって流れである。……いや、待て。つう事は邪神が復活したら、魔王復活のサイクルがなくなるって事か？

「それは良い事のような、ある意味で残念な事のような……」

「フッ、アダムスの復活は喜ばしいが、自然発生する強敵との戦いが減るのを嘆いているのか。お前らしい思考回路だな、ケルヴィン」

「いや、何で今の会話でそこまで理解《わか》るのですか？　気持ち悪いくらいに以心伝心していますね、貴方《あなた》達。軽く引きます」

ルキルから辛辣な視線を向けられる俺達。フッ、お前も大概だぞと言ってやりたい。

「アダムスの居場所は分かった。けど、そんな場所に封印されたら、いくらお前達にだってアダムスを解放するなんて事はできないんじゃないか？　つか、封印を解いた瞬間にこの世界がやばい事にならないか？　星の中から取り出す感じなんだろ？」

解放された邪神が地上に出て来た瞬間、物理的に酷《ひど》い災害が起きそうである。

「我々が何も考えていない筈があるまい？　大戦の最中、今は亡きバルドッグがこの聖杭《ステーク》を六機創造した。ケルヴィン、この聖杭《ステーク》の本当の役割は何だったと思う？」

「何って……大型の輸送機とか、空中機動要塞みたいに使っていたんじゃないのか？　神柱の捕獲にも使っていたみたいだしさ」

「確かにそれも機能の一つではある。だが試運転を行う事はあっても、聖杭《ステーク》が大戦の最中に使われる事はなかった。可能な限り、その存在を偽神達に知られたくなかったのだ」

「うん？　どういう意味だ？」

「……話の流れからして、聖杭《ステーク》は邪神アダムスにもしもの事があった際に動く、救助艇のような存在だったのでは？」

「ほう？　狂ってはいるが、頭は働くようだな、ルキルよ」

ケルヴィム曰《いわ》く、聖杭《ステーク》の本懐はその名の通り、地面に突き刺して使用するものなんだそうだ。この星の地表、その中でも特にエネルギーに満ちているであろう場所に、生贄《いけにえ》としての魂を封じた六機の聖杭《ステーク》を打ち付ける。そうする事で、星を壊す事なく邪神が復活する仕組みになっている……らしい。どんな仕組みなのかはさっぱりだが。

「ここで一番の問題となるのが、アダムス復活の為に捧げられる魂だ。聖杭《ステーク》に封じられる形で捧げられるこれらは、一定以上の質が求められる。粗悪な魂をいくら集めたところで、神アダムスを復活させるには至らないからな」

「なるほど、それで今現在魂を捧げられた状態にあるってのが、バルド何とかとハードって訳だ。って事は、レベル200前後辺りがラインか？」

「ざっくりと言えば、そうなる。我々としては万全を期する為、レベル200以上の者を優先して標的としていた」

レベル200以上か。そこまでの猛者となると、全世界を捜してもそう見つかるものでもないだろう。S級冒険者でも俺やプリティアちゃん、それとシン総長にアート学院長くらいなものだ。あとは俺の仲間達、セルジュをはじめとした元使徒の連中、愛娘《まなむすめ》や未来の孫達の為に日々鍛錬を重ねている義父《とう》さんが該当するだろうか。うん、やっぱり少ないな。セルジュを狙って玉砕した、バ何とかやらが可哀想《かわいそう》だ。どうせなら、俺のところに来れば良かったのに。

「ん？　神柱を狙っていたって話もあったけど、それも生贄目的だったのか？」

「ああ、如何《いかん》せん生贄の対象となる人物が少な過ぎた。代案として、神柱の数を減らして強化する事も考えていたのだ。イザベルとバルドッグの分析によれば、神柱は数を減らすごとに強くなる性質があったからな」

「だがルキルに裏切られて、それも失敗したって訳か」

「……まあ、そうなる」

「フッ、神柱に注目した着眼点は良かったと思いますよ？　まあ、見ていてください。神柱は十権能《じつけんのう》の想定を超えた存在となりますから」

ルキルは見るからに自信満々だ。ああ、そう言えばもう残りの神柱、全部捕獲が完了しているんだっけ？　妙に仕事が早いと感心したものだけど、確かその裏ではセルジュも動いていた筈《はず》だ。

「なあ、セルジュ――」

「――呼んだッ!?」

「「うおっ!?」」

突然、耳元で馬鹿みたいな大声を聞かされた俺とケルヴィムは、揃《そろ》って体と声をビクリと震わせてしまう。

「何だ何だ、大の男が揃って驚き過ぎじゃないかなぁ？」

「セ、セルジュ……！」

「こ、こいつがセルジュだと？」

大声の主はセルジュであった。こいつ、今まで聖杭《ステーク》の中に隠れ潜んでいやがったのか。改めて彼女の顔を睨《にら》みつけると、セルジュは悪戯《いたずら》に成功した悪ガキのように笑っており、口にはなぜか干し肉が挟まっていて――は？　干し肉？

「ああっ！　それは私が最後まで残しておいた、一際大きな干し肉！　貴女《あなた》が盗み食いをしていたのですね、セルジュ・フロア！」

「え？　メ、メルが干し肉に夢中になって、全部食べたんじゃなかったのか？」

「失礼な！　私は最後まで味わいしゃぶり尽くす派なんです！　知らぬ間に食べ尽くすな

んて事はないですよ、絶対！」

そ、そうだっけ……？

「いやあ、シルヴィアちゃんから美味《おい》しい干し肉の話を聞いててさ、私もちょっとだけ食べたくなっちゃって、ついつい拝借しちゃった。てへぺろっ！」

「な、何て事を！　勇者とはいえ、窃盗は許される事ではありませんよ！　食べ物の恨みは怖いのです！」

「だからごめんて～。今度エレンが作ったニシンパイを持って来るからさ。それで許してよ～？」

「分かりました！　許します！」

固い握手を交わすマイワイフと最強勇者。しかし、その握手の意味はマジで取るに足らない事で、まあ、うん……

「ルキルよ、お前が崇拝している神はアレなんだぞ？　本当に良いと思っているのか？」

「フッ、愚問ですね。……理解《わか》らせ甲斐《がい》がありますよ！」

……よし、更に同盟の絆《きずな》が深まったな！

◇　◇　◇

「うわ、何なんですか、この面子《メンツ》……」

「へぇ、なかなか愉快な事になっているじゃない！」

「わあ、フーちゃんも居る！」

「やっほー、リオン。今日も可愛《かわい》いね〜。私とお茶しない？」

セルジュの盗み食い騒動から数時間ほどが経過し、聖杭《ステーク》にセラとリオン、それにドロシーがやって来た。ドロシーは制服姿に杖《つえ》を持っただけと、着の身着のままで連れて来られた感じだ。一方でセラは鎖でグルグル巻きにされた女性を抱えており、そこで攫《さら》って来ましたと言われても納得してしまいそうな格好となっている。

「やはり敗北していたか、グロリア」

「ちゃんと生きているから安心なさい！　私、見ての通り器用だからね！」

「う、うむ……？」

ケルヴィムの言葉で女性が何者なのかが確定。まあ、そうだろうな。気絶しているのか今は返事がないが、彼女がルミエストを襲撃しようとした十権能であるらしい。セラの話によれば、距離を操るという面白い能力を持っているとか何とか。いやあ、次々に強い奴《やつ》が出て来てくれるから、俺も対戦相手を厳選するのが大変だよ。これが嬉《うれ》しい悲鳴ってやつだろうか？

「あれ、そう言えばベルは？　一緒に来るって聞いていたけど、ルミエストに残ったのか？」

「ううん、一度グレルバレルカ帝国に戻って、お父さんと話をするって言ってたよ。ほら、ベルちゃんのお父さん、十権能に狙われるかもしれないって、そんな情報がケルにいから来たからさ」

「ああ、なるほどな」

ケルヴィムから聞き出した情報は、その都度配下ネットワークを通じて仲間達《たち》とも共有している。セラが捕らえた十権能に『血染』を使っての、情報の照らし合わせも完了済みだ。結果として、ケルヴィムが打ち明けた話に嘘《うそ》はなかった。そこの女性、ええと、グロリアと言ったか？　血染状態でセラに操られた彼女も、全く同じ事を言っていたのだ。で、それらの話は分身体クロトを持っていたベルにも届いていた。それから急遽《きゅうきょ》予定を変更して、故郷に警告しに戻ったんだろう。全く、何だかんだ言って家族思いの奴である。

「ねぇねぇ、そこの栗毛《くりげ》な可愛子《かわいこ》ちゃんが、神柱のドロシーちゃんなんだよね？　ンン～～……」

「あ、あの、何ですか……？」

ドロシーの周りを衛星の如《ごと》くグルグルと回りながら、ジロジロと彼女を舐《な》め回すように見るセルジュ。性別が違っていれば一発アウトな危険な行為であるが、セルジュの表情は真面目そのものだ。

「……ブリリアント！　なるほど、こいつぁダイヤの原石ってやつだよ！　磨き甲斐がある！」

「は、はぁ、どうも……？」

「セルジュ、一旦ドロシーから離れてやれ。お前、行動が完全に不審者のそれだから。ドロシーが困惑してるから」

「なっ、こんな美少女に向かって失礼な！」

「美少女でも守らなければならない倫理観ってのはあるんだよ。ほら、散った散った」

「ちぇ〜」

　セルジュは渋々といった感じで引き、聖杭《ステーク》内にある機材の上に腰掛ける。強いのは良いが、少しは常識を身に着けてほしいものだ。

「コホン！……神人ドロシアラ、ようこそいらっしゃいました。約束通り、貴女には他の神柱と一つになって頂きます」

「……？　一体何の話だ？」

「ああ、それは追い追い説明するから、今は黙っとけって」

「むう……」

　次にケルヴィムを下がらせる俺。気のせいなのかもしれないが、何だか忙しいぞ。

「現在この聖杭《ステーク》には、私が捕らえた神鳥ワイルドグロウ、そこのセルジュが捕らえた神霊デァトート、神鯨ゼヴァルが居ます」

「私が捕らえました〜。あ、もちろん生きたままだから、安心してね〜」

「……私を含め、残りが四柱のみとなった神柱をこうも簡単に生け捕るとは、そこの勇者も貴女も、随分とおかしな強さのようですね？」

「お褒めに与《あずか》り光栄です。が、今は先を急ぐとしましょう。貴女の心の準備さえ終わっていれば、直《す》ぐにでも『神威《しんい》』の儀式を始められますよ。如何《いかが》されますか？」

「……少しだけで良いので、他の神柱達と話をさせてほしいです」

「話を？　貴女とは違い、他の神柱達は暴走状態にあります。そのような事ができるとは思えませんが？」

「でしょうね。けど、たとえ話ができなくても……通じ合う事はできると思うので、だから……！」

ドロシーにとって、神柱は仲間であり家族でもあるんだろう。その必死さから、どうしても会いたいという気持ちが伝わって来る。

「ルキル、ドロシーがああ言っているのです。それに暴走状態にあるとはいえ、他の神柱達は拘束されているのでしょう？　問題はないのでは？」

分身体クロトの『保管』経由で運ばれて来たニシンパイを頬張りながら、メルが女神らしい台詞《せりふ》を言い放つ。

「……まあ、メルフィーナ様がそう仰《おっしゃ》るのであれば」

かくして、ドロシーは神柱達と対面する事となった。

◇　◇　◇

「お待たせしました。もう儀式を始めてしまっても大丈夫です」

数十分して、ドロシーと彼女に同行していたリオンが戻って来た。何となくではあるが、つきものが落ちたような、そんな雰囲気だ。

「では、早速始めるとしましょう。ここでは少し手狭なので、儀式は外で行います」

「了解。それじゃ、外に出るとしますかね」

「ああ、移動する必要はありませんよ。この部屋自体を移動させますので」

そう言って、何やら操作盤をいじり始めるルキル。何だ何だとその様子を観察していると、突如としてガコン！　という大きな音が辺りに鳴り響いた。

「おいおい、部屋自体が動いているのか、これ？」

「わあ、おっきなエレベーターみたい！」

リオンの言う通り、部屋はエレベーターの如く上へ上へと進んでいる。エレベーター自体はシン総長の趣味でギルド本部にもあったが、これはまた規模が段違いだな。

「みたい、ではなく実際そうなのです。このまま聖杭《ステーク》の最上部に――ああ、もう到着しましたね」

一瞬にして辺りが青で染まる。上は青空、下は大海と、視界にどこまでも広がる青い屋外空間に辿《たど》り着いたのだ。杭《くい》の形をしている聖杭《ステーク》の、ちょうど天辺《てっぺん》に当たる場所なんだろう。三体の神柱達も一緒に移動していたのか、いつの間にやらここへと運ばれていた。捕獲されてからはずっと暴れていた筈だが、今は不思議と大人しくしているようだ。

「神人ドロシアラ、そこにいる神柱達の中心に立ってください。そして、できるだけ心を無に。神へと生まれ変わる神聖なる儀式です。余計な事に思考を割かないように」

「分かっています。……リオンさん、そんなに心配そうな顔をしないでください。神柱として一つになったとしても、私は私ですから」

「う、うん……シーちゃん、ガンバだよ！」

リオンの声を背に、ドロシーが神柱達の中心へと歩みを進める。そして、いよいよ神柱合体の儀式が始まった。全く知らない言語で儀式の詠唱を行うルキル、目を瞑《つぶ》りながらジッとその場に立つドロシー達。太陽に雲が被《かぶ》さり、辺りが段々と暗くなっていく。どこからやって来たのか、雷雲まで集まって来て——さっきまで広がっていた筈の青空はすっかりと消え去り、今は嵐の前兆らしき要素がてんこ盛り状態だ。

「……こいつは想像以上かもしれないな」

「奇遇だね、ケルヴィン。私も全く同じ感想だよ」

「へぇ、儀式一つでこんなにも変わるものなのね」

俺達の眼前で起こっているのは、正しく新しき神を誕生させる儀式。頭上にて雷鳴が鳴り響いた丁度その時、黒女神時代のクロメルと対峙《たいじ》した時と似た、非常に興味をそそる圧迫感が俺に纏《まと》わりついた。

◇　◇　◇

雷光が走るのと同時に神鳥、神霊、神鯨の三体の姿が消える。本当に一瞬の事であった為《ため》、存在自体が消失したのかと、そう思ってしまうほどだった。だが、それはとんだ勘違いであったと、遅れてやって来た雷鳴を耳にしながら確信する。三体の神柱は消えたのではなく、中心に立つドロシーに取り込まれていたのだ。

「シ、シーちゃん？」

「……」

他の神柱の力を全て吸収し、完全に一つとなったドロシー。彼女の姿は以前と全く変化しておらず、纏っている衣服も制服のままだ。ただ、纏っている雰囲気はガラッと変わっていた。歴史ある大聖堂や教会、そういった聖域に漂う神聖を人の形に凝縮させたかのような、そんな尊さを暴力的なほどに放っていたんだ。彼女そのものが聖域、とでも言うのかな？　兎《と》に角《かく》、とてもではないけど人と対峙している気にはなれない。これまで出会って来た神様の中で、最も神様らしい神様が目の前に居る、とでも思っておこうか。

「……なるほど、これが私達神柱の真の力、ですか」

「実際の力量は、今のところ未知数ですけどね。どちらにせよ、これにて儀式は終了です。私としては成功させたつもりですが、ドロシアラ、何か違和感などはありませんか？」

「いえ、違和感はありません。長い眠りから目覚めたような感覚はありますが、不思議と頭は冴《さ》え渡っています。微睡《まどろ》みが全て取り払われ、気分も晴れやかなくらいですよ。……

それに、私の中に同胞達の存在も感じられます。とても心地好《よ》く、温かな存在が」

「そうですか。絆《きずな》の力であれ復讐心《ふくしゅうしん》であれ、それがプラスに働くのであれば歓迎しておきましょう」

そんな言葉を口にした後、ルキルがこちらへと振り返る。

「折角これだけの実力者が集まっているのです。誰か、ドロシアラの力を確かめてみませんか？」

「ッ！」

何と言う事だ。素晴らしい、実に素晴らしい提案ではないか！　まだ何の刃も交えていない初見の状態、それも間違いなく神レベルのドロシーと、実力を確認するという至極真っ当かつ正当な理由で戦う事ができる、だと!?　フハハ、これに手を挙げない奴はいないだろう。いたとしたら、そいつは戦闘愛好家失格だ！

「俺が――」

「――とおっ！　私が相手をするよ！」

「ぐはっ!?」

「ケルにい!?」

死角からセルジュに肘打ちを当てられ、軽く吹っ飛ぶ俺。

「うおおぉ……！」

「ケルにい、大丈夫!?」

顔に激痛が走る、走りまくる。ジタバタと床に倒れながらもがくレベル。目の前に星が見えた。つうかこいつ、あろう事か顎を狙って来やがった!?　辛うじて位置はずらしたけど、完全に意識をもぎ取りに来ていたぞ!?

「ケルヴィン、残念だけど私が先約を入れていたんだ。という訳で、ドロシーちゃんの相手は私に任せて、君は君の仕事に向かいたまえ。ほらほら、時間は有限なんだぞっと」

「お、お前という奴《やつ》は……！」

顔を押さえながら何とか立ち上がり、セルジュを睨《にら》みつける。だが、奴はそんな事などどこ吹く風で、口笛まで吹いていやがる。

「まあ、そんな約束があったのは確かですよ？」

「え、マジで……？」

「こんな嘘を言ったところで、私が得する事なんてありませんよ。ドロシアラ、歴代最強の勇者と名高いセルジュ・フロアが相手をすると言っていますが、貴女《あなた》はそれでも構いませんか？」

「ええ、多分それでも大丈夫です。問題ありません」

「おっ、言ってくれるね～？　私、初《しょ》っ端《ぱな》から本気で行っちゃうよ？」

「お、おい、まだそうと決まった訳では――」

「ケルヴィ～ン、立候補に失敗したのなら、私達はさっさと戻りましょうよ～？　監視役もセルジュが引き継ぐんでしょ？　私、こんなところでジッとしているのは性《しょう》に合わないわ！」

「私も同意見です。ニシンパイを食べ尽くした今、ここに求めるべき料理は存在しません。早急に帰還し、決戦に向けての腹ごしらえをするべきかと」

そして、あっさりと仲間達《たち》からも裏切られる、可哀想《かわいそう》な俺。ある意味で予想できた、安心と信頼と反応だ。クッ、次こそは、次こそは……！

「えっと、僕はどうしようかな？　シーちゃんがここに残るのなら、一緒に居たいと思っているんだけど……ケルにいはどうする？」

「うう、リオンの優しさが身に沁《し》みる……って、そうじゃなかった。ドロシーの相手がセルジュと決まった以上、俺も一度戻るとするよ」

「あれ、本当に帰っちゃうの？　私とドロシーちゃんの戦いも見ずに？」

ついさっき帰れと言った張本人、セルジュからの有り難い御言葉《おことば》。フハハ、ガワだけでも残念そうにするのなら、その権利をさっさと俺に寄こしやがれ。

「見学も多少は魅力的だが、俺の中でそいつは優先度が低めなんだよ。リオンが残ってくれるのなら、戦闘内容はどこに居ようと共有できるからな」

「あー、そういう事？」

そういう事。まあ、一緒に帰らないとメルとセラの機嫌が悪くなる、という理由もあるけど。

「分かったよ、ケルにい！　僕、良いレポートができるように頑張るから！」

「おう、期待してるぞ！っと、そうだそうだ。ケルヴィム、お前も俺達と一緒に行くんだから、準備しておけよ？」

「む？　そこでなぜ俺が出てくる？」

「なぜってお前、折角もう一機、聖杭《ステーク》があるんだぞ？　ドライバーは必須だろ」

「俺をドライバー代わりに使う気なのか!?」

「悪いが、俺達は無免許だからな。それに同盟を組んだとはいえ、一応お前は監視下に置かれているんだ。あとさ、彼女をこちら側に引き込むには、お前の協力が不可欠だろ？」

　そう言って、セラに抱えられたグロリアを顎《あご》で指し示す。

「……そういう事か。確かにそうかもしれないな。良かろう、この俺が直々にグロリアを説得し、我らの味方へと引き込んでやろうではないか！　大船に乗ったつもりでいるが良い！　特大の飛空艇レベルのな！」

「ああ、途中で沈没しない事を心の底から祈ってるよ。少なくとも、聖杭《ステーク》は安全運転で頼む」

　まあどちら側につくにせよ、グロリアにも鷲掴む風凪《ハートカーム》は施しておいた方が良いだろう。同時展開はこれでそろそろ限界っぽいけど、ケルヴィムと同じく解いてほしければ俺を倒せと言っておけば、戦いが終わった後も半永久的に俺の命を狙ってくれそうだし。しかし、距離を操作する『間隙《かんげき》』の権能か。どう攻略しようか並列思考が止まりそうにないな、こりゃあ。暫《しばら》くは夜も寝付けそうになさそうだ。

「それじゃあドロシーちゃん、邪魔な男共は全員消える事だし、私達は私達でランデブーを楽しもっか！　女の子に囲まれた状態の私はつっよいよ～？　何せ、やる気が違うからね！　段違い！」

「随分と楽しそうですね？　それに、少々下劣な感情も見え隠れしているようですが……まあ、申し出自体は有り難いので、精々利用させて頂きます」

「フフッ、こんな可愛《かわい》い子に利用されちゃうなんて、私ったら幸せ者だな～。……あれ、ケルヴィンまだ居たの？　いくら指をくわえてこっちを見たって、この幸せは私のものだよ？」

……暫くは夜も寝付けなそうだ。

◇　◇　◇

ケルヴィムの聖杭《ステーク》に乗って、ケルヴィン達は中央海域を離れて行った。聖杭《ステーク》が隠密《おんみつ》状態で行ってしまった為、その様子を見送れなかったセルジュであるが、今の彼女にとってそんな事は、むしろどうでも良かったのかもしれない。今最も大切なのは、彼女の広ーい眼鏡にかなった、ドロシーとの戦いに集中する事なのである。

「リオンとルキルさんの居る聖杭《ステーク》からは大分離れた事だし、ここらで始めよっか。ドロシアラちゃん、準備は良いかな？」

『天歩』を使い空中を歩いていたセルジュが、チラリと視線を背後へと向ける。彼女の視線の先に居るのは、もちろん模擬戦相手のドロシーだ。ドロシーも空中に浮遊した状態――ではあるのだが、フヨフヨに水中に浮かぶようにして飛んでいる為、足場を宙に固定する『天歩』を使っている訳ではなさそうだ。今のところ、何の能力を使っているのかは不明である。

「私は問題ありません。セルジュさんこそ、戦う心構えは整っているのですか？　これから行うのは、あくまでも模擬戦です。しかし、今の貴女は鼻歌交じりの散歩をしているかのよう……あまり集中していないように見えてしまいます」

「ありっ、私ったらそんな感じに見える？」

「ええ、とっても。ここに至るまで好きな食べ物は何だ、休みの日は何をしている、好きなタイプはどんな人、エトセトラエトセトラ……心底どうでも良い質問ばかり、私に投げ掛けていましたし」

「あはは、ドロシーちゃんが相手なら、移動もまた楽しいからね。そう、言わばこれはデートも同然な訳で――」

「――そういった言葉遊びは要りませんので。折角リオンさんが見学しているんです。無様な展開にならない事を祈ります」

「あはは、私だって気持ちは同じだよ？　リオン、あんなに熱心に見てくれているもんね。彼女の期待を裏切るような真似《まね》はしたくない。だって私は……最強の勇者だから！」

それは一瞬の出来事であった。鞘《さや》から聖剣ウィルを抜いたセルジュが、瞬く間にその形状を剣から弓に変え、つがえた矢をドロシーに向けて放ったのだ。閃光《せんこう》の如《ごと》く迫る聖弓《アルテミス》の矢は、正確にドロシーの頭部へと向かっていた。が、しかし。

「おっと、これは不思議現象。さっきケルヴィンに不意打ちしたばっかりだったから、対策していたのかな？」

「……先ほどのつまらない世間話の続きですが、私、自分勝手な人は嫌いですね」

矢はドロシーに当たらなかった。いや、ドロシーのところにまで届かなかった、というのが正解だろうか。光の速度で迫っていた筈《はず》の矢が、どういう訳かドロシーの間近で停止してしまったのだ。

「時伏せる《トウジュール》、私の『時魔法』、その新作です。セラさんが戦った十権能《じっけんのう》……確か、グロリアとか言っていましたっけ？　彼女は距離を操り攻撃を届かなくするという、興味深い権能を有していました。そこからヒントを得て、私の周りの空間のみを、結界の要領でグルリと時を止めてみたのですが……フフッ、似たような能力が出来上がってしまいましたね」

セラとの戦いでグロリアの引き起こした現象は、永遠に届かない距離を周囲に作り出すもの。対してたった今ドロシーが引き起こした現象は、結界に触れた物体の時間を止め、強制的にその場に滞在させるというものだ。確かに経緯は違えども、結果は同じになっている。

「これであれば、どんなに凄《すさ》まじい速度の攻撃も意味を成しません。まあ今のレベルであれば、この目でも捉える事はできるようですが」

ドロシーは僅かに身を反らした後、パチンと指を鳴らしてみせた。すると停止していた矢は再び動き出し——射線上から外れたドロシーのすぐ真横を、彼女に掠《かす》る事なく通り過ぎて行ってしまう。

「……話には聞いていたけど、厄介な魔法もあったものだね。察するに、停止の他には早送りやスロー、或《あ》るいは時間をスキップさせちゃうなんて事もできるのかな？　それどころか時間を巻き戻す、なんて事までされたら、私としてはお手上げかな～？」

「さて、どうでしょうね？　私自身、今の自分がどこまでできるのか、全く把握していませんから。……それにしても、おかしいですね。セルジュさん、そんな風に考えているようには全く見えませんよ？」

「ありりっ、私ったらそう見えちゃう？　フッフー、それなら少し嬉《うれ》しいかな～。それってさ、私の本能が今も勝つ気でいるっていう、証拠みたいなものだもんね！」

にこやかにそう答えるセルジュは、聖弓《アルテミス》からもう一本の聖剣《ウイル》を分離、更に形状を変化させる。作り出すは、かつてバルドッグを一方的に屠《ほふ》ってみせた、対神用の決戦兵器——聖殺《カミゴロシ》。ブゥオンブゥオンという大きな機械音を鳴らすチェーンソーを、セルジュは苦もなく片手で携える。

（これって……）

リオンは思った。この組み合わせ……まさか、聖弓《アルテミス》で聖殺《カミゴロシ》を射るつもりなのか、と。

「怖いですね、それ。触れただけで酷《ひど》い事になると、直感でそう分かってしまうほどに怖いです。恐らく私が発動させた時魔法も、それで概念ごと断ってしまえるのでは？」

「んんー、本当に目が良いね！　御目々《おめめ》がくりくりしていて可愛くて、それでいて性能も良いとか最強か!?……まあ、実際のところはどこまでやれるのか、私にも分からないんだよね～。ほら、神様を試し斬りできる機会なんて、滅多にないじゃん？　だからさ、折角のこの機会を大いに活用して、理解度を深めようと思っていまして！」

「なるほど。セルジュさんの目的も、実のところ私と同じであったと、そういう訳ですか。尤《もっと》も、やはり下劣な感情も見え隠れしているようですが」

「下心《そっち》もバレたか～」

オーバーアクション気味に肩を竦《すく》めてみせるセルジュ。しかし、ドロシーはそんな彼女を無視して、次の実証実験へ移行していた。

――メキメキメキ！

明らかに時魔法によるものではない事象が巻き起こる。ドロシーの両腕と両脚、その肉と骨が膨れ上がり、弾《はじ》け砕ける不気味な音と共に変形していったのだ。

「ふぅ……肉体を変化させるのに一秒も要してしまいました。このままでは使い物になりませんね」

ドロシーの両腕は巨大な翼へ、両脚は鋭利な鉤爪《かぎづめ》を持つ鳥類のそれへと為り変わっていた。それまで手で持っていた大杖《おおづえ》は片脚の方へと移動しており、捕らえられた獲物の如くガッチリと摑《つか》まえられている。

「今度は変身能力？　ハーピー的な？」

「まあ、そんなところです。神鳥ワイルドグロウから力を授かった事で、こういった肉体の変形もできるようになったようでして。……さて」

大翼を羽ばたかせたドロシーは、空中をとんでもない速さで、それこそ先ほどのセルジュの矢と同等以上の速度で、縦横無尽に飛び回った。基本的なステータスもそうだが、『飛行』系のスキルも桁外れなものに進化している事が、嫌というほどによく分かる。

それから十数秒ほどして、辺りを一通り駆け回ったドロシーが元の位置へと戻って来た。宙返り等といった曲芸飛行も何度かしていた筈だが、息切れをするなどの疲れた様子は全く見られない。

「お待たせしました。動きに無駄が多過ぎますね、お恥ずかしい限りです」

「いやー、そこいらの竜王以上に動けていた気がしたけど……ええと、もしかして他の神柱の力も使えたり？」

「ですね。神鯨ゼヴァルの力も取り込んでいますから、水中も苦にはならないかと」

「なら、当然神霊デァトートもか～」

そう言って、神霊を捕らえた時の事を思い出すセルジュ。単純な物理攻撃は全て無効化、光属性の魔法にも耐性があるかもと、僅かに冷や汗を流す。

「ですが、やはり鍛錬は必須でしょうね。どれもこれもが今のままでは原石止まり、真の輝きを取り戻す為《ため》には、まだまだ道のりが長そうです」

「そんなにバグめいた力があるのに、かい？」

「あるからこそ、ですよ。認めたくはないですが、これはケルヴィンから教わった事です。どんなに凶悪な能力も、どんなに強力なステータスも、持ち主の器や技量が伴わなければ宝の持ち腐れ……だから、私は磨き上げるのです。この力を持つに相応《ふさわ》しい、真の使い手となる為に」

「……うん、それ良いね。ケルヴィンからってのが気に食わないけど、その思想は私好みだよ。立ち止まるよりも、進み続ける方が性に合うってものだ。良いよ、私がどこまでもお付き合いしてあげる。デートじゃなくって、死合う方をね」

以降、二人は殆《ほとん》ど会話もなく実戦形式の模擬戦を続けた。予定されるタイムリミット一杯、寝食以外の全ての時を戦いに捧《ささ》げた。互いが技を磨き、新たな発想を得て、勝負勘と勝負根性を養い続けた。全ては、最後に自分が笑う為に。

■バッケ・ファーニス Backe Furniss

■40歳／女／竜人／狩人
■レベル：174
■称号：女豹
■HP：6296/6296
■MP：7233/7233（+4822）

■筋力：4688（+640）
■耐久：1290
■敏捷：3957（+640）
■魔力：1724
■幸運：2882

■装備
業火剣バッケ（S級）×10
業火鎧バッケ（S級）
業火革バッケ（S級）
業火脚バッケ（S級）

■スキル
竜化（固有スキル）　剣術（S級）
格闘術（S級）　爪術（S級）
軽業（S級）　天歩（S級）
赤魔法（S級）　息吹《ブレス》（S級）
気配察知（S級）
危険察知（S級）　奉仕術（S級）
自然治癒（S級）　鉄爪牙（S級）
酒豪（S級）　精力（S級）
剛力（S級）　鋭敏（S級）
■補助効果
隠蔽（S級）

■グラハム・ナカトミウジ Graham Nakatomiuji

■16歳／男／聖人／侍
■レベル：170
■称号：厳武者
■ＨＰ：21126/21126（+14084）
■MP：3869/3869

■筋力：3011
■耐久：3857（+640）
■敏捷：740
■魔力：3478（+640）
■幸運：1299

■装備
荒夜叉（S級）
藤原之具足（S級）
藤原之面頬（S級）

■スキル
仏心（固有スキル）　剣術（S級）
緑魔法（S級）　危険察知（S級）
魔力察知（S級）　心眼（S級）
装甲（S級）　騎乗（S級）
軍略（S級）　教示（S級）
速読（S級）　魔力温存（S級）
隠蔽（S級）　屈強（S級）
鉄壁（S級）　強魔（S級）
■補助効果
隠蔽（S級）

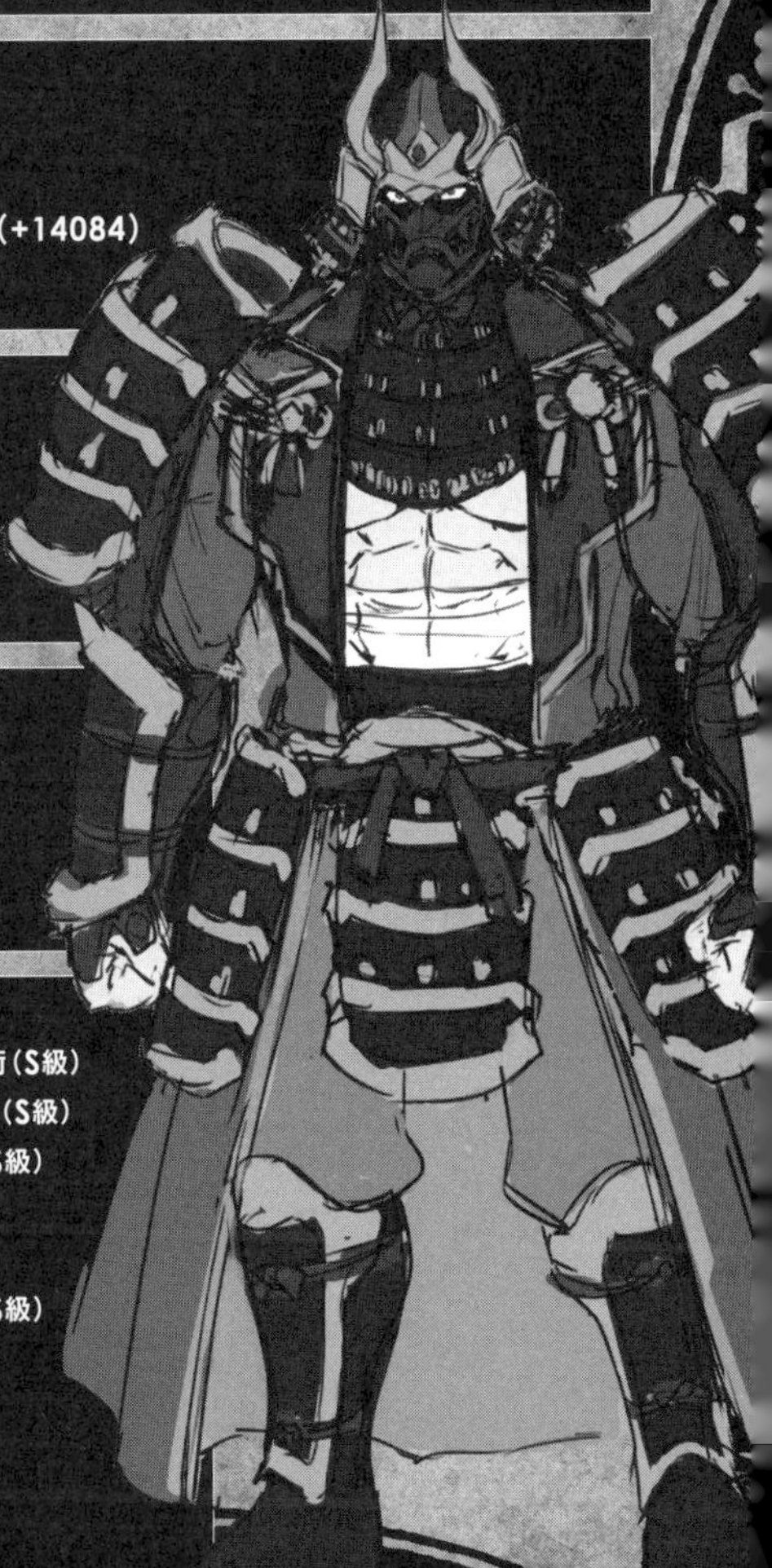

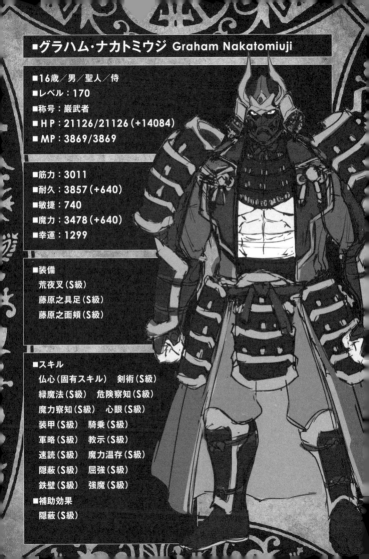

■シン・レニィハート Sin Lennyheart

■34(+?)歳／女／魔人／銃士
■レベル：220
■称号：不羈《ふき》
■HP：12777/12777(+8518)
■MP：13167/13167(+8778)

■筋力：3999(+640)
■耐久：3517(+640)
■敏捷：3763(+640)
■魔力：3718(+640)
■幸運：6744(+640)

■装備
魔銃ゲシュヴェッツ(S級)
魔銃ヴィークザーム(S級)
試銃ハザードクラスター
眼帯(E級)　ギルド総長服(S級)
暴嵐獣の革ブーツ(S級)

■スキル
的外(固有スキル)　偽神眼(S級)　剣術(S級)
銃術(S級)　格闘術(S級)　気配察知(S級)
危険察知(S級)　魔力察知(S級)　隠蔽察知(S級)
集中(S級)　隠蔽(S級)　偽装(S級)　軍団指揮(S級)
解体(S級)　釣り(S級)　自然治癒(S級)　酒豪(S級)
屈強(S級)　精力(S級)　剛力(S級)　鉄壁(S級)
鋭敏(S級)　強魔(S級)　豪運(S級)
成長率倍化　スキルポイント倍化
■補助効果
隠蔽(S級)　偽装(S級)

■アート・デザイア Art Desire

■28(+?)歳/男/ダークハイエルフ/演奏家
■レベル:224
■称号:緑無
■HP:6417/6417(+4728)
■MP:22083/22083(+14722)

■筋力:1472(+640)
■耐久:1872(+640)
■敏捷:6223(+640)
■魔力:4812(+640)
■幸運:1175(+640)

■装備
精霊王の弦楽器(S級)
ゴールデンスター(B級)
スターシューズ(B級)

■スキル
紙一重(固有スキル) 弓術(S級) 赤魔法(S級)
青魔法(S級) 緑魔法(S級) 白魔法(S級)
黒魔法(S級) 鑑定眼(S級) 気配察知(S級)
危険察知(S級) 魔力察知(S級) 舞踏(S級)
演奏(S級) 教示(S級) 交渉(S級) 話術(S級)
屈強(S級) 精力(S級) 剛力(S級) 鉄壁(S級)
鋭敏(S級) 強魔(S級) 豪運(S級)
成長率倍化 スキルポイント倍化
■補助効果
なし

■ハード（義体） Hard

■3106歳／性別なし／鋼鉄の堕天使《メタトロン》／兵器
■レベル：208
■称号：堕ちた機神
■ＨＰ：7334/7334（+100）
■ＭＰ：3126/3126（+100）

■筋力：3929（+100）
■耐久：9340（+100）
■敏捷：2278（+100）
■魔力：582（+100）
■幸運：356（+100）

■装備
なし

■スキル
神の束縛（隠しスキル：鑑定眼には表示されない）
不壊（固有スキル）
銃術（S級）　砲術（S級）
飛行（S級）　装甲（S級）
自然治癒（S級）
鍛冶（S級）　裁縫（S級）
金属化（S級）　柔軟（S級）
全属性耐性
■補助効果
召喚術/魔力供給（S級）
隠蔽（S級）

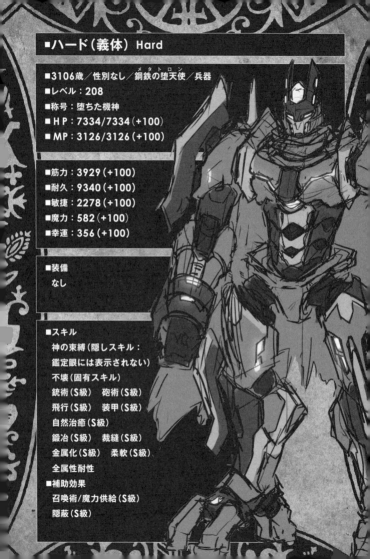

あとがき

『黒の召喚士19　権能侵攻』をご購入くださり、誠にありがとうございます。コーヒー微糖派から無糖派に鞍替《くらが》えした裏切者、迷井《まよい》豆腐《どうふ》です。WEB小説版から引き続き本書を手にとって頂いた読者の皆様は、いつもご購読ありがとうございます。

早いもので今年も春が近づいてきました。いえ、本書が発売されている頃には完全に春なんでしょうが、まあそんな時期なんです。今年からは花見が解禁される場所も多いようで、久しぶりに花！　飯！　酒！　をする方も多いのではないでしょうか。私も暫《しばら》くはそんな事をしていなかったので、散歩がてら桜を眺める程度の事はしたいと思います。あ、でも今年は花粉が凄《すご》いらしいしな。十年に一度の花粉量で、ある意味で恐怖の年とか何か。薬の在庫が不足するレベルだとか。作者はまだ花粉症ではないんですけど、ある日突然なるって話だし、うーん……よし、室内で遠目に楽しもう！

とまあ、結局昨年と変わらない行動方針になってしまいそうで、自分のインドア気質が憎いです。でもさあ、花粉症ってマジで辛《つら》そうじゃんかよ。過酷な冬を乗り越えた後くらい、穏やかに過ごしたいって思っても好《い》いじゃんかよ。ほら、花粉症になったら執筆ペースが落ちるかもだし、それは読者様も望むところじゃないと思うし、やりたいゲーム結構積んでるし――やはり、そうか。インドア、大正義。我、真理に至れり。

最後に、本書『黒の召喚士』を製作するにあたって、イラストレーターの黒銀様とダイエクスト様、そして校正者様、忘れてはならない読者の皆様に感謝の意を申し上げます。
それでは、次巻でもお会いできることを祈りつつ、引き続き『黒の召喚士』をよろしくお願い致します。

迷井豆腐

作品のご感想、
ファンレターをお待ちしています

あて先
〒141-0031
東京都品川区西五反田 8-1-5 五反田光和ビル4階
オーバーラップ文庫編集部
「迷井豆腐」先生係／「ダイエクスト、黒銀（DIGS）」先生係

黒の召喚士 19
権能侵攻

発　行　2023年4月25日　初版第一刷発行

著　者　迷井豆腐
発行者　永田勝治
発行所　株式会社オーバーラップ
〒141-0031　東京都品川区西五反田 8-1-5
校正・DTP　株式会社鷗来堂
印刷・製本　大日本印刷株式会社

Printed in Japan ISBN 978-4-8240-0468-0 C0193

第11回 オーバーラップ文庫大賞
原稿募集中！
イラスト：じゃいあん
【締め切り】
第1ターン 2023年6月末日
第2ターン 2023年12月末日
各ターンの締め切り後4ヶ月以内に佳作を発表。通期で佳作に選出された作品の中から、「大賞」、「金賞」、「銀賞」を選出します。
その物語は、
きっと誰かが
好きな物語。
【賞金】
大賞…300万円
(3巻刊行確約＋コミカライズ確約)
金賞……100万円
(3巻刊行確約)
銀賞………30万円
(2巻刊行確約)
佳作………10万円
投稿はオンラインで！ 結果も評価シートもサイトをチェック！
https://over-lap.co.jp/bunko/award/
〈オーバーラップ文庫大賞オンライン〉
※最新情報および応募詳細については上記サイトをご覧ください。
※紙での応募受付は行っておりません。